徳間文庫

暗殺者　村《むら》雨《さめ》龍《りゅう》

〈魔龍戦鬼編〉

門田泰明

徳間書店

目次

第一章　黒い影

1

午前二時——。

千代田区永田町《ちよだくながたちょう》の夜空は、赤々と焼けていた。

紅蓮《ぐれん》の炎《ほのお》が天を裂《さ》いて、轟々《ごうごう》と荒れ狂っている。

二十五階建ての超高層ホテル・ロイヤルジャパンの八階から出た火は、あッという間に九階十階に燃え広がっていた。

数十台の消防車が照射する強力なライトの明かりの中で、もうもうと噴き出す黒煙が八階から上を、すっぽりと包んでいる。

宿泊客が一人、また一人と、断末魔の形相《ぎょうそう》で宙に躍った。

「飛ぶな、いま行く！」

消防士たちの絶叫も、炎と煙に追い詰められた宿泊客の耳には届かなかった。

宿泊客が、次々に路上に叩《たた》きつけられ、現場がたちまち血の海と化していく。

数十条の白い矢が、ホテルの窓ガラスを突き破り、炎に向かって挑戦した。

それは、水と火の凄《すさ》まじい闘いであった。

最新鋭の壁面破砕車《ボーリング》が、最も炎の強い八階西側の壁面を砕いている。

屈折自在の梯子《はしご》の先端で放水していた消防士が、足を滑らせて数十メートルの高さから、石飛礫《いしつぶて》のように落下していった。

「地獄だ」

現地指令所で指揮をとっていた消防指揮官が、蒼白《そうはく》な顔で呻《うめ》いた。

彼は今、日本で最初におこった超高層ビル火炎の、想像をこえた恐ろしさを目の前に見ていた。

しかも、炎を噴きあげているビルは、一流ホテルとして名高い、ロイヤルジャパンである。

「八階以上の宿泊客は、八百名と判明しました」

ズブ濡《ぬ》れの消防士が、指揮官に駈《か》け寄って報告した。

「現在の死者は？」

指揮官が、焼けただれているホテルを見上げながら、苦悶《くもん》の表情で訊《たず》ねた。

「二十五名です。全員が墜落死で……」

消防士がそう言ったとき、また宙に浮いた一人がライトの明かりの中に浮かんだ。

指揮官が思わず目を閉じる。

「ホテルの支配人は、まだ見つからんのか」

「ええ。恐らく客を避難させるため、八階から上へ行ったものと思われます。それと、第一第二消火隊が、ようやく八階の階段入口まで到達できました」

「うむ……」

「八階から十階までの宿泊客のうち、大部分は外人バイヤーの一行です」

「外人バイヤー……か。国際問題になるな、この火災は……」

「報告、以上です」

消防士は、きちんと挙手をすると、再び炎に向かって駆けていった。

ボーリング車で破砕されたホテルの壁面に、放水が集中する。

このとき、あかね色に染まった夜空に、陸上自衛隊の真紅《しんく》のヘリコプター・バートルH47型が七機、姿を見せた。

ヘリの先端に、機関砲のようなものが二本突き出ている。

「きてくれたか……」

消防指揮官が、夜間用双眼鏡を顔に当てて、夜空を仰いだ。

七機のヘリは、炎を噴きあげるビルを取り囲むようにして、停止飛行《ホバリング》した。

バートルH47型は、全長三〇・一八メートル、最大速度三〇六キロメートル、四十四人乗りの大型ヘリである。

いま夜空にホバリングする真紅のヘリは、消火用に改造され、胴体部に十トンの化学消火液を満載していた。

七機のヘリが、先端の〈銃口〉から、いっせいに化学消火液を放射し始めた。

〈消えてくれ！〉

消防指揮官は、双眼鏡を覗きこみながら、そう祈った。

だが、火勢はすでに十一階十二階に移り始めていた。

ヘリによって化学消火液を集中的に撃ち込まれた八、九階が、みるみる火勢を弱めていった。

それに逆らうように十階十一階の炎が、激しさを増して轟々たる音を発した。

化学消火液を放射し尽くしたヘリが、引きあげていく。

それを待っていたかのように、鎮火したかに見えた九階が、また火を噴き始めた。

八階に突入した消防隊が、窓際にチラつく。それは人間の英知と炎との、死力を尽くした闘いであった。

消防指揮官は、このとき背後に人の気配を感じて、振りかえった。

いつの間に、立入禁止の現地指令所に入ってきたのか、長身の男が消防指揮官の背後に立って、火災を眺めていた。

濃紺のダブルのスーツを着たその男は、口をへの字にまげて、目をギラギラさせていた。年は四十半ばであろうか、色の浅黒い顔に、エネルギッシュな気配を漲《みなぎ》らせている。

「困りますな。此処《ここ》は立入禁止区域ですから」

指揮官が穏やかに言うと、相手は軽く会釈をして、名刺を差し出した。

指揮官は、炎の色で赤く染まった名刺に、視線を走らせた。

名刺には、『南部《なんぶ》ストアー、常務取締役経営戦略室長、伊野義彦《いのよしひこ》』と刷られている。

「わが社を見学する目的で来日した、アメリカ・台湾の流通企業研修団が、このホテルに泊まっているんです」

男が、呻くように言った。

「そうでしたか。いま現場消火班から報告がありましたが、二十五名の死者が確認されています。全員が窓から飛び降りて……」

「そうですか」

伊野が、ガックリと肩を落として頷いた。

「ともかく、此処は危険ですから何処《どこ》かへ退避していて下さい。詳細な状況は、私の方からあなたに連絡をとるように致します」

「それじゃあ、そこの赤坂東急《あかさかとうきゅう》ホテルで待機していますので」

伊野は一礼すると、指揮官から離れて歩き出した。

赤坂東急ホテルは、ロイヤルジャパンとは番地が一番違うだけで、約二、三百メートルの距離をあけて建っていた。

伊野は、赤坂東急ホテルへは戻らず、ロイヤルジャパンの裏手に近い、東京で最古といわれる日枝神社《ひえじんじゃ》の境内《けいだい》に入っていくと、無念の表情で、炎に包まれている高層ホテルを見上げた。

アメリカ・台湾の流通企業研修団の受け入れは、経営戦略室が担当していた。

経営戦略室の二名のスタッフは、ロイヤルジャパンに宿泊し、伊野だけが、別の客を接待した関係から、その接待客と同じ赤坂東急ホテルに泊まっていたのである。

(私だけが、難を逃がれた……)

伊野は、その幸運に苦痛を覚えた。二名の部下は、火元の八階に部屋をとっていたはずである。

炎は、十三階に移り始めていた。遥か彼方《かなた》の空に赤いランプの点滅が見える。

やがてローターの回転音を轟々とひびかせて、十数機のバートルH47型ヘリが赤い夜空に姿を見せた。

伊野は、炎の熱さを顔面に感じた。彼の立っているところから、炎までの距離はおよそ三百メートル。

それでも伊野は、額からも首すじからも熱さのために汗を吹き出していた。

神社の周囲を幾十台もの消防車や救急車が行き交い、多勢の消防士や警察官が走りまわっているにもかかわらず、緑濃い木立に囲まれた日枝神社の境内は、シンとしていた。恐らく、広い範囲にわたって立入禁止区域が設定されているためであろう。

「ひどすぎる……」

伊野が、ポツリと呟いた。

彼は、年商二兆円を誇る南部ストアーの、切り札的な存在であった。

わが国のスーパー業界は、縄張り争いとも言えた創設期の第一期戦国時代を終え、いまや『吸収、再編成』を目ざす第二期戦国時代に突入していた。

力対力、策謀対策謀の対決によって、強者が弱者を吸収し支配する、謀略戦争の火ブタが切って落とされたのである。

中小流通業の保護育成を目的として、通産省が設定した大規模小売店舗法によって、巨大スーパーによる無差別な店舗の展開にはブレーキがかけられている。

しかし、それだけに店舗用地の確保や中小スーパーの系列化をめぐって、白日下にさらされない戦いが地下深くで繰り広げられていた。

なかでも、新宿《しんじゅく》に本部を置く関東流通業界の雄、南部ストアーと、大阪・難波《なんば》に本拠を構える関西流通業界の覇者、大王《だいおう》ストアーは、流通業界の東西戦争と言われるほど、激烈な地下戦争を展開していた。

南部ストアーは西へ、大王ストアーは東へ進出し、お互いがお互いの地盤を制覇する野望を抱いているのである。

大王ストアーは、年商二兆二千億円をあげる流通企業であり、わずか二千億円の差で二位の南部ストアーが、追撃していた。

「よせッ……」

伊野が、低いが鋭い声を発した。

彼の網膜に、両手を広げてスカイダイビングするように、宙に舞った女性らしい姿が映った。炎をバックにしたその黒点は、スカートが開いた一瞬だけ、落下傘《パラシュート》のように見えた。

伊野の顔は歪《ゆが》んだ。

米・台二国の流通業界要人を、『日本の流通企業視察』の名目で招待することを計画したのは、伊野であった。

伊野は、南部ストアーのワンマン総帥・吉尾好次郎《よしおこうじろう》の右腕として、『海外進出計画』を推進しつつあり、その事前の策として、海外流通業界の要人招待を実行したのである。

海外に店舗を展開するとなると、当然、その国の流通業界の反発を受ける。それを中和させる目的で、人的交流を深めることを狙ったのであった。

しかも伊野は、敵対する大王にさとられぬよう、この招待計画を極秘のうちに実現させていた。

火災に対する直接責任はないとは言え、招待側の南部ストアーにとっては、まさに致命的な大事件であった。

(これで米・台への進出計画は、泡と化してしまった)

伊野の目は、悔しさで潤んだ。

海外戦略のために、幾度も外国へ飛んで、昼夜の別なく働き続けてきた彼である。

その努力を、目の前の炎が打ち砕いていく。

この火災によって、南部ストアーが海外流通企業の要人を極秘で招待していたことが公になり、その結果、大王ストアーが米・台の二国市場制覇へ向けて、急速な動きを見せることは、まず確実と言わねばならなかった。

伊野は、歯ぎしりした。

「くやしい……」

彼は呻いた。

ホテル火災――それは、あまりにも予期せぬ、出来事であった。

伊野は、これ迄《まで》に多くの大型店舗を誕生させてきた。

それらの大型店舗の殆《ほとん》どが、半ばデパート化された規模を誇っている。

大王ストアーの本拠である関西へ進出する時も、伊野自らが大阪・中之島《なかのしま》のグランドホテルに半年近く寝泊まりし、指揮をしてきた。

伊野の名は、南部対大王で代表される東西流通戦争に於いて、『東に伊野あり』と言われるほど、西の流通業界に知れわたっている。

その知名度の高さは、伊野の戦略的な職務手腕が、いかに優れているかを如実に示すものと言えた。

とくに、多店舗化に必要な土地の確保や、通産省を折衝相手とした時に抜群の交渉力を発揮し、企画力や戦術展開のうまさにも、人を唸《うな》らせるものがあった。

それだけにワンマン・吉尾好次郎に可愛がられ、大きな権限を与えられている。

だが彼はいま、眼前の大火災に対して、まったく打つ手をもたなかった。

「流石《さすが》の伊野さんも、お手上げのようですね……」

伊野の背後で、不意に淀《よど》んだ暗い声がした。

伊野は、ギョッとして振りかえった。

数メートルほど離れた木立の中に、ゆらりと動く男の影があった。

「だれ？」

伊野は目を細めると、闇をすかすようにして、相手を見た。

影は、どうやら着物を着ているようであった。

「名乗ったところで、あなたにはわからない」

影が、二、三歩踏み出した。

炎の明かりが、相手の顔を赤鬼のように浮かびあがらせた。

伊野は息を呑んだ。

男は、薄気味悪い風貌をしていた。白髪を肩まで垂らし、しかも真白な着物を着ている。右上唇から下顎《したあご》にかけて、斜めに走る創痕《そうこん》があり、肉の薄い高い鼻は、わずかに右にゆがんでいた。

右手には、ステッキを持っている。

白髪は、炎の色に染まった男の顔を一見、老人に見せてはいるが、がっちりとした体格と全身に漲る名状し難い凄味には、三十半ばの若さが覗いていた。

「私に何の用です。どうして、私の名を知っているのですか」

伊野は、薄気味悪い相手の日を睨《にら》みつけた。

伊野は熱血的な性格の持ち主である。

正体不明の目の前の男に、本能的な戦慄《せんりつ》を覚えながらも、その足は一歩、白髪の男に迫っていた。

「南部ストアーの切り札といわれるだけあって、さすがに不敵な面構えですね」

男は、口元に冷笑を見せた。

伊野は、相手にまったく心当たりがなかった。

「米・台の流通業界要人を、密かに招待したりするから、こんなことになるのです」

男が、十三、十四階と炎に包まれていくロイヤルジャパンを、ステッキの先で指しながら言った。

伊野の顔色が変わった。

社内でも、限られた者だけしか知らない招待客の素姓《すじょう》を、白髪の男が知っていたのである。

招待客の身分素姓は、大王ストアーの情報収集網を警戒して、ロイヤルジャパンのフロントに対しても、『バイヤー』としか伝えていない。

「顔色が変わりましたな」

男も一歩、伊野に迫った。伊野は威圧されて、後退した。

「南部が、どれほど隠密行動をとっても、我々の目をあざむくことは出来ません」

「我々？……一体、あんたは誰だ。正体を明かしたまえ」

「正体を知る必要などありません。どうせお前は此処で死ぬんだから」

穏やかだった男の口調が、少し変わった。

「なにッ」

伊野が、ハッとなって逃げ出そうとしたとき、男の影が大地を蹴っていた。

男のステッキが、伊野の背後から唸りを発して襲いかかる。

「ぐわッ」

伊野が奇声を発して、のけぞった。いつの間に抜き放たれたのか、白刃が伊野の後頭部を、ザックリと割っていた。血しぶきが、闇に飛び散る。

ステッキは、仕込み杖であった。

路上に倒れた伊野が、頭を抱えて、のたうちまわる。

第二撃が、伊野の右脇の下から、左脇へ突き抜けた。

伊野の体が、激しく痙攣《けいれん》して、目を見開いたまま息絶えた。

吹き出す鮮血で、路上がみるみる血の海となっていく。

「これで星が一つ落ちたな……」

白髪の男は、暫く伊野の死骸を見つめていたが、やがて踵《きびす》を返して日枝神社をあとにした。

2

同じころ、東京の日野《ひの》市に本社を置く忠字屋《ちゅうじや》ストアーの役員会議室は、緊迫した空気に包まれていた。

午後五時から始まった労使協議会は、午前二時を過ぎても、なお平行線をたどったまま、結論を出せないでいた。

テーブルをはさんで向かい合った労使十八名からなる協議会委員たちは、お互いに憎悪と不信をむき出しにして、感情的対立の頂点に達していた。

忠字屋ストアーは、年商二千億円をあげ、首都圏に六十三の中規模店舗を持つ新進の中堅スーパーである。

創業わずか十五年で急成長を遂げたため、内部留保が薄く財務体質が極めて弱いため、人材にも不足して組織に弾力性を欠いていた。

オーナー社長・澤木友造《さわきともぞう》によるワンマン経営が敷かれ、そのため役員陣も副社長、専務を置かず、二番手は常務一人だけという有様であった。

八名いる平取締役に対しても、実質的権限は殆ど与えられていない。

忠字屋労働組合の力は決して強くはなかったが、上部団体である同盟《どうめい》の間接的支援を得て力づき、ワンマン澤木との対決を急速に深めつつあった。

「どうなさるおつもりなんです。黙っていては、いつまでも会議は終わりません」

執行委員長の高村敬治《たかむらけいじ》が、しびれを切らして立ちあがった。

まだ三十を出たばかりの若い組合指導者である。

高村と向かい合って座っている澤木が、上目使いでジロリと執行委員長を睨みつけた。

澤木は、一代で年商二千億円のスーパーを築きあげただけあって、脂ぎった赤ら顔の、ひと癖もふた癖もありそうな顔つきをしている。

「何度同じことを言わせるのかね。会社は南部ストアーと業務提携する。それが経営陣の結論なんだ。南部ストアーの吉尾好次郎社長も、積極的に歓迎の意を表してくれている」

澤木の右隣に座っている、常務取締役総務部長の矢吹洋市《やぶきよういち》が、腕組みをしたまま言った。

役員にあまり権限を与えようとしない独裁者・澤木も、今年で五十になる矢吹にだけは、かなりの自由裁量権を与えている。

矢吹が労務対策や対外折衝的な政治力に、優れた才覚を持っているからである。

矢吹の発言に、澤木が深々と頷いて、また若い執行委員長を舐《な》めるように睨みつけた。

「その南部ストアーとの業務提携を、組合としては認められないと言っているんです。会社側こそ、我々に何度同じことを言わせるのですか。業務提携は、労使協議会に於ける事前協議事項になっているんですよ。それを一方的に無視して、南部ストアーとの提携交渉を進めるなど言語道断です」

「高村君……」

澤木が、軽く咳払《せきばら》いをして、口を開いた。

高村が、負けまいと胸を張って、ワンマン社長を睨み返した。

「今回の業務提携には、組合と事前交渉をする余裕のない特殊な事情があったことを、幾度も説明してきたではないか。先程も詳しく言ったように、大王ストアーが、東証二部に上場するわが社の株を買収する動きを見せ始めている。だから……」

「それはわかっています。大王ストアーの動きを封じるために、南部ストアーと業務提携をするという社長の論理には、矛盾はありません。ですが我々は、南部ストアーとの業務提携よりも、大王ストアーとの交流を深める方を望んでいるんです。その理由は……」

「君の見解は、聞きあきるほど聞いた。もう結構だ」

「では、どうして我々の主張を一蹴なさるのです」

「私は、忠字屋ストアーのオーナーとして、大王ストアーの経営方針を好きになれんのだ。大王は関西だ。関西商法は強引で醜悪極まる。それに大王ストアーの氏家京介《うじいえきょうすけ》社長を、人間的に好きになれんのだ。それにくらべると南部の経営陣は紳士的でしかも財務に強い。氏家社長と吉尾社長とでは、人品にも大きな差がある」

「それは単なる感情論ではありませんか」

「違うッ、感情論ではない。大王ストアーを嫌うのは、私の断固たる方針だ」

「無茶すぎます。まるでヤクザ的な横暴極まる意見です」

「なにッ……」

ヤクザ的と言われて、澤木が椅子《いす》を蹴って立ちあがった。

額に青すじを走らせている。

握りしめた両拳が、激昂《げきこう》のあまり、ぶるぶると震えていた。

「今の暴言を撤回したまえ」

矢吹常務も、立ちあがってテーブルを迂回《うかい》し、高村に詰めよった。

高村をかばうようにして、二、三人の組合役員が立ちあがる。

それを威嚇《いかく》するように、重役たちもいっせいに腰をあげた。

「暴言ではありません。正直な意見です」

高村が、青ざめた顔で言った。

「ふざけるんじゃないよ、君」

矢吹が怒鳴って、高村の肩をドンと突いた。

高村の体が、グラリとよろめく。

高村の背後にいた組合役員たちが、殺気立って、矢吹に迫ろうとした。

高村が、両手を広げてそれを抑えた。

「矢吹常務、あなたは澤木社長の側近だから、社長の強引な経営姿勢を、よくおわかりのはずです。労使協議会の事前協議を無視した社長の姿勢を、あなたは総務部長として正しいと思っていらっしゃるのですか」

「南部ストアーとの業務提携を企画したのは、私だ。私が社長に意見を具申したんだ。労使協議会の事前協議を省略して、提携交渉の開始を社長にお勧めしたのも私だよ」

「なんですって」

「大王ストアーの株買い占めは、かなりの急ピッチで進んでいる気配があった。事態は急を要していたんだ。企業防衛のためには、労使協議会での事前協議よりも、防衛対策を先行させることはありうるさ。今回に限らず、今後に於いてもだ」

「承知できません。我々は南部よりも大王との提携を望みます。南部に吸収された地方の中堅スーパーをご覧なさい。すべて社名を南部ストアーと変えられているではないですか。しかし、大王ストアーに吸収されたスーパーは、社名はもとより、自主経営の道をも残されています」

「そんなことは、組合から言われなくとも社長は、わかっておられるよ。忠字屋としてはだね、財務体質の強い南部ストアーと組んで、経営ノウハウを伝授してもらうつもりなんだ。今回の南部との交渉はあくまで業務提携であって、吸収が前提とはなっていない。だが大王ストアーの株買い占めは、明らかに吸収を狙っている」

「南部だって、そのうち全面吸収の野望を持ち始めるに違いありません。それなら大王と組んだ方が……」

「くどいね」

矢吹常務は、顔面を紅潮させて、高村に背を向けた。

「会議は終わりだ。帰ろう、矢吹君」

澤木が、空になった煙草の箱を握り潰して、テーブルの上に叩きつけた。

平取締役の一人が、小走りにドアーに向かう。

「まだ結論は出ていません」

高村が、澤木に駈け寄ろうとするのを、矢吹が押し止めた。

澤木が肩を怒らせ、平取締役がうやうやしくあけたドアーから出ていく。

「卑怯者《ひきょうもの》……」

高村が、矢吹の肩ごしに、澤木に向かって叫んだ。

組合役員たちが、矢吹を取り囲む。

その囲みを破って、平取締役たちが、矢吹を会議室の外へ連れ出した。

怒号が、重役たちの背中に飛んだ。

矢吹は、重役たちに守られ、そのままガレージに向かった。

社長専用車のベントレーが、六七五〇ccのエンジンを始動させて、待っていた。ロールスロイスと並ぶ、英国製の最高級車である。

「早く……」

澤木が、車の中から、矢吹を促した。

矢吹が、ころげ込むように、後部シートに腰をおろすと、自動的にドアーがしまって、ベントレーがガレージから滑り出した。

矢吹は、ホッとして背後を振りかえった。

闇の中で、重役たちが横に並んで頭を下げている。

「組合の馬鹿どもが……」

澤木が、吐き捨てるように言った。

矢吹は、黙って相槌を打った。

ベントレーは深夜の川崎街道を、京王電鉄《けいおうでんてつ》の高幡不動《たかはたふどう》駅に向かって走っていた。

澤木の屋敷が、その高幡不動の閑静な邸宅街にある。

「総務担当重役として、高村執行委員長をなんとかしたまえ。あれは経営が判っとらんよ、矢吹君」

澤木が、顔を歪めて、煙草をくわえた。

矢吹は、ライターの火を差し出しながら、「はあ」と疲れたような返事をした。

澤木が、不快気に舌打ちをして、矢吹の顔を見つめる。

「私の前で、疲れた表情を見せるのはよせ。私だって君以上に疲れているんだ」

「申し訳ありません」

矢吹は、顔を下げ、肩を落とした。

深夜の川崎街道は、すいていた。

音もなく路上を滑っていたベントレーが、軽くバウンドして、澤木と矢吹の肩が触れ合った。

矢吹が、座り直して澤木から少し離れる。

澤木が、紫煙を運転手の背中に吹きつけながら言った。

「南部ストアーとの調印を急ごう。組合は、あの調子だと独自に大王ストアーの経営陣や大王労組と接触して、我々の動きを押さえ込みにかかるかもしれない。明朝、南部へ電話を入れて、吉尾社長と会う段取りをつくってくれないか」

「わかりました」

矢吹は、頷いて、前部シートの背中についている、赤い小さな釦《ボタン》を押した。

前部シートの背中から、透明なプラスチック製の遮断板がのびて、車の天井に当たった。

こうしておけば、後部シートで何を話しても、運転手に聞かれる心配がない。

運転手に用がある時は、インターホンの釦を押せば、話が通じるようになっている。

前部シートの背中には、無線電話もついていた。

「心配です。大王がどのくらい我が社の株を手にしているのか……」

矢吹が、心細そうな顔を、澤木に向けた。

「何を言っとるんだ。大王の動きを的確に把握するのは、君の仕事じゃないか。証券会社は、大王の動きを、どう分析しているんだ」

「まだ、具体的な情報は入ってきておりません。たぶん大王は、第三者名義で忠字屋株を買い占めているのでしょう。いま証券会社が必死になって、さぐってくれてはいるんですが」

「一刻も早く情報を収集したまえ。大王の氏家は、何をするか油断のならん人物なんだ。それは君も、よく知っとるだろう」

澤木が、苛立《いらだ》ったように言った。

矢吹は、不機嫌そうな澤木の横顔を、チラリと流し見て、気付かれないように溜息をついた。

「ともかく、調印を急ごう。南部との業務提携の話を、ここまで進めることが出来たのは君の功績だ。それは認めてやるよ。君の努力がなかったら、大王防衛策としての南部との業務提携は、こうも段取りよく進展はしなかったに違いない。あと一押しなんだ、頑張ってくれ」

「ええ……」

澤木の言葉で、矢吹の表情が、わずかに明るくなった。

薄利多売主義で、急成長を遂げてきた忠字屋ストアーは、収益率が著しく低く、したがって内部留保も極めて心細かった。つまり企業としての体力は、話にならぬほど弱いということである。

外見的な急成長に比して、内面的な体質は、非常に脆弱《ぜいじやく》なのだ。

大王が株を買い占め、その力で忠字屋の経営に力ずくで干渉を加えてきたなら、現在の忠字屋の体力では防ぎようがなかった。

それを最もよく知っているのは、澤木自身である。

ワンマン澤木が、自尊心を殺して南部ストアーに業務提携を申し込んだのは、大王に対する耐え難い恐怖心を抱いていたからであった。

その恐怖心がなければ、自分から頭を下げて南部に〈支援〉を求めるような澤木ではなかった。

なによりも、他人の干渉を嫌う澤木だ。

「氏家め、関西商人のくせして関東制覇の野望を持つなど、まったく商人道を心得とらん。そうだろう、矢吹君」

澤木が、灰皿で煙草を揉《も》み消しながら言ったとき、ベントレーが交差点を渡ったところで、静かにとまった。

運転手が、矢吹の方をふりかえって微笑んだ。

矢吹は、窓から外を眺めた。

いつの間にか、京王電鉄の南平《みなみだいら》駅近くまで来ていた。矢吹の5DKの住まいは、高幡不動の一つ手前にある南平駅から、徒歩で二、三分山手にのぼった住宅団地の中にあった。

「それじゃあ、社長……」

矢吹は、ベントレーから降りると、澤木に一礼した。

「ご苦労。南部との接触を頼んだぞ」

「はい」

矢吹がもう一度頭を下げると、ベントレーのドアーがしまって、ゆっくりと動き出した。

排気ガスが、矢吹の顔にかかる。

矢吹は、軽く咳こみながら、走り去るベントレーの赤い尾灯が見えなくなるまで見送った。

「ふん、ワンマン爺《じじい》めが……」

ベントレーが闇に溶けて見えなくなると、矢吹は、ポツリと呟いて歩き出した。

足が、重かった。胃もギリギリと痛む。

澤木が忠字屋を創業したときから、忠実な右腕として澤木を助けてきた矢吹である。

矢吹は、澤木の命令する殆どのことを受け入れて、今日まで歩んできた。

無理を無理とも思わぬ澤木の性格は、彼にとって、過去に於いても現在に於いても、最も大きな苦痛の原因となっている。

「常務取締役……か」

矢吹は、自分は生涯専務や副社長の地位に就くことはないであろうと、思っていた。

澤木に尽くしてきた結果が、常務取締役という地位と月に四十万円という俸給であった。

年収一億円を超える澤木に比して、月四十万という俸給は、あまりにもひどい待遇と言えた。

常務取締役という地位と俸給額のバランスが、まったくとれていない。

だが、そういうことを、平気で断行する澤木であった。

矢吹は、むなしさを嚙《か》みしめながら、深夜の住宅街を歩いた。

彼の家からほど近いところに、小さな児童公園があった。

その公園を通り抜けて右に折れて少し行くと、彼の住まいがある。

矢吹は、公園の中ほどで立ち止まると、煙草をくわえて、夜空を仰いだ。

満月である。無数の星が、ダイヤモンドのように、きらめいている。

このとき彼は、前方の暗がりで、チラリと人影が動いたように思った。

労組との対決直後だけに、彼は、くわえていた煙草を足元に捨てて、闇の向こうに目を凝らした。

ブランコと滑り台の間にある、大きな桜の木の下に、まぎれもなく黒い影が潜んでいた。

矢吹は、恐怖を覚えてあとずさった。

影が動いて、街灯の明かりの下に立った。黒いスーツを着た、人相の良くない男であった。

右手を、背広のポケットに入れている。

年は四十前後であろうか。

「お疲れのようですな、矢吹常務さん」

男が、太く低い声を出して、矢吹をじっと見つめた。

「あなたは？……」

矢吹は、さらにあとずさりながら訊ねた。

男が、矢吹に近付いていく。男の目は、矢吹をしっかりと捉えていた。

「名もなき男、とでも申し上げておきましょうか。それよりも、南部ストアーとの業務提携は、どうなっているのかお聞かせ下さいませんか」

「な、なんですって」

「そう驚かなくてもよろしいではないですか。大王の攻めに備えて、密かに南部と手を組もうとなさっている。しかも、労組の猛反対を無視して……違いますか」

「わかったぞ。君はやはり組合のまわし者だな」

矢吹は、相手から受ける恐怖感を振り払うようにして、憤然と胸を張った。

「組合のまわし者？　これは笑止千万」

男はニヤリとすると、右手を背広のポケットから出した。

矢吹は、用心深く、男の右手を見た。

万年筆のようなものを握っている。

「矢吹常務、有能な人材の少ない忠字屋ストアーにとって、仕事のできるあなたは希少価値がある。澤木社長の信任厚く、その右腕となって、実に見事に、南部ストアーとの業務提携を進めておられる。しかし……」

男は、そこで言葉を切ると、矢吹に一歩迫った。

矢吹は、動けなかった。完全に足が竦《すく》んでいた。

男の声には、不気味な威圧感があったが、話しぶりは丁重であった。

その丁重さが、かえって矢吹の恐怖心を煽《あお》りたてていた。

男の目は、矢吹をまっすぐに捉えて離さなかった。

矢吹は、男の目に射竦められている自分を感じた。それも尋常の感じではなかった。

(お、おかしい……)

矢吹は、踵を返して、逃げだそうとした。

だが、体はまったくいうことをきかなかった。足が鉛のように重い。

「お気の毒だが、あなたが進める業務提携は、実現しない。あなたが消えると、右腕を失った澤木氏は、大きな打撃を受ける」

男は、そう言いながら、右手に持った万年筆のキャップを抜いた。

矢吹の表情が、ひきつった。

キャップの中から出てきたのは、長さ十センチほどの千枚通しのようなものであった。

「な、なにをする」

矢吹は、体を動かそうとした。けれども地に根が生えたように、二本の脚はピクリとも動かなかった。

「よせッ」

矢吹が叫んだ。

男が矢吹に歩み寄り、千枚通しを一直線に突き出した。

「げッ……」

矢吹が、白目をむいて、のけぞった。背中が地面を叩いて、ドンと鳴る。

仰向けに倒れた彼の心臓に、深々と千枚通しが突き刺さっていた。

即死であった。

男は、矢吹の胸から千枚通しを引き抜くと、死者の背広の端で血痕をぬぐって、キャップをかぶせた。

矢吹の左胸が、次第に赤く染まっていく。

「これでよし」

男は、児童公園を出ると、闇に向かって手をあげた。

ヘッドライトを消した乗用車が、静かに近付いてくる。

どこかで、野良犬の悲し気な遠吠《とおぼ》えがした。

第二章　恐るべき男

1

南部ストアーの総帥・吉尾好次郎は、世田谷《せたがや》区の成城《せいじょう》にある自邸の居間にきちんと正座し、暗い表情でサツキの咲き乱れる庭を眺めていた。

吉尾の背後にある床の間の刀掛けに、日本刀が掛かっている。

掛け軸の絵は、徳川《とくがわ》五代将軍・綱吉《つなよし》の直筆画であった。

吉尾は、身じろぎもしなかった。

軽く握った両拳を膝《ひざ》の上に置き、背すじをまっすぐにのばして、庭の一点を凝視している。

ときおり居間に忍び込んでくる風が、吉尾の美しい銀髪を乱した。

今年六十五歳になる吉尾には、子供がいなかった。敷地千坪の広い屋敷にいるのは、老妻のヨシと三人の若い女中を加えた五人だけであった。

ヨシは、とくに体が弱い訳ではなかったが、なぜか子供が出来なかった。

正座する吉尾のまわりには、幾日か前の新聞が、三、四紙ほど開かれたまま置かれていた。

ホテル・ロイヤルジャパンの火災記事が、赤鉛筆で囲まれている。

それ以外に二つの殺人事件の記事が赤鉛筆で囲まれていた。

伊野義彦と、矢吹洋市が殺害されたことを報じる記事である。

「何かが動いたな……大きな何かが……」

吉尾が、無念そうに呟《つぶや》いた。

吉尾の肉体は、いま綿のように疲れきっていた。米・台流通企業研修団から出た二十名の犠牲者の事後処置と本国との連絡を、この数日の間、吉尾が自ら行なってきた。

犠牲者へは、見舞金として一律五百万円を、すでに支払ってある。

招待側である以上、犠牲者への補償を、ホテル・ロイヤルジャパンだけで済ます訳にもいかなかった。

最強側近だった伊野の社葬も、二日前に済んでいた。加えて、業務提携の調印直前に於ける、忠字屋・矢吹常務の死——それらの全てが、吉尾の老体に、耐え難い衝撃を与えていた。

（この三つの事件の背後で、何かが動いている……）

吉尾は、皺深《しわぶか》い顔に見えない敵への怒りを漲《みなぎ》らせた。

膝の上で握りしめた拳が、小刻みに震えている。

年商二兆円、店舗数百四十九を誇り、ほかに運輸、繊維、化学、水産など百一社の系列企業群を抱える南部ストアーに、吉尾は目に見えない〈黒い影〉が忍び寄りつつあるのを感じていた。

（奴《やつ》だろう……たぶん）

吉尾の脳裏に、大王ストアー社長・氏家京介の顔がチラついた。

吉尾は、年商二兆二千億円、店舗数百五十六、系列企業百社を擁する大王ストアーが、総力をあげて『南部打倒』に向かって動き始めた、と推測した。

（その第一撃が、ホテル火災であり、伊野、矢吹両常務の殺害だ……）

受けて立ってやる、と吉尾は思った。

氏家京介が、黒い動きを見せるであろうことは、予期していたことであった。

これ迄《まで》に、幾度となく株買い占めや商圏攪乱《かくらん》・奪取など強圧的な手段で弱小スーパーやデパートを吸収し、支配してきた大王ストアーである。

氏家が手段を選ばぬ男であることは、大王ストアーの拡大戦略を見れば、わかることであった。

背後に正体不明の黒いシンジケートが控えているのではないか、と財界の一部で密かに囁《ささや》かれている氏家京介である。

(だが、この吉尾を見くびってもらっては困る)

吉尾は、腰をあげて、縁側に立った。

庭に、初夏の休日の、眩《まぶ》しい日ざしが溢《あふ》れている。

吉尾は振りむいて、居間の柱にかかっている、大きな柱時計を眺めた。

時計の針は、間もなく午後一時になろうとしていた。

「だんなさま……」

長い廊下を、女中が急ぎ足でやってきた。赤いセーターを着た、まだ二十《はたち》前の若い女中である。

「澤木社長か?」

吉尾が訊《たず》ねると、女中は「はい」と答えた。

吉尾は、さり気なく女中の胸に視線を走らせた。セーターの下で、柔らかそうな胸が豊かに張っている。

「応接間に通しておきなさい」

吉尾はそう言うと、縁側から居間に戻って押し入れをあけ、中に入っていた小型の耐火金庫から実印を取り出した。

今日、澤木が訪ねてくることは、一昨日、急に決まったことであった。

吉尾が応接間に行くと、精気のない顔でソファに体を沈めていた澤木が、何かを言いかけて、腰をあげようとした。

それを、吉尾が軽く手をあげて制した。

澤木が、あげかけていた腰をおろして、弱々しい視線を吉尾に向けた。

「矢吹常務の葬儀は済みましたか」

吉尾が、テーブルの上のシガレットケースから、ピースを一本抜き取って訊ねた。

「ええ、社葬で……」

「そうですか。伊野常務も社葬にしてやりました」

「伊野さんのご葬儀に顔出し出来ず、申し訳ありませんでした」

「いやいや、社葬は社内の者だけでやるものですから……それに、そちらも大変でしたからお互いさまです」

「それにしても、一体誰がこんなむごいことを」

「その話は、もうよしましょう。あなたもショックを受けておられるだろうから」

「はあ、正直のところ……矢吹は、人材の少ない忠字屋にとって、なくてはならない存在でした」

「わが社との業務提携に反対している、組合のその後の動きはどうですか」

「組合も、矢吹常務が殺害されたことには、大きな衝撃を受けているようです。弔意のつもりなのか、このところ静かですよ」

「それじゃ、調印を済ましてしまうには、絶好のチャンスという訳ですな」

「ええ、まあ……」

澤木が、足元に置いた黒い革カバンの中から、和紙にタイプ打ちされた、二通の『業務提携覚書』を取り出して、テーブルの上に置いた。

吉尾は、その覚書を手に取って目を通し始めた。厳しい顔つきだった。

澤木が、やや上目使いで、吉尾の顔を盗み見る。

「いいでしょう、調印しましょう。これで大王ストアーの直撃はかなり防げるはずです。但し……」

「但し？……」

「この覚書に二つの条件を付けて下さい」

「と、言われますと？」

「一つは、南部ストアーの経営ノウハウを指導するための取締役を、二名派遣させていただきたいこと。もう一つは、早急に第三者割当増資を実施し、その新株引受権を全株、南部ストアーの系列会社に与えていただきたいこと……この二点です」

「なんですって」

澤木の顔色が変わった。

無理もない。どういう理由《わけ》があろうと、役員派遣や、第三者割当増資にともなう新株引受権の全ての取得に同意するということは、企業乗っ取りの第一ステップを、相手に与えることになるからだ。

第三者割当増資というのは、原則として現株主以外の特定の少数者に対して、新株引受権を与える増資形態である。

「そんなに驚くことはないでしょう。これも関西の雄と言われている大王ストアーを防ぐための策なんですからな。南部が、忠字屋をどうかしようと企んで、言っている訳ではありません」

吉尾が、淡々とした口調で言った。

澤木は、顔面を紅潮させた。うつむき加減の視線を、テーブルの上に落として下唇を嚙《か》みしめ、上唇がヒクヒク震えていた。

「澤木さん、何をそんなに驚いておられるのですか。氏家京介は忠字屋の株を買い占めつつあるのでしょう。それを我が社との形式的な業務提携だけで防ぐのは無理ですよ。南部が忠字屋の株主となって役員を派遣するという具体的な動きを、表面的にしろとらねば駄目です」

「表面的にしろ……ですか」

「そうです、表面的にです。南部は、忠字屋を支配しようとする気など毛頭ありません。大王による忠字屋攻撃の心配がなくなった時点で、株はお返し致しますよ。私を信用してください」

「む、むろん、信用はしていますが」

「それならば、この覚書にいま申しあげた二つの条件を、ボールペンで書き足して下さらんか」

「うむ……」

澤木は迷った。

だが、迷ったところで、吉尾の提案から逃がれられないことはわかっていた。

大王を防ぐためには、吉尾のいう策が効果的なことを、澤木も理解はできた。

第三者割当増資をして新株を発行すれば、発行済全株式に対する氏家京介の買い占め株の比率は当然下がる。

買い占め株の比率が下がるということは、企業への干渉力が低下することを意味するだけに、澤木も無条件で吉尾の案を呑み込みたいところであった。

しかし、吉尾好次郎も、東を代表する巨大スーパーの経営者であり、矢継ぎ早に地方の弱小スーパーを系列化しつつある人物である。

「ご不満そうですな」

吉尾が、覚書をテーブルの上に戻して、苦笑した。

「澤木さん。私はなにも自分から忠字屋に接近した訳ではありません。あなたの方から、私に近付いてきたのですよ」

「そ、それはわかっています」

「あなたは、この吉尾好次郎が忠字屋を乗っ取ることを心配しておられるのだろうが、冷静に考えてみて下さい。私がこれ迄に系列化してきた地方のスーパーは、たいてい年商五百億から一千億ていどの弱小スーパーです。しかもこれらのスーパーの大半は、商品供給量やコストの面で喘《あえ》ぐあまり、自分たちの意思で、南部の支配下に入ってきたのです。それにくらべて、忠字屋は東証二部に上場する、年商二千億円の中堅スーパーです。もっと自信をお持ちなさいよ」

吉尾は言い終えて、柔和な笑みを見せた。

その笑みで、澤木の緊張が緩んだ。

「澤木さん。あなたは、大王ストアーを防ぐために、なぜ私に接近されたのですか。それをまだお聞きしていなかった」

「氏家京介氏とは違った、吉尾さんの人間性です」

「たとえば？……」

「氏家社長もあなたも、弱小スーパーやデパートを系列化していく野望をお持ちだという点では、変わりありません。ですが、同じ野望でも、氏家には形の悪さがあり異臭が感ぜられます。あなたには、不思議とそれがありません。それに南部が、単なる流通企業集団でなく、コングロマリットであるところに大きな魅力があるわけでして……実は忠字屋も将来は南部企業集団のようになりたいと願っているのです」

「そう言っていただけると、私もうれしい……でも、それならば、もっと私を信頼して下さらないと」

「はあ……」

「こうしましょう、澤木さん。忠字屋の新株を南部グループで引き受けるかわりに、あなたにも南部ストアーの個人株主になっていただく。私の持株の中から、いくらか差しあげましょう。いかがですか」

「わかりました。そこまでおっしゃるなら、全て吉尾社長の言う通りに致します。私は、なんとしても氏家京介氏とは、かかわりあいを持ちたくありませんので」

澤木は、背広の内ポケットからボールペンを取り出すと、腰を前かがみにしてテーブルの上の覚書に、二つの条件を追加し始めた。

澤木の手元を見つめる吉尾の目が、一瞬ではあったが、静かに光った。

澤木は、二通の覚書に追加条件を書き足し終えると、何も言わずに実印を押し、丁寧に吉尾に差し出した。

吉尾が頷いて、捺印《なついん》し、一通を澤木に戻した。

「これで南部と忠字屋は、形式的にしろ実質的にしろ、兄弟同然の仲になったのです。仲良くやりましょう」

吉尾が右手を出すと、澤木がその手を握り返した。

「大王ストアーに、東日本で大きな顔をさせてはなりません。氏家さんは凄《すご》い男です。しかし私は、南部ストアーの面目にかけても、大王が東日本へ土足で踏みこんでくることを阻止してみせます。そりゃあ、一口に東日本と言っても広いですから、大王の店が五十店や百店は出来るでしょう。いや、現に出来つつある。だがそれ以上の数の南部ストアーを、西日本各地へ逆上陸させてやりますよ」

「叩《たた》いて下さい、大王ストアーを」

「ええ、必ず……ご安心なさい」

「私は思うのですよ。矢吹常務を殺《や》ったのは、もしや大王ストアーにつながる手先ではないかと……矢吹も大王を非常に嫌って、南部との業務提携を急いでいましたから」

「大王かもしれないという、何らかの根拠でも？」

「根拠はありません。私の直感です」

「まあ、あまり迂闊《うかつ》なことは言わない方がよろしいでしょう。氏家京介という実業家は、失礼だが澤木さんが太刀打できる人物ではありません。私ですら、彼の名を聞いただけで鳥肌が立つくらいですから」

「それにしても、彼は嫌われる実業家ですね」

「関西商人特有の狡《ずる》さと暗さがあるからです。あなたが先程おっしゃった異臭という形容は、ズバリ氏家京介氏に当てはまります。彼ほど拝金主義に徹した策士はいませんからね」

「ともかく、今後は色々と側面的なご援助を……」

澤木は立ちあがって、丁重に腰を折った。

庭の木立の何処《どこ》かで、野生の鶯《うぐいす》が、心にしみわたる声で啼《な》いた。

二人は、庭に沿って玄関へ続いている廊下を歩いた。

「いいお庭ですね、サツキが見事です」

澤木が、ようやく明るい笑みを見せて言った。

二人は、廊下の途中で暫く立ち止まると、無言で庭一面に広がるサツキの群落を眺めた。

「そのうち、色艶《いろつや》のよいのを一株お分けしましょう」

吉尾が言うと、澤木が「ええ、ぜひとも……」と頷いて、歩き出した。

澤木は、玄関先で吉尾と別れると、表門へ通じるまっすぐに伸びた長い石畳を、ゆっくりと歩いた。

不安と安堵《あんど》が、澤木の胸の中で交錯していた。

（本当に大丈夫だろうか……）

澤木は、表門のところで立ち止まると、屋敷を振り返った。

いま出てきた玄関の格子戸は、すでに固く閉ざされていた。

澤木は、南部の役員受け入れと、吉尾を忠字屋の大株主とすることに、やはり不安を感じた。

（だが、大嫌いな大王ストアーから逃がれるには、これしか方法はない）

澤木は、吉尾家の四脚門《しきやくもん》の潜《くぐ》り戸を出ると、少し離れたところに止まっているベントレーに向かって手をあげた。

ベントレーが、音もなく澤木の前に滑り込む。

澤木は、煙草をくわえると、もう一度不安気に吉尾邸の四脚門をかえりみた。

運転手が車から降りて、丁重にドアーをあけながら、澤木の口元でライターの火をつけた。

澤木が、吉尾邸に視線を向けたまま、運転手がつけたライターの火に顔を近付けた。

このとき、澤木は、背後から人が忍び寄る気配を感じて振りかえった。

キラリと光る一条の光線が、まっすぐに向かってくる。

「わッ……」

澤木は叫びざま、運転手を突き飛ばして逃げ出そうとした。

その背に、白刃が襲いかかった。

澤木が、背中を斜めに斬られて横転する。

「何をする!」

運転手が、突然あらわれた暴漢に摑《つか》みかかった。

「吉尾社長……吉尾さぁん」

澤木は、這《は》うようにして、吉尾邸の潜り戸を押し開けて逃げこんだ。

暴漢に組み付いた運転手が、断末魔の悲鳴をあげた。

首筋を切られて、噴水のように血を噴き出している。

澤木は、斬られた背中を血まみれにさせ、玄関の格子戸を叩いた。

暴漢が、路上に倒れている運転手の胸にとどめの一撃を加えて、潜り戸を凄《すさ》まじい形《ぎょう》相《そう》で睨《にら》みつけた。三十を出たばかりと思える、まだ若そうな男である。

吉尾が、格子戸をあけて、姿を見せた。

澤木が、吉尾の胸に倒れ込む。

刺客が、運転手の体を飛び越えるようにして駈《か》け出した。

それは、アッという間の惨劇であった。

わずか数十秒の間におこった、出来事である。

吉尾は、血だらけになって呻《うめ》いている澤木をかかえながら、茫然《ぼうぜん》として、血の海と化した屋敷前の路上を見つめた。

2

吉尾は、苦虫を嚙《か》み潰《つぶ》したような顔つきで、警視庁の捜査官と向かい合っていた。

この三日の間、繰り返し張り付いてくる捜査官の執拗《しつよう》さに、彼は疲れきっていた。

だが、屋敷の前で惨劇があった以上、捜査に非協力的な姿勢を見せる訳にはいかない。

応接テーブルの上にのった灰皿に、煙草の吸いがらが山となっている。

吉尾は、浅い溜息をついて、応接室の窓の向こうに広がる庭に、視線を移した。

捜査官の目が、吉尾の横顔に絡みつく。

「今回の事件は、どう考えても、伊野・矢吹両殺人事件の延長線上にあるとしか考えられないのですがね」

「ですから……」

吉尾は、用心深い目で捜査官を見た。

「この三日の間、何度も申し上げているように、私にはまったく事件の背景の見当がつかんのです。伊野・矢吹両殺人事件の延長線上にあるのかどうか、むしろ警察の手で一刻も早く解明して下さらないと」

「そのためにも、積極的に協力して下さらないと困るんです」

「協力は惜しみません。だが犯人の見当などつきようがありませんよ」

「では激化しつつある流通企業戦争とは、直接の関係はないと言われるのですね」

「あるはずがありません。企業対企業の闘いは、もっと正々堂々としたものです」

「正々堂々……ですか」

捜査官が、煙草をくわえながら、上目使いでジロリと吉尾を一瞥《いちべつ》した。

吉尾が、ライターの火を差し出した。

「澤木社長も犯人に心当たりがないと言っておられましてね。我々としては、犯人につながる糸口が摑めなくて困っているんです。このままだと、確実に迷宮入りですよ」

「犯人が残していったようなものなど、ないのですか」

「今のところ、見つかっていません。殺しの手口は、いずれもプロです。それもプロ中のプロの仕業じゃないかと見ているんですよ」

「事件が企業戦争に起因するのではないかと見ておられる根拠は？」

「根拠があれば、捜査はもっと進展しています。こんな言い方は失礼になりますが、流通戦争は、他の業界の企業戦争にくらべて、かなりあくどいというではありませんか」

「だから何者かに恨みをかっている？」

「そうです」

「それは偏見というものです。殺人事件をひきおこすほど、流通業界は汚れても乱れてもいません」

「まあ、気を悪くしないで下さい。このままだと、事件は本当に迷宮入りになってしまうんですから」

捜査官は、煙草をくゆらせながら、一瞬ではあったが、苦悩の表情を見せた。

吉尾は、目の前の捜査官の表情の奥に、苛立《いらだ》ちと焦りの色があるのを、感じとっていた。

「これは普通の殺しじゃない。それだけは、はっきりしています」

捜査官が、低い声で呟いた。

「背後に巨大な力があると信じていらっしゃるのですね」

「その通りです。吉尾さん、その巨大な力が、次にあなたに向かっていくかもしれないのですよ」

「脅かさないで下さい」

吉尾は、不快そうに顔をそむけると、額に滲《にじ》み出た脂汗を、手の甲で拭った。

自分の脇腹に、深々とドスの突き刺さった光景が、チラリと目の前に浮かぶ。

「ともかく、我々としても、企業活動の中で事件に結びつくような現象に突き当たったら、すぐにご報告します」

「そうして下さい」

　捜査官は、頷いて、灰皿の上で煙草を揉《も》み消すと、腰をあげた。

「冗談でなく、吉尾さんも気をつけられたほうがいいでしょう。もっとも、組織の頂点に立つ者は、こういう場合、たいてい逃げ切りますがね」

「どういう意味です？」

　吉尾は、応接室のドアーに向かっていく捜査官と肩を並べながら、憤然とした口調で訊ねた。

「警察がこれ迄に見続けてきた組織対組織の闘いでは、犠牲になるのは、たいてい有能な幹部やトップの側近に多いということです。頂点に立つ者は滅多なことでは死なない。権力の凄さとでも言うべきですかな」

「あなたは、棘《とげ》のある言葉を吐き過ぎます。自重なさったほうがいいですね」

「これはどうも」

　捜査官は、苦笑しながら、応接室から出た。

「事情聴取は、今日で終わりにして下さい。大事な仕事が山積みになっておりますので」

「よろしい、そうしましょう」

　捜査官は、真顔で頷くと、足を早めて玄関へ向かった。

　吉尾の胸の中に、黒雲のような不安が、激しい早さで広がっていく。

　捜査官は、玄関で靴を履き終えると、割り切れない表情を見せて、丁重に頭を下げた。

だが、目つきの鋭さだけは消えていない。

吉尾は、針で刺すような、胃の痛みを覚えて、思わず顔をしかめた。

濃い疲労が、体を鉛のようにしていた。

3

西伊豆《にしいず》・三津浜《みとはま》の紺碧《こんぺき》の海に、純白のクリッパーバウ型客船ヨットが錨泊《びょうはく》していた。

かつて、スウェーデンの富豪、エイナー・ハンセンが所有していたステラポラリス号である。

二十世紀最後の豪華ヨットと言われているクリッパーバウ型は、デンマークの王室ヨットと、海上ホテルとして三津浜に錨泊するステラポラリス号の二隻しかない。

ステラポラリスとは、北極星の意味であり、三津浜に錨泊を始めた昭和四十五年から『ホテル・スカンジナビア』として新しく生まれかわり、高級ホテル・チェーンとして知られている、プリンスホテル・グループに属していた。

いま吉尾好次郎は、スイートルームのソファに体を沈め、目を閉じて沈思黙考していた。

吉尾と向かい合って、パイプをくわえた目つきの鋭い初老の男が座っている。大物総会屋として金融・証券界の裏の世界に棲む、倉橋仙太郎《くらはしせんたろう》であった。

百名近い相場師や若手総会屋を配下に置き、東京、大阪、名古屋の証券市場に、大きな黒い影を落としている人物である。

彼がその組織に一声かけただけで、たちまち標的株の値段が自在に上下する。

倉橋が、落ち着きなく腕時計に視線を走らせた。

吉尾の顔にも、倉橋の顔にも、不可解な怯えの色があった。

巨大流通企業集団を築きあげた男と、金融・証券界の黒幕が、何かを恐れるように苦悶の表情を見せているのである。

倉橋は、吉尾が南部ストアーを築きあげる当初から、付き合っている男であった。

いわば、刎頸《ふんけい》の友だ。

南部ストアー創業当時は、倉橋もまだ一介の若手総会屋でしかなかったが、今では、わが国最強の総会屋グループ総師として、南部グループの『株式護衛』という重責を負っていた。

南部の株主総会など、倉橋がいるというだけで、いつも一、二分で終わってしまう。

一部の株主の不満など、無言の圧力でねじ伏せてしまう倉橋であった。

株主総会を終始、平和的に終わらせてしまうという点だけでも、倉橋の貢献は大きいと言わねばならない。

倉橋が、ここまでのしあがれたのは、吉尾の財力のおかげであると言われている。

総会屋の動きを封じ込めようとする商法の改正で、この稼業の前途も悲観的になりつつあったが、それでも倉橋の力は、まだまだ根強く多くの企業に浸透していた。

「本当に会えるのでしょうね」

吉尾が、目を閉じたまま、脚を組み変えて言った。

「多分……大丈夫とは思いますが」

倉橋が、また腕時計を見ながら、不安そうに言った。

二人は今、ある男を待っていた。

二人とも、その男には初対面である。

「約束時間は？」

吉尾が、訊ねた。ホテルに入ってから、彼は同じことを幾度か質問していた。

それだけ緊張しているのである。

「午後三時です。あと十分……」

倉橋が、そう言いながら、吉尾を促すようにして、ソファから立ちあがった。

「行くとしますか」

吉尾も立ちあがった。声がうわずっている。

二人とも、午後三時に自分たちの前に現われるであろう〈その人物〉に、まぎれもない恐れを抱いていた。

巨大企業の薄暗い部分で生きている倉橋でさえ恐れる、〈その人物〉とは、一体何者なのか？

二人は、部屋を出ると、船内グリル〝北欧《ほくおう》〟へ向かった。

そこが、相手の指定してきた場所であった。

むろん、直接の連絡が相手からあった訳ではなかった。

その人物と会う段取りをとってくれたのは、財界の超大物と言われ、政財界の奥深い暗部に君臨する、巨大重工業の会長であった。

「この場所で待て」と指定したのも、その会長である。

その会長と、これから会う人物とが、どういう関係なのか、二人とも知らない。

会長と吉尾の間の連絡役となったのは、倉橋であった。

二人はコーヒーを呑みながら、まだ見ぬ相手を待った。

「そんなに凄い人物なのですか」

吉尾が、店内を見まわしながら、囁くように訊ねた。

店内は、午後三時前という時間帯のせいもあって、客は吉尾たち二人だけであった。

「私も不確かな噂としてしか知りません。その男と直接に接触できるのは、政財界長老たちの中でも数少ないと言われています」

「幾人が、これまでにその男に殺《や》られてきたのです？」

「さあ……政財界重鎮の急死の背後には、しばしばその人物が絡んでいると言われてはいますが、どこ迄が真実かは……」

「大物総会屋の君でさえ、その男のことをよく知らないとはね」

「だから彼のことを、陰の殺し屋と呼ぶ財界人がいます」

「……陰の殺し屋か。なるほど凄味のある異名ですな」

「ともかく尋常の人物ではありません。誰の支配下に入ることもなく、誰を味方にすることもない男だと、囁かれています」

「頼まれれば、誰の仕事でも引き受けるのですか」

「わかりません。ですが同じ依頼者には二度と近付かないとも言われています。ともかく謎に包まれた人物です」

「うむ……」

吉尾は、額にかかった銀髪を右手でかきあげると、深い溜息をついた。

二人のカップの中のコーヒーは、すでになくなっていた。

「ところで、澤木社長の容態は？」

倉橋が、空になったカップを手に持ったまま訊ねた。

「幸い、背中の傷はたいしたことはないようです。だが、精神的にひどい打撃を受けています」

「そうでしょうな。なにしろ矢吹常務が殺害された直後のことですから」

「刺客が持っていたのは、日本刀だった。澤木社長の車の運転手が、死ぬ間際にはっきりと、私に言い残しました」

「警察の調査は？」

「あまり進んでいないようです。矢吹常務を殺害した犯人と同一犯だと見ているようだが」

「伊野常務を殺ったのも、同じ犯人かもしれませんね」

「うむ……しかし伊野常務と矢吹常務は、同じ日の殆《ほとん》ど同じ時刻に殺害されているから、同一犯人とは言えないでしょう」

「なるほど……」

「警察は、流通戦争の背後に何かあるのではないかと、妙な目を向け始めています」

「吉尾社長は、今回の事件をどう見ておられるんです？」

「ホテル火災も、四人を殺傷したのも、組織的な動きと見ています。南部ストアーの周辺で、何かがおこり始めたと見た方がいい」

「というと、もしや関西勢力が……」

「軽々しいことは口にできませんが、あるいは、とも考えています」

吉尾がそう言ったとき、グリルのマネージャーらしい黒いスーツを着た男が、二人の傍にやってきて、うやうやしく一礼した。

「あのう、吉尾様と倉橋様でいらっしゃいますか」

「そうですが」

倉橋が、怪訝《けげん》そうに答えた。

「お二人に、メッセージが届いております」

「メッセージ？……」

「デッキでお待ちしているので、そちらの方へ来るようにとのことでございますが」

「なにッ」

倉橋が、ハッとして腰を浮かした。

吉尾も慌てて立ちあがった。

「そのメッセージは、いつ届いたのかね」

吉尾が、蒼《あお》ざめた顔で訊ねた。

「はい。今朝……でございますが」

「困るねえ、もっと早く伝えてくれなくちゃあ。大事なお客様なんだから。我々は昨夜からこのホテルに泊まっていたんだよ」

「ですが、メッセージは必ず午後三時にお伝えするようにとの、ご指示がございましたので」

「そうか……いや、ありがとう」

吉尾は、倉橋の肩を軽く叩くと、先に立って〝北欧〟を出ていった。

倉橋が、レジで勘定を済ませて、吉尾のあとを追った。

吉尾は、デッキの昇り口になっている階段で、倉橋が追いつくのを待っていた。

表情が、極度に緊張している。

「倉橋君、相手にどのように話を切り出せばいいのだろうか」

「率直に頼むしかないでしょう。現状を正確に打ちあけて」

「率直に……ですか」

「南部がもし忠字屋を吸収すれば、大王と肩を並べる売上規模となり、忠字屋が店舗展開している神奈川、埼玉、山梨を労せずして南部が押さえることになります。大王は、神奈川、埼玉、山梨に標的を絞った東京包囲作戦を展開しようとしているのですから、南部と忠字屋との業務提携に横槍を入れてきて当然ですよ。ホテル火災も、四人の殺傷事件も、まず間違いなく……」

倉橋が小声でそこまで言ったとき、吉尾が目で倉橋の言葉を制した。

倉橋の背後からきた中年の男女が、腕を組みながら、吉尾の脇をすり抜けて階段をのぼっていく。

「要するに、その現状を率直に相手に話した方がいい、ということですね」

吉尾が、先に立って階段をのぼりながら言った。

「大王が、打倒南部の本格的な動きを見せ始めたに違いありません。澤木社長が殺されなかったのは、南部と業務提携するな、という警告だったのでしょう。殺そうと思えば殺せたはず」

「しかし……年商二兆二千億円を誇る巨大スーパーのオーナーが、果たして刺客組織を動員するような無謀なことをするでしょうか。常識ではとても考えられません」

「何を言っているんですか。吉尾社長は、氏家京介の人間性を骨の髄まで見抜いていたのではなかったのですか」

「確かに見抜いてはいます。経営拡大のためには、黒い組織と手を組むことなど、なんとも思っていない男ですよ。それでも、私には半信半疑なんだ」

「その氏家京介を迎え撃つために、我々だって間もなく恐るべき人物に会おうとしているのです。それが巨大企業の当たり前の素顔ですよ」

「それはわかっているつもりだが……」

「吉尾好次郎と言えば、関西の流通業界から見れば、吸血鬼のような存在です。弱音を吐いて貰《もら》っては困ります」

「吸血鬼とは、ひどい形容だな」

吉尾は、思わず苦笑をもらしながら、眩《まぶ》しい日ざしの降り注ぐデッキに出た。

デッキには、かなりの宿泊客がいて、目の醒めるような富士《ふじ》の景観に見惚れていた。

吉尾は、額に手をかざして五月の日ざしをさえぎりながら、デッキを見まわした。

二人とも、求める相手の顔を知らなかった。

デッキを吹き抜ける潮風が、緊張した二人の頬を心地よく撫《な》で過ぎる。

二人は、宿泊客の間を縫うようにして、ゆっくりとデッキを歩いた。

だが、それらしい人物は、何処にも見当たらない。

「おかしい」

吉尾が呟いた。

「間違いなく来ているはずです」

「それにしても、どうして伊豆を、会う場所に選んだのだろうか」

「彼のことに関する限り、あまりあれこれ考え過ぎないことです。だいいち考えても仕方がない」

「伊豆界隈に、しばしば来ているのかもしれんな」

「彼のことを知りすぎると、こちらの身が危なくなるかもしれませんよ。用心して下さらないと」

倉橋が、吉尾の耳元でそう囁いたとき、グリル北欧のマネージャーが、足早に二人の傍へやってきた。

「あのう、また伝言がございまして……お部屋で待っているように、とのことなんですが」

マネージャーが、困惑気味に言った。

吉尾と倉橋は、顔を見合わせた。

「わかった、ありがとう」

吉尾が、マネージャーに頷いてみせた。マネージャーがきちんと一礼して、去っていく。

グリル北欧、デッキ、部屋と、待ち合わせ場所を二転三転させる相手の真意が、二人には摑めなかった。

「どういうつもりなんだ」

倉橋が、苛立ったように舌打ちした。

「何か考えているのでしょう。ま、ひとまず部屋へ戻りましょうや」

吉尾は、倉橋を促してデッキを降りた。

スイートルームの前で、吉尾は持っていた部屋のキイを倉橋に手渡して、煙草をくわえた。

さきほどデッキに通じる階段口ですれ違った中年の男女が、楽し気に喋り合いながら廊下を通り過ぎた。

倉橋が、ドアーの鍵穴にキイを差し込んで、ひねった。

カチンと乾いた音がして、ドアーが開いた。

二人は、部屋に入ると、ドアーをしめてソファに腰をおろしかけ、「アッ」と低い叫び声をあげた。

隣の寝室の窓際に、黒いスーツを着てサングラスをかけた、長身瘦軀《そうく》の男が立っていたからである。

男は、彫りの深い色白の端整な横顔を二人に見せて、じっと海を眺めていた。

年は三十七、八であろうか。

二人の方へ、顔をふり向けようともしない。

吉尾と倉橋の顔は、蒼白であった。

部屋の鍵は、間違いなくかかっていた。

(一体どこから……)

吉尾と倉橋は、生唾《なまつば》を呑み下して、男に歩み寄った。

男は、身じろぎもしない。

「もしや、あなたは……」

倉橋が、吉尾の肩ごしに、うわずった声で問いかけた。

男は、海を見つめたまま、無言で頷いた。

二人は今、目の前に、恐るべき人物の出現を確認したのである。

吉尾と倉橋は、男の全身に漲る、たとえようもない不気味な気配に触れていた。

男の顔だちは、秀麗であった。頬も首すじも、女のように色白で、それだけを取れば弱々しくさえ見えた。

だが、その弱々しい印象の中に、カミソリのようにヒヤリとした鋭い何かがあった。

しかも背すじの寒くなるような、名状し難い暗さを漂わせている。

吉尾と倉橋は、慌てて男に名刺を差し出した。

男は、それを無視してゆっくりとリビングルームに移ると、ソファに腰をおろして、長い脚を組んだ。

「鍵をあけて、勝手に失礼しました」

男は、無表情に言った。

物静かな、しかし陰にこもった重々しい低い声であった。

吉尾と倉橋は、男と向かい合って座った。

男は、サングラスをはずして、二人を刺すように見つめた。切れ長な、涼しい目であった。

だが、感情のない、氷のように凍《い》てついた目の色をしている。

吉尾と倉橋は、その目に見据えられて、ゾクッと鳥肌立った。

村雨龍《むらさめりゅう》――政財界のずっと奥深くの闇の中で『陰の刺客』と囁かれている一匹狼の殺

し屋である。

滅多に人前に姿を見せることはなく、政財官界に於ける要人急死の背後には、しばしば村雨龍の非情な殺しが絡んでいると伝えられている。

だが彼が、一般庶民の世界で殺しを行なうことはなかった。

彼の影が揺らぐのは、常に政財官界という、庶民には無縁の、いわゆる別世界である。

その殺しのテクニックは、華麗かつ残忍と噂されてはいたが、むろん誰もそれを目撃したものはいない。

殺しの『痕跡《こんせき》』を残さないからであろう。

村雨の経歴は、いっさい不明で、どこに住みどんな生活をしているのかさえも謎に包まれている。

「実は……」

吉尾が、ようやく気を取り直して、口を開いた。

村雨は、ケントをくわえ、ロンソンの純金製のライターで火をつけた。

黒いスーツが、ほっそりとした長身に似合っている。

「私は南部ストアーの代表……」

吉尾がそう言いかけたとき、村雨は紫煙を吐き出しながら「知っています」と頷いた。

吉尾が、驚いたように倉橋と顔を見合わせた。

一面識もないはずの吉尾を、村雨はすでに南部ストアーのワンマン社長と知っていたのである。

村雨は、吉尾から倉橋へ視線を移すと、静かな口調で言った。

「あなたが金融・証券界暗部のボスと言われて、有頂天になっていることも知っています。有頂天になりすぎて敵をつくりすぎると、誰彼に命を狙われることになる。何事も適当が大事ですよ」

倉橋は、それを聞いて思わず体を震わせた。

額にも首すじにも、脂汗を浮かべている。

「東西のエゴをむき出しにした流通戦争も、南部ストアーの周辺で最近おきた幾つかの事件も、すべて詳しく知っています。お二人の私に対する用件もです」

村雨の口調は、抑揚がなく、冷たく陰気に乾いていた。

「そ、そうでしたか。ひとつ、くれぐれも……」

吉尾が、丁重に頭を下げた。

「倉橋仙太郎。あなたともあろう者が、尾行者に気付かなかったのですか」

「えっ、尾行者？……」

「だから私は、グリルからデッキ、デッキから客室へと落ち合う場所を移しました」

「そ、そうでしたか」

「中年の男女がまといつくのに気付かなかったとはね」

「あッ……」

吉尾と倉橋が、同時に腰を浮かした。

二人の脳裏に、デッキへの階段口と部屋の前ですれ違った中年男女の顔が、思い浮かんだ。

倉橋が、血相を変えてドアーに向かっていこうとした。

「もう遅い」

村雨は、冷ややかに倉橋を押さえた。

倉橋が、不安そうにソファに体を戻した。

「で、でも一体、誰が私たちを」

吉尾が、ドアーの方を凝視しながら、訊ねた。

「南部ストアーと忠字屋の周辺でおきた一連の殺傷事件は、一撃必殺のその手口から見て、どうやら、黒い蝶の仕業と考えられます」

「黒い蝶?……」

それは、吉尾も倉橋も、初めて耳にする名であった。

「奈良の柳生《やぎゅう》の里《さと》に本拠を置く、十数名の暗殺集団と伝えられています。いずれも柳生新《しん》陰流《かげりゅう》の皆伝者《かいでんしゃ》ということです」

「そういえば、忠字屋の澤木社長は、日本刀でやられたのでした」

吉尾が、急《せ》きこんで言った。

倉橋は、半ば茫然として村雨の端整な暗い顔を眺めている。

「黒い蝶は、これまでは西日本の広域暴力組織と手を組んで動くことが多かった。しかし、このところ金のためか関西政財界に近付いて仕事をする気配を見せています」

「すると……」

吉尾が、蒼白な顔でひと膝のり出した。

「うむ、誰かが黒い蝶に、伊野・矢吹、澤木の殺傷指令を流したと考えられます。ホテル・ロイヤルジャパンの火災も、海外流通業界の要人を招待した南部ストアーへの攪乱策と見ていいでしょう」

「その指令者は、私も倉橋も……」

「大王ストアーの氏家京介だと言いたいのですね」

「は、はあ……」

「それは、いずれわかります。ともかく、吉尾社長は経営に専念なさって下さい。向かってくる刺客は、私が封じます」

「ありがたい。この通り感謝します」

吉尾が、深々と頭を下げ、倉橋が慌ててそれを見習った。

村雨は、ソファから立ちあがると、ドアーへ向かった。

吉尾が、背広の内ポケットから一枚の紙片を取り出して、村雨の後を追った。

「不足なら、言って下さい。とりあえず今日はこれだけを……」

吉尾が差し出したのは、額面五千万円の小切手であった。

村雨は、無言でそれを受け取ると、スイートルームから出ていった。

吉尾は、胃が痛くなるほどの緊張感から解放されると、よろめくようにソファに倒れこんだ。

「凄い男だ……まるで氷のようにつめたい」

倉橋が呻いた。

金融・証券界の暗部を牛耳ってきた彼も、村雨龍の寒々とした鬼気に触れて、青ざめていた。

額に吹き出た汗を、幾度もハンカチで拭っている。

「黒い蝶……か」

吉尾が呟いて、怯えたような目をした。

「私も初めて耳にする名前です。そんな暗殺集団がいたなんて知らなかった」

倉橋が、ぶるッと体を震わせて言った。

黒い蝶——それは、村雨が言うように、西日本の広域暴力組織の間で、蛇のように恐れられている暗殺集団であった。

メンバーの全員が、柳生新陰流の免許皆伝者と伝えられ、暴力組織の依頼を受ければ、敵対する暴力組織員はむろん、女であろうと子供であろうと容赦なく殺すという、非情の暗殺集団であった。

奈良・柳生の里深くに本拠を置くと伝えられているものの、その正体はいまだ灰色のベールに包まれたままである。

西日本から東へ出ることは、まずなく、その殺戮《さつりく》はこれまで、名古屋以西が主舞台となっていた。殺しの武器は滅多に火器に頼らず、白刃を使って音もなく静かに兇行《きようこう》をやり遂げると言われている。

だが暗黒街の一部では、黒い蝶が東へ進出しないのは、東京に謎の殺し屋・村雨龍の存在があるからだろうと噂されていた。

柳生剣を使う黒い蝶さえ恐れる、『陰の殺し屋』村雨龍。

その黒い蝶が、忽然《こつぜん》と東日本に姿を見せた気配があるのだ。

それも氏家京介という、わが国流通業界の大御所を背後に置いている可能性があるという。

吉尾も倉橋も、東西流通戦争がやがて常識も倫理も超越した凄まじい暗闘に発展するであろうことを、はっきりと予感した。

4

伊豆・修善寺《しゆぜんじ》にほど近い山中に観心寺《かんしんじ》という荒れ寺があった。

建物はそれこそ化け物屋敷のように古かった。本堂、三重塔、庫裏《くり》なども荒涼として陰気であった。寺域は広く、釈迦十六羅漢《しやかじゆうろくらかん》の木像を祀《まつ》る山門は傾き、本堂、三重塔、庫裏なども荒涼として陰気で

寺の周囲は、杉の巨木で覆われ、昼間でも地面に陽光の降り注ぐことはなかった。

この息苦しいほど暗く陰気な寺の本堂で、一人の男が身じろぎもせずに座禅を組んでいた。

村雨龍である。

彼は、もう二時間近く、こうして不動の姿勢を続けていた。

彼の傍に、ひとふりの日本刀が置かれている。

本堂の障子が静かに開いて、村雨の背後に小柄な老僧が立った。

村雨の背を見つめる老僧の目には、慈愛が満ちていた。

村雨が、閉じていた目を開き、老僧の方に向き直って、丁寧に頭を下げた。

老僧は、観心寺の住職・良海和尚《りようかいおしよう》であった。今年六十五になる良海は、顔の色艶よく、

年よりはかなり若く見えた。

「行くのか」

良海は、村雨の前に正座すると、優しく訊ねた。

村雨が、黙って頷く。

「もう一度、立ち合わんか」

良海が、微笑みながら言うと、村雨は首を横に振って、傍にあった日本刀を良海に手渡した。

「では、次にくるまで預かっておこう……元気でな」

良海は、村雨の肩に手を置くと、日本刀を大事そうに両手でかかえて、本堂から出ていった。

村雨が、良海の背に向かって、軽く頭を下げる。

座禅に入る前、村雨はこの本堂で、良海和尚と真剣で小半時《こはんとき》ほど激しく打ち合った。

良海は、戦前戦後の一時期、神道無念流《しんとうむねんりゆう》の二大剣士の一人と言われた剣の達人であった。

もう一人の剣士は、東京の寺町である台東《たいとう》区谷中《やなか》の妙輪寺《みようりんじ》住職・天海《てんかい》和尚である。

天海は、良海の実兄で八歳年上であった。

天海も良海も、竹刀《しない》や木剣を使わず、真剣で修練を積んできた実戦派の剣士だった。

この二人の僧の家系は、徳川幕政のころ、ある藩の斬首役人をしていた浅尾《あさお》家にさかのぼる。

代々、斬首役人の地位にあった浅尾家が切り落とした首は、実に千数百を数えた。また、浅尾家の歴代当主は、いずれも神道無念流の使い手として知られ、その剣の血すじが、天海と良海に、脈々と引きつがれていた。天海と良海が僧の道へ踏み込んだのは、浅尾家に伝わる『斬首』というのろわれた宿命を打ち払い、首を落とされた多くの魂の成仏を祈願するためであった。

村雨は、この天海と良海に四歳のころから神道無念流を叩き込まれてきた。

昭和二十年三月十日の朝、妙輪寺の門前に、乳呑み児を抱えた若い母親が倒れて、息絶えていた。

発見したのは、天海である。

赤ん坊は毛布に包まれ、三月の寒さに耐えて元気であった。

若い母親が息絶えた前日の三月九日の夜は、米軍のB29重爆撃機三百三十四機による東京大空襲で死者八万四千名を出し、台東区浅草《あさくさ》をはじめ、本所《ほんじょ》、深川《ふかがわ》、城東《じょうとう》などの下町は、壊滅状態に陥っていた。

息絶えた母親は、空襲の直撃下を逃げまわったのか、全身にひどい火傷を負っていた。

結局、母親の身元は判明せず、妙輪寺に無縁仏として葬られ、赤ん坊は天海によって村雨龍と名付けられ、寺で育てられた。

妙輪寺の副住職であった良海は、村雨が十二歳になったとき、伊豆・観心寺の住職となるため、東京を離れた。

村雨にとって、天海と良海は、父なる存在であった。

良海は、伊豆に移ってから妻を迎えたが、天海は村雨の厳父として、とうとう七十三歳になる今日まで、妻を迎えようとはしなかった。浅尾家の宿命が、妻を迎えることを、とまどわせたとも言えよう。

村雨が、母の末路を天海から聞かされて、孤児だということを知ったのは、十四歳の時であった。

村雨は、別に驚かなかった。

彼は、天海から打ち明けられる何年も前から、もう自分の運命を感づいていた。

村雨は、天海の口から孤児であることを告げられたあと、すぐに自分の意思で妙輪寺を出た。そして次第に『黒い世界』へと、入っていったのである。

天海は、村雨が寺を出ていくことをあえて止めなかった。

斬首家の宿命を背負う天海は、村雨の宿命をも、早くから見抜いていたのであろうか。

「此処《ここ》は、お前の家だ」

天海は、寺を去る村雨に、ひと言そう言っただけであった。

彼が恐るべき殺し屋として、いま闇の世界に生きていることは、天海も良海も知っている。

だが、二人の剣聖は、それこそが村雨龍の宿命であると、静観していた。

二人の目には、村雨の宿命と、自分たちののろわれた宿命が重なって見えたに違いない。

彼等は、暗黒の世界に踏み込んだ村雨を叱りはしなかった。導きもしなかった。

村雨に必要なのは、〈限りない愛情で包んでやること〉だけだと、天海も良海も信じて疑わなかった。だから、いつぶらりと訪ねてきても、いつの間にいなくなっても、村雨に対する二人の慈愛は不変であった。

村雨は、立ちあがって正面の観音像に黙禱《もくとう》すると、サングラスをかけて本堂を出た。

空には厚い雨雲が張っていた。

彼は、山門を出ると、庫裏と並んで建っている本堂を眺めた。

良海が、庫裏の縁に姿を見せた。微笑んでいる。

滅多に表情を変えることのない村雨の秀麗な顔に、チラリとではあったが笑みが浮かんだ。

良海が頷く。

村雨は、山門から続いている長い階段を降りると、修善寺の町へ続いている山道を、ゆっくりと歩いた。

一陣の風が、杉の原生林の中を吹き抜けていく。

「降るな……」

村雨は、空を見上げて呟いた。

遠雷が、どろどろと鳴った。

サングラスにポツリと一粒、滴《しずく》がかかり、また風が吹いて原生林が騒いだ。
三、四分歩いたとき、村雨の足が、ふと止まった。
どこかで、カラスが鳴いた。

村雨は、動かなかった。

正面を向いたまま、無表情に立ち竦《すく》んでいる。

彼は、次第に迫ってくる、凄まじい殺気を感じていた。

殺気は、正面から地を這うようにして向かってくる。

村雨の右手が、そっとスーツの懐に滑りこんだ。

彼は脇の下に、拳銃ホルスターのようなものを釣っていた。

村雨の右手が、直径二センチ、長さ二十センチ程の重量感ある金属棒を、ホルスターから抜いた。

金属棒の握りの部分に、小さな釦が付いている。

村雨の右手の親指が、その釦を押した。

シャキンと鋭い金属音がして、金属棒が九十センチほどの長さにのび、鈍い艶を放った。

それは、伸縮自在の直刀であった。

(敵は、私が南部ストアーの背後についたと知ったな……)

村雨は、迫りくる殺気は、恐らく黒い蝶だろうと思った。

黒い蝶が、なみなみならぬ情報収集能力を持っていることは、村雨も知っている。

黒い蝶は、南部側についた自分の面前に、意外に早く姿を見せるだろう、と村雨は考えていた。

稀代の戦略的実業家である氏家京介が、黒い組織に手を伸ばす激情家であることを、村雨は熟知していた。

氏家は、そういったアブノーマルな組織の力を背後に置いて、店舗展開のための土地確保や、中堅中小スーパーの乗っ取りを強引に押し進めてきた経営者であった。

むろん、吉尾好次郎も氏家に劣らぬ知略家であることを、村雨は承知している。

だが、氏家と吉尾を見くらべた場合、大きく違う点が一つあった。

それは、吉尾は流通業界のプリンスと言われ、氏家がハイエナと評されている点である。

吉尾を「柔」の知略家であるとすれば、氏家は「剛」の謀略家である、と断定する財界人もいた。

吉尾は、明治の財界人・吉尾正一郎《しょういちろう》を父に持つ、いわば名家の生まれであった。

南部流通企業集団百一社のうち、南部ストアーを除く七十社までは正一郎が築きあげてきたものである。

一方の氏家は、突如として大王ストアーをひっさげて流通業界に名乗りをあげ、破竹の進撃を続けてきた風雲児であった。その前歴は、はっきりせず謎に包まれた灰色の一面を有している。

南部ストアーと大王ストアーという、流通業界の草わけ的存在であるこの二大スーパーは、プリンスとハイエナという宿命的な土壌を背負って、キバをむきあって今日まできたのであった。

お互いに均衡を保ちながら……。

だが、その均衡が破られたかのように、いま村雨龍の面前に、総毛立つような殺気が肉薄しつつあった。

氏家の、正面きった総攻撃が開始されたのか？

(手ごわい……)

村雨が、そう思ったとき、直前まで迫ってきた殺気が、急にプッツリと立ち消えた。

村雨は、全神経を周囲に払った。

だが、殺気も人の気配もまるでない。

風はピタリとやみ、小雨が村雨の頰を打ち始めていた。

病的な色の白さを見せている村雨の表情は、研ぎすまされた美しさを見せたまま、能面のように静かであった。

不意に、背後から殺気が迫った。

村雨が振り返る。

一条の光線が、矢のように村雨の胸に迫った。

村雨の体が、飛燕《ひえん》の如く宙に躍った。

敵の体も、無言で舞いあがる。

剣と剣が宙で激しくぶつかり合って、火花を散らした。

二つの体が、絡まるように大地に降りて、左右に分かれた。

敵は、異様な風貌をしていた。

無反《むぞ》りの大刀を持ち、白い和服を着て、肩まで白髪を垂らしている。右上唇から下顎《したあご》にかけて走る創痕が不気味であった。一見、老人に見えるが、よく見るとまだ若い。

だが、息ひとつ乱さず剣を逆下段に構え、釣りあがった燃えるような目で、村雨を見据えている。

刃を村雨の方に向けた逆下段の構えには、微塵《みじん》のスキもない。

（見事な構えだ……）

村雨は、直刀を正眼に構えて、ジリッと相手に迫った。

敵は動かない。烈々たる気迫を、全身に漲らせている。

数分の対峙のあと、敵の剣が滑るように大地を這って、下からすくいあげるように村雨の顔面を襲った。

村雨の剣が、相手の剣を右に払って、眉間《みけん》に切り込んだ。

敵が横に飛んで、村雨の胴を円を描くようにして鋭く払う。

村雨の白いスーツが切り裂かれて、ワイシャツに薄く血が滲んだ。

「柳生新陰流、孤蝶剣《こちょうけん》……」

村雨が、依然として正眼に構えたまま呟いた。

孤蝶剣――それは、暗殺集団・黒い蝶が使う幻の剣法として、古くから語り伝えられてきた必殺剣であった。

その幻の剣法を、いま敵は村雨に見せたのである。

四歳の時から、神道無念流に打ち込んできた村雨龍のスーツが、いとも簡単に裂かれたのだ。

それは、黒い蝶の想像を超えた力を、はっきりと示すものであった。

だが村雨の表情は、彫りの深い女性のようなその美しさを、少しも崩してはいなかった。

直刀を正眼に構えて身じろぎもせず、体の力を抜いて飄然《ひょうぜん》と立っている。

敵が逆下段のまま二歩、村雨に迫った。

村雨が、ふらりと二歩、後退する。

まるで風に流されるが如く、逆らわない。それにくらべ敵の構えは、一撃必殺の激烈な気迫を漲らせていた。

村雨の腰が、静かに沈んだ。右足を、わずかに後ろへひいている。

正眼に構えていた直刀が、相手を誘い込むように、右へ水平に流れた。

敵が、ゆっくりと左へまわる。

村雨の剣が、ゆらゆらと動いて、自分の顔の前で垂直に立った。鼻と額に、直刀の背が軽く触れている。

「拝み切り……」

敵が、初めて声を発した。痰《たん》が喉に絡んだような不快な声であった。

村雨の動きは、完全に静止していた。

敵が左右に動いて、村雨を誘う。だが村雨は、巨木のように大地に根をおろして、無想の構えを見せていた。

敵が、正面から切りかかった。激しい切り込みであった。

村雨の剣が、キラリと光を吸って躍りあがる。

「ぐあッ……」

刺客が、直立のまま死の叫び声をあげた。

村雨の剣を防ごうとした相手の剣は、己れの額の上で横に構えたまま、中ほどから断ち切られていた。

しかも、村雨の剣は、唐竹割《からたけわ》りの如く、相手の頭蓋骨をザックリと裂いて、喉元まで切り込んでいる。

一滴の血も出ていない。

それは、秒の神技であった。

神道無念流の凄絶《せいぜつ》な必殺剣、拝み切りである。

村雨が、敵の体から剣を引き抜いて、後ろへさがった。

死体は、数秒の間、目を見開いたまま立っていたが、やがてあたりに血しぶきを散らして、朽ち木のように倒れた。

第三章　兇宴《きようえん》

1

東日本一帯に広大な山林や原野を持つ、日本一の山林王・尾崎源兵衛《おざきげんべえ》の豪壮な屋敷は、文京区《ぶんきよう》千石《せんごく》の邸宅街にあった。

尾崎邸だけで二つの番地を有するだけあって、敷地は二千坪に及び、建坪も入母屋《いりもや》造りの木造二階建ての母屋《おもや》で三百坪、離れの茶室で五十坪もあった。

尾崎源兵衛は、全国に二十の一流ゴルフ場と広大な山林を持つ、東洋管財《とうようかんざい》の社長として政財界筋に知られ、その私財は、一兆六千億円とも囁《ささや》かれている。

その尾崎源兵衛が、和服を着て屋敷の門前に立っていた。

頭は完全に禿《は》げあがっていたが、眼光は鷹《たか》のごとく冴えて鋭く、ひきしまった口元には、六十半ばとは思えぬ若々しい気迫を漲《みなぎ》らせている。

彼は、自分のことを『財界傍流に立つ、一介のゴルフ会社社長』と卑下し、巨億の私財を有しながらも、決して派手な政財界の中央部に躍り出ようとはしなかった。

また財界主流を歩く実力者の多くも、尾崎源兵衛の資金力の凄《すご》さに羨望《せんぼう》の目を向けながら、〈山林王・ゴルフ会社社長〉という尾崎の肩書を、意識的に嫌悪し白眼視する傾向があった。

『財界人とは正道を行く巨大企業経営者の勲章』という誇り高き意識が、依然として財界主流にあるのだろう。

彼等の言う、正道を行く巨大企業とは、鉄鋼、重工、銀行、電機、自動車などであり、ゴルフ会社社長などは、いくら金の力があっても「財界人ではない」のであった。

尾崎源兵衛自身、財界主流のそういった傲慢な選別主義を熟知している。

それゆえに彼は、大変な人嫌いであった。とくに実業家を友人に持つことは、出来る限り避けていた。

それは、尾崎の反骨精神を、如実に物語るものと言えた。

屋敷の表門に立った尾崎は、直立不動の姿勢で、二百メートルほど先にある道路の角に、じっと視線を向けていた。

和服が、尾崎の風貌をいっそう頑固そうに見せている。

と、道路の角に、黒塗りのベンツが現われた。

尾崎の固い表情が緩む。

ベンツがスピードを落として、音もなく尾崎の前に滑りこんだ。

尾崎は、腰をかがめるようにして車内を覗き込むと、二、三度頷くような素振りを見せて微笑した。

運転手が敏捷《びんしょう》に車から降りて、後部シートのドアーをあける。

金縁眼鏡をかけた、でっぷりと肥満した老紳士が、ベンツから降りて「どうも……」と軽く会釈をし、右手を差し出した。

尾崎がその手を握り返しながら、ベンツの中にまだ残っている二人の人物に視線を釘付けにした。

先に降りた肥満の紳士が、次に降りてくる人物のために、ドアーの前から離れた。

五十過ぎの、上品そうな銀髪の紳士が降りてきた。見上げるような長身である。

「ようこそ……」

尾崎が、丁重に頭を下げると、銀髪の紳士は窮屈そうに腰を折って、無言の挨拶をした。

緊張ぎみの表情を見せている。

一番最後に降りてきたのは、まだ三十前の青年であった。

すでに幾度も面識があるのか、尾崎の皺《しわ》深い手が、青年の肩を親し気に叩《たた》いた。

青年が、赤面して頭を下げた。

長身の銀髪の紳士と、青年が父子であることは、その似た顔立ちを一目見ればわかった。

青年は、父親よりは多少背は低かったが、顔はうり二つであった。色は浅黒く理知的な印象を与える好青年である。

「さ、どうぞ……」

尾崎が、三人の前に立って、屋敷の中へ入っていった。

母屋の玄関先で、和服を着た四人の女中たちが、丁重に客を出迎えた。

尾崎は玄関の格子戸をあけて、体を横に開くと、三人を目で促すようにして中へ入れた。

玄関を入ったところは、六坪ほどの土間になっていた。

土間は、すぐ十畳の和室に続いている。この部屋を、尾崎家では〈迎えの間〉と呼んでいた。

その迎えの間に、友禅《ゆうぜん》の着物を着た老女が正座をして、「いらっしゃいませ」と三人を出迎えた。

源兵衛の妻・サワである。

「私はちょっと……」

源兵衛は、誰にともなく頭を下げると、玄関を出ていった。

三人の客はサワに案内されて、長い廊下を幾度か折れて、奥まった客間へ通され、座卓を前にして座った。

「本日は、ようこそおいで下さいました」

サワは、三つ指をついて、改めて三人に頭を下げると、肥満した紳士の方へ体の向きを変えた。

「瀬川《せがわ》様には、このたびはご多忙のところ、なにかとお骨折りいただき、この通りお礼を申し上げます」

客に馴《な》れ、挨拶になれている、さらりとしたサワの言葉であった。

「いやいや……私は他人の世話をやくのが好きなもんですから」

サワに瀬川と呼ばれた肥満の紳士が、顔の前で手を振って、大形《おおぎょう》に破顔した。

彼は、大都《だいと》銀行頭取・瀬川文一郎《ぶんいちろう》であった。

大都銀行は、東洋管財創設時からのメイン・バンクであり、瀬川は実業家嫌いの源兵衛が例外として付き合っている人物の一人であった。

だが、東洋管財のメイン・バンクとは言え、大都銀行の資金量は源兵衛の私財の半分ぐらいしかなく、全国の地銀六十三行の中で三十三位という位置に甘んじていた。

大都銀行は、昭和二十六年に、今は亡き瀬川の厳父・雄一郎《ゆういちろう》によって設立され、文一郎は二代目オーナーとして、大都銀行の体質強化に懸命になっていた。

源兵衛が瀬川文一郎と付き合っているのは、先代頭取と親しく交わっていた義理からであって、とくに文一郎の人柄に惚れ込んで交流を続けている訳ではなかった。

昭和四十八年の石油危機に端を発した構造不況で、中小企業融資のウエイトが高い大都銀行は、あいつぐ融資先の倒産により、経営基盤が大きく揺らいだ一時期があった。ようやく体制を立て直したものの、地銀中三十三位という体質の弱さは、いまだ根本的には解決されていない。

「主人が、間もなく章子《あきこ》を連れて参りますので、暫くお待ち下さいませ」

サワが、そう言い残して客間から出ていくと、青年の目が、広々とした庭に向けられた。

「いい人が見つかったね、哲也《てつや》君」

瀬川が、隣に座っている青年の膝《ひざ》を叩いて、小声で言った。

「これも頭取のおかげです。家内が生きていたら、喜ぶのですが」

銀髪の紳士が、座卓の上に視線を落としたまま言った。

青年の明るさにくらべて、父親にはどこか湿った暗さがあった。

「哲也君がいい青年だからこそ、尾崎家も一人娘を下さることに承知して下さったんですよ」

瀬川が、またヒソヒソ声で言った。

青年の父は、東証二部に上場する第一宅建《だいいちたくけん》の社長・白坂正浩《しろさかまさひろ》であった。

第一宅建は、ビル建設部門と住宅建設部門を有し、年商四百二十億円をあげる、経営の安定した新進気鋭の建設会社である。

第一宅建もまた、創業当初より大都銀行をメイン・バンクとしていた。

今日は尾崎家の一人娘、章子と、第一宅建の後継者である哲也との婚約が、成立する日であった。

日本一の山林王と急成長を続ける建設会社との縁結び役を買って出たのは、双方のメイン・バンク頭取である、瀬川であった。

哲也と章子は、三か月前に見合いし、交際を続けて今日の日を迎えたのである。

「遅いな……」

瀬川が、落ち着かぬ様子を見せて言った。

この縁談を最初に口にしたのも、瀬川である。

いわば全てが、瀬川の段取りで動いているのであった。

「東北《とうほく》新幹線の完成で、尾崎家はまた儲けるでしょうね」

哲也が、なに気ない口調で言った。

父親が「よせ」という顔つきで、哲也の膝を軽く平手で打った。

瀬川が、苦笑しながら頷く。

尾崎源兵衛は、東北新幹線の沿線の随所に、広大な土地を持ち、そのうちの七割が駅の周辺土地であった。

つまり、新駅の周辺開発をするには、尾崎が「うん」と言わねば出来ないのである。

（親父は、東北新幹線の駅周辺の住宅開発を狙っているな）

哲也は、単純にそう考えていた。

彼は、二十年前に母親を子宮癌《がん》で亡くし、父親の手で育てられてきた青年である。

彼にとって、父・白坂正浩は、誰よりも優しく頼もしい存在であり、心から信頼し尊敬できる相手であった。

廊下に、足音がした。源兵衛の咳《せき》払いが聞こえる。

三人は真顔になって、呼吸をとめた。

2

三人の客がひきあげたあと、源兵衛は離れの茶室で、白地に豪華な牡丹《ぼたん》の花をあしらった訪問着姿の章子に、琴を弾かせて聞き入った。

源兵衛の目は、娘の白い指先をじっと眺めていた。

目に入れても痛くないほど、可愛がってきた一人娘である。

その娘の左手の薬指に、ダイヤの婚約指輪がはまっている。

源兵衛は、むっつりとしていた。

娘の婚約が、内心は面白くなかった。

だが相手の白坂哲也や、その父親・正浩に不快感を覚えているわけではない。娘の婿になる男として、源兵衛は白坂哲也の青年らしい理知的な明るさを気に入っていた。

父親の手一つで育てられてきたため、若いが男らしい頼もしさも見られる。

それでも源兵衛は、娘を取られてしまう当たり前の父親の感傷から、抜け出すことが出来なかった。

二人の間をとりもった瀬川頭取が、腹立たしくさえ思える。

余計なことをしてくれて、という気分であった。

だが、第一宅建が、財務内容のしっかりした中堅の建設会社であることを、源兵衛はよく知っている。

それに章子は、もう二十四歳であった。

(仕方がないか……)

源兵衛は、むっつりとした顔で、しみじみと娘を眺めた。

色白で大柄な章子には、成熟した女の妖しさが、眩《まぶ》しいばかりに満ちている。

父親である源兵衛でさえ、章子の艶《あで》やかな美しさには、息を呑むことがあった。

「お父様は、あまりご機嫌がよくなさそうですわね」

サワが、普段着に着かえて、茶菓をもって離れへやってきた。

源兵衛が、ジロリと老妻を睨《にら》みつける。

章子が、琴を弾く手を休めて「ふふッ」と笑った。

「でも、章子にいい人が見つかって安心いたしましたわ。これぱっかりは、お金で買うわけにはいきませんからね」

サワが、目を細めて娘を見た。

一人娘の章子が、白坂家へ嫁いでしまうと、尾崎家は跡取りがいなくなってしまう。

そこで、婚約条件として、哲也と章子の間に出来た最初の子は、男児であっても女児であっても、尾崎の姓を名乗ることになっていた。

孫に尾崎家を継がそう、というのである。

白坂父子は、その条件に快く同意した。

「哲也さんは心の優しい方だから、年老いた私たちが歩けなくなったら、ちゃんと面倒をみて下さいますよ」

サワが、笑いながら言った。

源兵衛が、フンと鼻の先を鳴らして、横を向いた。

章子が、両親に背を向けて、茶をたてる準備を始めた。

静かな茶室であった。

母屋とつながっている長い渡り廊下に、雀《すずめ》が何羽もとまっている。

「それにしてもこの縁談、瀬川さんは大変な熱の入れようでしたわね。まるで何が何でもまとめてみせる、というような意気ごみが、最初からございましたわ」

サワが、源兵衛の肩についている糸屑《いとくず》を、指先でそっと取り払って言った。

源兵衛も、サワと同じことは感じていた。

(確かに、瀬川頭取の仲介役としての動きは、熱心すぎる)

源兵衛は、腕組みをして目を閉じると、尾崎家と白坂家とを結びつけて、瀬川頭取が得をすることは何か、と考えた。

だが、尾崎の思いつく範囲では、瀬川が大きく得をするものは何もなかった。

尾崎家と白坂家の結びつきによって、第一宅建は東洋管財から木材と土地を、安定的に供給して貰《もら》える可能性はある。

また東洋管財は、所有地を第一宅建に安く開発させて、懐を潤すことも出来る。

そういった相互協力によって、両社の経営が活気づいて更に拡大していくことは、充分に考えられた。

その結果、〈副産物〉として、大都銀行は両社から多額の預金を獲得し、あるいは経営拡大に必要な資金融資を、両社に勧めることが出来る。

瀬川が得をすることと言えば、その〈副産物〉を手にすることぐらいであった。

(それだけのことで、これほど両家の縁結びに、熱を入れるとはな……)

源兵衛は、ジワリと不安を覚えた。

背後に何かあるのではないか、という気がした。

しかし、何があるのか、皆目見当もつかない。

(考え過ぎか……)

源兵衛は、閉じていた目をあけると、小さな溜息をついた。

資金量八千億円の大都銀行が、どれほどの謀略を考えたところで、源兵衛は怖くもなんともなかった。

彼の私財は一兆六千億であり、その気になれば地銀の一つぐらいは叩き潰せる。

しかし、この縁談に最愛の我が娘が絡んでいる以上、妙な謀略が背後にあることは許せないのである。

「何を考えていらっしゃるの」

サワが、源兵衛の顔を怪訝《けげん》そうに覗きこんだ。

「いや、べつに……お前のいう通り、瀬川頭取の仲介の労が熱心すぎると思ってな」

「瀬川さんの熱心さに、何か不自然でも?……」

流石《さすが》に尾崎源兵衛の妻だけあって、サワは夫の心中を読んでいた。

源兵衛は、黙って首を横に振った。

章子は、すでに哲也に強く惹かれている気配を見せている。

その娘の前で、不吉なことを口にするわけにはいかなかった。

「白坂父子は、なかなか人間のできた人物だ。それが事実である以上、章子の嫁ぎ先にふさわしいと考えて、さしつかえあるまい」

源兵衛が言うと、両親に背を向けて茶の準備をしていた章子が、振り向いてにっこりとした。

源兵衛は、章子のたててくれた茶をすすった。ほろ苦い味が、食道を滑り落ちていく。

「幸せにな、章子」

源兵衛は、茶を呑み終えて、言った。

章子が頷く。

「哲也さんを自分の伴侶《はんりよ》に選んだ、私の目を信じてほしいわ、お父様」

章子が、きっぱりとした口調で言った。

源兵衛は、その言葉を聞いて、やはり自分の考え過ぎかもしれない、と考えた。

結婚式は一か月後に、東京プリンスホテルで行なわれることになっていた。

仲人は、むろん瀬川頭取夫妻である。

章子と哲也が交際を始めて、わずか四か月でゴールインという、駈《か》け足の縁組みであった。

源兵衛は、少なくとも一年間は交際させたかったが、章子と哲也の意思が、周囲の思惑とは関係なく先行していたため、やむなく交際四か月での結婚を認めたのである。

それは、娘を愛する源兵衛にとって、実に苦しい決断であった。

（時代が違うか……）

源兵衛は、自分を、そう慰めていた。

白坂正浩は、源兵衛と違って、章子と哲也が自分たちの意思で、早々と結婚を決意したことを歓迎した。

間に立った瀬川頭取も、「今は、お見合い後四、五か月が普通」と、賛同した。

サワでさえ、「長すぎるお付き合いをするよりは」と、早い結婚に積極的であった。

源兵衛は、「一年交際」の頑固さを押し通すことを、こらえた。なによりも、章子自身が、早い結婚を望んでいたからである。

（二人は、もう結ばれているのかもしれん）

そう考えると、源兵衛は目がしらが熱くなるのを覚えた。くやしい、という気がする。

哲也が、憎くさえあった。

（もしや、瀬川頭取が、裏で二人を煽《あお》っているのではないか）

そんな疑念が、ふと脳裏を横切ったりする。

「もう一杯、くれないか」

源兵衛は、章子の顔を見つめて言った。

サワが、源兵衛の横顔に、さり気なく視線を流した。

彼女には、夫の淋しい気持が、よくわかっていた。

だが、夫がどれほど淋しがろうと、彼女は母として、娘を白坂家へ嫁がせる覚悟であった。

白坂家に関する調書は、瀬川の手によって作成され、見合いの一か月後に尾崎家に届けられていた。

その調書を読んだ時から、サワは章子を嫁がせる決意を固めていたのである。

白坂家の先代は、小田原《おだわら》のかなり身分の高い士分の家柄であった。

白坂正浩も哲也も、ともに東京大学法学部を出ており、正浩はロンドン大学、哲也はハーバード大学へ留学した経験を有していた。

正浩は一時期、通産省の役人として勤務したあと、父親が手がけていた小さな不動産会社をひきついで、才腕を発揮して今日を築いたのである。

二十年前に子宮癌で亡くなった哲也の母親については、殆《ほとん》ど記述が省略されており、大阪船場《せんば》の、裕福な商人の家で生まれたとしか、書かれていなかった。

いずれにしろ、白坂家については、瀬川頭取の手によってかなり詳しく調べられており、一点の非の打ち所がない家系であった。

瀬川の事前準備は、完璧なほど用意周到であった。

見合いの日時、場所からその後の両家の交流の段取りに至るまで、すべてが瀬川のシナリオによって進められた。

その段取りの一つ一つが、まるで答えのわかっている連立方程式のように、しっかりと組み立てられていた。

それだけに、源兵衛には、サワが何気なくもらした「瀬川さんは大変な熱の入れようですわね」という言葉が、ひっかかるのであった。瀬川は、裏で何か計算しているのではないか——と。

源兵衛は、章子のたててくれた二杯目の茶を呑むと、黙って腰をあげた。

考え過ぎないでおこう、と思えば思うほど、瀬川頭取の『熱心すぎる善意』が、不気味に思えてくる。

「あなた……」

サワが、立ちあがったままぼんやりとしている夫を、下から見上げて眉をひそめた。

サワの声が耳に入らないのか、源兵衛は、憑《つ》かれたように庭木を眺めていた。身じろぎもしない。

章子が、母親と顔を見合わせて、困惑したような笑みを見せた。

3

吉尾好次郎は、コーヒー・カップを右手に持ったまま、社長室の中央に立って、壁に掛けた日本の大地図を見つめていた。

北海道から九州に至る随所に、沢山の赤丸印と黄色の三角印が描かれている。

赤丸は百四十九店の既設店舗であり、黄色の三角印は、これから開発予定の店舗であった。

この黄色が、すべて赤丸に変わると、南部ストアーの総店舗数は、二百八十店になる。それが向こう五年間に於ける吉尾の、経営目標であった。

赤丸印は、殆ど名古屋から東に集中し、黄色の三角印は、名古屋以西に集中していた。つまり吉尾は、大王ストアーの支配地である西日本各地へ、総攻撃をかけようとしているのである。

ホテル・ロイヤルジャパンの犠牲者に対する、南部ストアーとしてのその後の処置は、一段落していた。

ホテル側と遺族との、補償金をめぐる交渉は、金額が折り合わず、まだ解決には至っていない。

吉尾は、自分の片腕として信頼してきた伊野常務を失ったあと、自ら経営戦略室長となって、陣頭指揮をとっていた。

村雨龍から聞かされた黒い蝶なる謎の組織の動きは、今のところ静かだった。

吉尾は、それを嵐の前の静けさではないか、と思った。

村雨龍の姿も、まったく見かけず、一本の電話連絡さえない。

だが、そのことを不安がっているひまはなかった。

経営戦略は一日一日、着実に進展させる必要がある。

黒い蝶や氏家京介の動静を気にする余り、経営戦略の遂行に、停滞や躊躇《ちゅうちょ》があってはならないのだ。

吉尾は、冷たくなったコーヒーを一息に呑むと、ゆっくりと大地図に歩み寄った。

視線が、大阪市に釘付けになっている。

「やるか……」

吉尾は、空になったコーヒー・カップを左手に持ち変えて呟くと、ワイシャツの胸ポケットから黄色の色鉛筆を取り出して、大阪市の上に三角印を付けた。

目が、ギラギラしている。

「白兵戦だ」

吉尾は、窓際の執務デスクに戻ると、コーヒー・カップを机の上に置いて、窓から見える新宿の超高層ビル群を眺めた。

宿敵、大王ストアーの首都圏開発本部が、その高層ビル群の中にあった。

(東日本で大きな顔はさせんぞ、氏家……)

吉尾は、机の上に置いてある、南部ストアーの本社ビルの模型を手にとって眺めた。

二十五階建ての、白亜の堂々たるビルである。

その最上階が、吉尾が現在いる社長室であった。

彼は、二十五階の窓から、額に手をかざして毎日のように日本全土をうかがっているのである。

大阪・難波に建つ、大王ストアーの本社ビルも、南部に戦いを挑むかのように、白亜の二十五階建てのビルであった。

しかも、両社の本社ビルの中には、系列会社の全本社部門も入っている。

社長室のドアーがノックされ、取締役総務部長の池田昭《いけだあきら》が、顔を覗かせた。精悍《せいかん》な顔立ちの男である。

「全員が揃いましたが……」

池田が、半開きのドアーから、上体だけを社長室に入れて言った。

「すぐに行く」

吉尾が頷くと、池田の体がドアーの向こうに消えた。

吉尾は、煙草をくわえてライターで火をつけると、社長用の肘《ひじ》付き回転椅子《いす》にドンと体を投げ出した。

そのはずみで、椅子が、くるくるとまわった。

椅子は、三、四回まわったあと、ギシッと軋《きし》んでとまった。

(一方的に痛めつけられたままで黙っている吉尾ではないぞ、氏家京介……)

吉尾は、火をつけたばかりの煙草を、灰皿の上で揉《も》み消すと、回転椅子から腰をあげた。

脳裏に、殺された伊野義彦の顔が、ふと思い浮かぶ。

「痛手だった……」

吉尾は、机の引き出しをあけた。

伊野に手渡す予定だった、一枚の辞令が入っている。

それは、常務から専務への、抜擢《ばってき》辞令であった。

その辞令が準備されているとも知らずに、伊野は他界した。

吉尾が、伊野の次に期待しているのは、取締役総務部長の池田昭であった。まだ三十五歳になったばかりの、南部グループ最年少の重役である。

社内でも、しばしば伊野と比較され、『二枚カミソリの一枚』として、伊野に並ぶキレ者と見られている男であった。

唯一の欠点は、若さからくる〈怖さ知らず〉である。

伊野には、大胆さと慎重さが隣りあわせにあったが、池田は目標に対して、力まかせに突撃する性格があった。

このタイプの人材は、成果をあげるのが早い反面、失敗するとその打撃は極めて大きい。

それでも、吉尾は、未完の大器として、次期経営戦略室長に池田を置く腹づもりをしていた。

経営戦略室長――それは吉尾の後継ポストとも言える、重要な地位であり、重役たちがなんとかして手に入れようと狙っている肩書であった。

それに、経営戦略室長になれば、無条件で常務か専務に昇進するという不文律のようなものがあった。

また社長室のドアーがノックされて、池田が顔を覗かせた。

「まだですか、社長。午後四時半から、私は中途採用者の二次面接を二十名ほど片づけねばなりませんので」

「わかった、いまいく」

「恐縮ですが、お急ぎ下さい」

池田の姿が、ドアーの向こうに消えると、吉尾は思わず苦笑した。ワンマン吉尾に対して、池田だけは平気でずけずけと意見を吐く。

伊野でさえ、吉尾には一歩距離を置いて言葉を吐いていた。ところが池田には、そんな遠慮が、まったく見られない。

それでいて、吉尾は、妙に腹が立たないのであった。

吉尾は社長室を出ると、グリーンの絨毯《じゅうたん》を敷きつめた長い廊下をまっすぐに進んで、東の端にある役員会議室へ入っていった。

大きな円卓に並んでいた二十七名の重役たちが、いっせいに立ちあがった。

「よろしい」

吉尾は自分の席に腰をおろすと、直立不動の役員たちを座らせた。

南部ストアーの役員会は月に二回、常務会は週に一回ある。

池田は、両方の会議の幹事役として、会議を推進する立場にあった。

平取締役で、南部ストアーの経営意思決定会議ともいわれる常務会に出席しているのは、池田だけである。

常務会は、常務以上の上級役員によって構成されていた。

「それでは……」

池田がいつものように、議事進行を始めようとしたとき、吉尾が軽く手をあげて、それを制した。

池田が、は？　というような顔つきで吉尾を見つめる。

「議題の討議に入る前に、私から一つ二つ大事な話がある。メモはしなくてよろしい」

吉尾はそう言うと、池田に目で何やら合図をした。

池田が立ちあがって、自分の後ろの壁についている小さなスイッチをOFFにした。

それは秘書室に設置してある、ボイス・レコーダーに通じているスイッチであった。

このスイッチをONにすると、役員室での討議事項がボイス・レコーダーに記録され、それにもとづいて秘書課長が常務会議事録を作成することになっている。

このスイッチをOFFにする時は、たいてい議事録に記録してはまずい、機密事項の話である場合が多かった。

吉尾が、厳しい表情で役員たちを見まわした。

役員たちが緊張して、吉尾を見つめる。

「まず、新店舗の展開についてだが、大阪・難波の大王ストアー本社近くに、いよいよ超大型の戦略店舗を設けることを決意した。むろん社としての正式決定は、この常務会の決議によるのだが」

役員たちが一瞬ざわめき、すぐにシンとなった。

「大規模小売店舗法で、超大型店舗の建設は難しくなっているが、既設店を獲得するという手段なら、なんら問題はあるまい」

吉尾が言い終えて、ニヤリとした。

不敵な笑いである。

「既設店舗といいますと？……」

池田が、身を乗り出すようにして、吉尾に訊《たず》ねた。

「島屋《しまや》デパートの吸収だ」

吉尾が、断定的な口調で言った。

重役たちはいっせいに、アッと目を見張った。

愕然《がくぜん》としている。

島屋デパート――それは大阪・難波に本店を置く、名門中の名門デパートである。

大王ストアーの本社ビルから、東へ二百メートルほどしか離れておらず、難波《ミナミ》の歓楽街の入口に、十階建ての本店を構えて、横浜をはじめ全国に十三店舗を展開している。

経営陣は、社長の島屋真治《しんじ》を筆頭に置く島屋一族で固められた同族経営で、社風は極めて保守的であった。

年商七千億円を計上し、デパートの中では最もスーパーを目の仇《かたき》にしている。

その名門デパートを、吉尾は「吸収する」と言いだしたのであった。「買収」とは言わず、「吸収」である。

「この戦略は、打倒南部を剝き出しにしている大王ストアーへの宣戦布告だ。諸君も知ってのように、南部ストアーの周辺では、このところ不幸な出来ごとが続いている。この戦略は、その不幸へのいわば反撃作戦だ」

吉尾が、意味あり気な形容で言った。

池田は、社長の話に舌をまいた。大王ストアー本社の目前にあるデパートを乗っ取ることで、大王にどれほどの衝撃を与えることが出来るか、池田には予測できた。

島屋は、内外の一流ブランド商品に強いデパートである。とくにファッションでは、英・米・仏・伊の有名デザイナーと独占契約し、多くの女性顧客を抱えている。

島屋の『女性友の会』は、全国的にその名を知られ、その女性会員数は、百六十万人を誇っていた。

(吉尾社長は、島屋吸収を大王撃破への布石とするだけでなく、島屋の一流ブランド商品の供給ルートを、南部ストアーに導入する気だ)

池田は、吉尾の島屋吸収宣言を、そう看破した。

「さて……と」

吉尾が、そこで言葉を切って、まっすぐに池田を見つめた。

池田は、(くるな)と予感して、体を硬直させた。

「池田君……」

吉尾が、池田の名を言った。

池田が、反射的に椅子から立ちあがる。

「もう多くを語らずとも、わかっていると思うが、どうかね」

「島屋株の買い占めを、私が進めるのですね」

「うむ、その通り。それも急速かつ隠密裏にだ。倉橋に相談してもいけない。自分一人で、ひそかに動いてくれ」

「心得ました」

「少なくとも、島屋発行済株式の二割は買い占めたまえ。それと、島屋の財務状態を調べるんだ。一部上場企業であっても、島屋は保守的な同族会社だ。財務にドス黒い裏がないとは言えないからな」

「はい……必ず」

「よろしい、座りたまえ」

吉尾は、満足気に頷いた。

吉尾の指示は池田にとって、予期したものであった。

伊野常務が生きていたときは、これらの隠密戦略は、すべて経営戦略室が担当してきた。

(伊野が死んだ今となっては、その重要任務を遂行できるのは私しかいない)

池田は、自信をもって、そう思った。

「次に、期首計画で予定した首都圏への新店舗展開だが、伊野君がああいうことになってしまったので、当分は私が直接陣頭に立って、店舗展開のスピードを三割ほどアップする。東日本地域での用地確保については、山林王・尾崎源兵衛氏と南部ストアーとは緊密な仲なので心配はいらない。すでに東北新幹線の八つの駅の周辺土地については、南部ストアーに売り渡される予定だ。土地売買の契約をすぐに取りかわし、直ちに店舗建設に入る。何か質問は？……」

吉尾は言い終えると、円卓の上に備えてあるパイプをくわえ、刻み煙草を吸い出した。

誰も質問する者はなかった。

彼等は緊張していた。

島屋乗っ取り、という大胆な手段で、いよいよ関西圏へ、総攻撃をしかけるのである。

重役たちの誰もが、地団駄踏む氏家京介の形相を想像していた。

吉尾が、また池田の名を呼んだ。

「池田君……」

池田が、無言で立ちあがる。

「君に任務が集中して悪いが、近いうちに尾崎源兵衛氏と接触して、土地売買の契約を済ませてくれないか。私との間では、口頭で了承がついているので、なんら問題なく話が進むはずだ。尾崎氏は、いま一人娘の結婚式が二週間後に迫っていて、すこぶる機嫌が悪いと聞いている。接触は娘の結婚式が終わってからでいい」

「わかりました」

池田が頷いて、腰をおろした。

「それから、最後にもう一つ……」

吉尾が、キッとした顔を重役たちに向けた。

「私はむろん、君たちの身の上にも、いつ伊野君のような不幸が訪れるかわからない。わが社の周辺でおこった一連の事件についての警察の捜査は、すでに行き詰まっている。犯人が捕まらない以上、充分に諸君も気をつける必要がある。とくに不審な人物には、絶対に近付かないように……私の話は、それだけだ。それでは、予定された議題の討議に入ってくれ」

吉尾は、そう言うと、池田の方を向いて頷いた。

4

社長専用車から降りた吉尾は、東京プリンスホテルの玄関前に立って、あたりを見まわした。

「どうなさいました?」

同行した総務部長の池田が、怪訝そうに訊ねた。

「いや、べつに……」

吉尾は、池田を促して、ホテルの中へ入っていった。

彼は、村雨龍の姿を探したのである。

もう随分と長いこと、彼の姿を見かけていない。

だが、彼に身辺防衛を頼んでから、それ迄《まで》の不穏な気配は、ピタリと消えている。身辺警護ではなく、身辺防衛だ。

（陰で動いてくれているのか……）

吉尾はそう思ったが、やはり村雨の姿が見えないと不安であった。

関西流通業界への総攻撃を決意し、島屋デパート乗っ取り作戦を放った直後だけに、よけい大王ストアーと黒い蝶の動きが気になるのであった。

吉尾が村雨に接触したことを知っているのは、総会屋・倉橋仙太郎だけである。

側近の池田も、村雨のことはまだ知らない。

吉尾は、腕時計に視線を走らせた。

間もなく午後三時半である。

今日は、白坂家と尾崎家の婚礼の日であった。

その披露宴が、三時半からホテル二階のサンフラワーホールで開かれる。

吉尾は尾崎家の来賓代表で、祝辞を述べる予定になっていた。

吉尾と尾崎源兵衛との交流は、吉尾が南部ストアーを創業した当初から続いている。

東日本に広大な山林、原野を有する尾崎家の土地は、これまでに幾度となく、南部ストアーの新店舗のために供給されてきた。

それだけに、吉尾にとって、源兵衛は非常に貴重な協力者であり友人であった。とくに東北新幹線の駅周辺に、店舗好適地を持っている源兵衛は、南部ストアーのこれからの多店舗化を、大きく左右する存在となる。

「や、吉尾社長……」

サンフラワーホールの入口で、横合いから吉尾の肩を叩く者があった。

「お、澤木さん。あなたも招待されておられたのですか」

吉尾が一瞬、驚いたような顔をした。

「ええ、尾崎さんには三度ばかり土地を提供していただいたことがあるものですから」

澤木が、弱々しい微笑を見せて、吉尾に頭を下げた。

「いつ退院なさいました」

吉尾が、小声で訊ねた。

「一昨日です。すぐに退院のご挨拶にうかがおうと思ったのですが」

「いやいや、挨拶など……でも傷が意外に軽くてよかった。痛みは？」

「いや、痛みはもうありません。それよりも、警察の調べが執拗《しつよう》で、仕事のことを考える暇がありません」

「警察には協力した方がいいです。一刻も早く犯人を見つけださないと」

「ええ……ですが正直のところ、外を出歩くのが不安で、刑事に会うのさえ怖いです」

「余り神経質になりすぎないことです。我々は一国一城の主《あるじ》です。胸を張って堂々としていましょう」

「はあ……」

「第三者割当増資のほうは？」

「急いで事務を進めます」

「買い占めされていた株の気配はどうです。ここ数日で、かなり忠字屋株の値が下がっているようですが」

「南部ストアーとの業務提携を業界新聞に発表したせいか、買い占め株が少しずつ吐き出されている気配があります」

「それはよかった。南部ストアーが乗り出したので、忠字屋乗っ取りをあきらめたのかもしれませんな。しかし念のため、第三者増資は必ず……」

「ええ、致します」

「それとお宅へうちの役員を派遣する件も急ぎましょう」

「ええ……」

澤木が、気乗り薄な返事をした。

吉尾の目が、狡猾《こうかつ》な光をおびた。

「まだ迷っておられるのですね」

「いや、そういう訳では……」

「一心同体の仲になりましょう。一心同体の仲に」

「そうですね。わかりました」

「さ、間もなく披露宴が始まります。ホールへ入りましょうか」

吉尾は澤木の腕をとるようにして、ホールへ入った。

二百数十名の来賓が、すでにテーブルについていた。

正面の新郎新婦の席には、まだ哲也と章子の姿はなかった。

吉尾は、来賓席の一番前に座り、澤木は中ほどの席についた。

南部ストアーと忠字屋の力の差が、来賓席の差となってはっきりと出ている。

池田は、吉尾と並んで座った。

「仲人は、大都銀行の瀬川頭取でしたね」

池田が、低い声で訊ねた。

吉尾が、黙って頷く。

彼は、瀬川頭取とは、まったく親交がなかった。顔も知らない。

だが、新郎の父・白坂正浩が、急成長を続ける第一宅建の社長だということは、知っていた。

以前から、中堅建設会社に対して、密かに興味を抱いていたからである。建設会社を支配下に置けば、新店舗の建設や南部ストアーの最大の財産である土地、家屋の管理を任せることが出来る。

吉尾は、それを計算し、一時期本気で建設会社乗っ取りを考えたことがあった。それを後まわしにしたのは、大王ストアーの首都圏攻撃が、激しくなる様相を見せ始めたからだ。

挙式が済んだのか、最初に源兵衛がホールに姿を見せ、続いて尾崎家の親族が多勢入ってきて、それぞれの席についた。

(ん?……)

源兵衛のほうへ視線を向けた吉尾が、眉をひそめた。

源兵衛の表情が、蒼白になってこわ張っていたからである。それは明らかに、何か異常な事態に直面したことを物語っている顔つきであった。

池田が、吉尾の気配に気付いて、源兵衛の方へ視線を向けた。

「社長、尾崎さんの様子が……」

池田が、吉尾の耳元で囁いた。

今度は、新郎側の親族がホールに入ってきた。

一番最初に姿を見せたのは、白坂正浩であった。

気のせいか、白坂の表情も厳しかった。

だが、源兵衛ほど異常さを見せていない。

「何かあったな……」

吉尾が、源兵衛と白坂正浩の顔を見くらべながら、呟いた。

次の瞬間、大きな衝撃が、吉尾と池田を包んだ。

白坂家の親族の一番最後に、大柄な肥った男が姿を見せたのである。

脂ぎった赤ら顔、大きな獅子鼻、薄くなった縮れ毛、突出した大きな目……それは宿敵、氏家京介であった。

その氏家が、ホールをジロリと見まわして、こともあろうに白坂家の親族の席に腰をおろしたのである。

「こ、これは……」

吉尾は、絶句した。

氏家の視線が、ホールをうろついている。

その視線が、まっすぐに吉尾の視線とぶつかって止まった。

氏家が、破顔して頭を下げた。勝ち誇ったような笑顔である。

吉尾が半ば茫然《ぼうぜん》としたまま、氏家に向かって軽く頭を下げた。

吉尾と池田は、いま重大な事実を目前に突きつけられたのであった。

「間もなく、新郎新婦が参ります」

司会が、マイクの前に立って、言った。

しかし、動転した吉尾と池田の耳には、その声は聞こえなかった。

白坂家と尾崎家が親族関係となる婚礼の席で、わが国最大のスーパーを経営する氏家京介が、傲然たる態度で白坂家の親族の席に座っているのだ。

尾崎家は、南部ストアーの多店舗展開には、絶対になくてはならぬ存在である。

吉尾の顔色は、源兵衛以上に蒼白になっていた。

新郎新婦が、仲人の瀬川頭取夫妻にともなわれて、正面の席についた。来賓の席の照明が薄暗くなって、新郎新婦だけが明かりの中に浮きあがった。

吉尾は、氏家から源兵衛に視線を移した。

源兵衛は苦悶の表情で、テーブルの上に視線を落としたままである。

吉尾の視線が、ふと源兵衛のずっと背後の薄暗いホールの隅に注がれた。

そこに、黒いダブルのスーツを着た長身の男が立っていた。

村雨龍である。まるでホテルの従業員のように悠然としている。吉尾は、愕然となった。

（一体、いつの間に……）

吉尾は、慌てて村雨から視線をそらした。村雨のことを、池田に気付かれたくなかったからである。

村雨の視線は、じっと氏家京介に注がれていた。

村雨を見て、吉尾の気分が幾分落ち着いた。

（それにしても大胆不敵な……）

吉尾は、新郎新婦の方へ目を向けながら、改めて村雨という男の不気味さを噛《か》みしめた。

宴が、少しずつ進んでいく。

「どういうことでしょうか……」

池田が、氏家の方へチラリと視線を走らせながら、吉尾に囁きかけた。

吉尾は、それには答えないで腕組みをしたまま、じっと新郎新婦を見続けた。

5

村雨は、披露宴会場の片隅で氏家と吉尾好次郎を見くらべながら、尾崎家と白坂家が結びつくことで南部ストアーは、かつてない苦境に追いこまれるだろう、と思った。

村雨はこの数日間、政財界の舞台裏に手をまわして、氏家の動きを完全に摑《つか》んでいた。

これまでに、幾多の仕事を手がけてきた村雨は、政財界の奥の院に、太い情報パイプを有している。

その気になれば、大王ストアーの背後を探ることなど、訳なく出来る。

彼は、吉尾好次郎が忠字屋や大王ストアーに対して、どういう戦略を展開しようとしているかも、すでに見抜いていた。

だが彼は、絶対に最初の依頼主を裏切らない主義を貫いている。

もし吉尾が氏家よりも数段、あくどい人物であったとしても、村雨は大王を打倒しようとする吉尾の側面を支援するつもりであった。

それが、彼の暗殺者としての哲学であった。

村雨が見る限り、いまのところ氏家の謀略は、完全に吉尾を圧倒していた。とくに尾崎家と白坂家の結びつきを演出した氏家の謀略は、あざやかであった。

(氏家の怖さは、体裁を構わず遮二無二《しゃにむに》謀略を企むところにある。吉尾には、それが真似できない)

村雨は、そう思って、二人を見ていた。

大王ストアーは、メイン・バンクを持たない企業である。

氏家は、メイン・バンクづくりを徹底して嫌った。

企業が銀行を支配するのはいいが、銀行が企業を支配するのは邪道――これが氏家の経営観である。

大王ストアーと取り引きする四つの銀行は、融資額も大王株の持ち株比率も、すべて均等であった。

この四行並列主義で、氏家は大王ストアーをここまで大きくしてきたのだ。

いかなることがあろうと「経営について銀行には口出しさせない」のが、氏家の頑とした経営理念であった。どの銀行とも、一定の距離をあけて付き合っているのである。

だが、氏家は、四行のうち一行を密かに『幹事銀行』として扱っていた。

それが、都銀第二位の不二《ふじ》銀行であった。

この不二銀行が、いま大蔵省の強力な後押しを得て、銀行再編の火蓋《ひぶた》を切ろうとしていた。

不二銀行が画策しているのは、東京で唯一の地銀である、大都銀行の吸収である。

大都銀行はいま、大蔵省と不二銀行に迫られ、強い力で不二銀行の掌中へ引きずり込まれつつあったのである。

だがマスコミは、この事実に、まだ気付いていなかった。

村雨は、大都銀行の瀬川頭取が、すでに降伏寸前に陥っていることまで摑んでいた。

瀬川が、この結婚式を演出したことが、何よりもそれをよく物語っているのである。

氏家は、不二銀行の吉岡宗康《よしおかむねやす》頭取を動かし、瀬川頭取に圧力をかけて、尾崎家と白坂家の縁組みを実現させたのであった。

二十年前に亡くなった白坂正浩の妻は、氏家の実の妹である。

しかし、そのことを知るものは、殆どいない。

二十年前と言えば、実業家としての氏家の知名度も低く、社会の関心も薄い。

その氏家が、南部ストアーにとっての、最大の土地供給源に、見事にクサビを打ち込んだのだ。

この謀略に加担した不二銀行は、大王ストアーのメイン・バンクとなる確約を氏家から得ていた。

両家の縁組みを進めた瀬川頭取には、大都銀行を吸収後の、不二銀行頭取のポストが保証されている。

吉岡頭取は代表権のある会長となり、瀬川新頭取を牛耳って院政を敷く段取りが、着々と整えられつつあった。

それが、この一両日で、村雨が調べあげた事実である。

披露宴は、華やかに進んでいた。氏家の表情の明るさにくらべて、吉尾の表情は死人のように暗い。

新郎新婦が、仲人に連れられて、お色直しのために席を立った。

それを契機として、宴席がざわつき始めた。来賓や親族の間を、幾人かが銚子やビールを持って、あいさつにまわっている。

村雨は、それらの光景を醒めた目で冷ややかに眺め、薄暗いひと隅で、身じろぎもせずに立っていた。

吉尾が、よろめくように立ちあがって、尾崎源兵衛のほうへ近寄っていった。

尾崎がそれに気付いて、頷きながら立ちあがる。

二人は、肩を触れ合わせて、ホールから出ていった。

村雨は、二人の後を、さり気なく追った。

数メートル前を、尾崎と吉尾がうなだれるようにして、歩いていく。

やがて二人は、ロビーで立ち話を始めた。

村雨は、少し離れたところから、二人を見守った。

吉尾の表情が、みるみる苦し気に歪《ゆが》んでいく。

尾崎が、吉尾に軽く頭を下げて、謝罪しているようであった。

(尾崎も、白坂家の背後に氏家がいるとは、今日まで気がつかなかったに違いない)

村雨は、そう読んでいた。

恐らく氏家は今日、突如としてこの結婚式に顔を見せて、白坂家の親族としての名乗りをあげたに違いないのだ。

それも、尾崎章子の夫となる白坂哲也の亡き母の実兄である。単なる遠縁とは訳が違う。

尾崎が、吉尾の肩を二、三度叩いて村雨のほうへ向かってきた。

村雨が、尾崎とすれ違って吉尾に近付いていく。

吉尾が、顔をあげて村雨を見た。

「や、やられました……氏家に」

吉尾が呻《うめ》く。

「氏家京介のほうが、数枚上手《うわて》だったようですね」

村雨は、冷ややかな口調で言った。

「知っていたんですか、氏家の謀略を……」

「この一両日の調べでわかりました。さて、どうするつもりです?」

「どうするって……私はあなたに氏家の謀略に対する対策の全てを任せている。頼みます、どうか南部ストアーの窮地を救って下さい」

吉尾が、頭を下げた。必死の顔つきである。わが国第二位の巨大スーパーの経営者が、氏家京介の奇襲に、なすすべもなくうろたえているのだ。

「金はいくらでも出します。だから……」

吉尾が、そっと手を合わせた。

「金は結構。その前に一つ確認したいことがあります」

「確認したいこと?」

「あなたは、忠字屋を吸収するつもりですね」

「い、いや……」

吉尾が、返事をつまらせて、視線を落とした。

「私を警戒しなくていい。正直に答えて下さい」

「村雨さん、スーパー業界は、いま戦国時代です。弱肉強食は……」

「理屈を聞こうとは思っていません。結論だけを言ってくだされば結構」

「吸収は……するつもりです」

「段取りは？」

「村雨さん。あなたはすでに、私が忠字屋に対してどういう戦法をとろうとしているか、ご存知なのでしょう。恐らくあなたが掴んでおられることで、間違いありません」

「それなら、吸収作業を急ぐことです」

「え？……」

「南部ストアーの、いや、吉尾好次郎の最大の弱点は、極めて情報収集力が弱いことです。公正取引委員会が間もなく、流通業界に対して手厳しい合併審査基準を布告します」

「なんですって」

「この合併審査基準がスタートしたら、忠字屋の吸収は、事実上できない」

「そうでしたか。それにしても村雨さん、あんたって人は……」

「私の情報収集力を驚いているひまはない。この合併基準の作成をすすめているのは、公《こう》取《とり》委《い》考査局長の井葉《いば》達夫《たつお》です。彼は極めて善人であり紳士ですが金には弱い」

「わかりました。私なりに井葉対策を考えてみます」

「島屋の株買い占めも、慎重にやった方がいいですね。氏家京介の足元を荒らせば、黒い蝶は総力をあげて動きだす恐れがある」

「島屋の株を買い占めることまで、ご存知だったのですか」

「池田が準備のために動きまわっていることは、私だけでなく黒い蝶の目にも、とまっているかもしれない。伊野常務なきあと、池田はあなたにとって右腕となる人物のはず。大事に使った方がいいでしょう」

「は、はあ……」

吉尾が、額の脂汗を拭って頷くと、村雨は秀麗な顔に、氷のような微笑を浮かべて、吉尾から離れた。

第四章　非情の罠《わな》

1

パリ、午後五時半——。

霧に包まれたシャルル・ド・ゴール空港のターミナルビル五階にある到着ロビーに、サングラスをかけた長身の日本人が立っていた。

彫りの深い端整な色白の顔、りゅうと着こなした黒のダブルのスーツ——村雨龍である。

彼の傍を通り過ぎる金髪の女たちが、日本人ばなれした村雨の容姿にひかれて視線を流した。

村雨は、煙草をくわえ、両手をズボンのポケットに入れて、税関の出口に視線を注いでいた。四階の出入国検査場を経て、エスカレーターで五階へあがってきた多勢の観光客が、手荷物受取所のカウンター前に列をつくっている。

村雨が、ゆっくりと歩き出した。

十数メートル先を、税関から出た日本人の男女が、楽しそうに語らいながら歩いている。ハネムーンに、パリを訪れた白坂哲也と章子であった。

章子の腕が、白坂の腕に、しっかりと絡みついている。

空港ターミナルビルを出た二人は、タクシーを拾って、二十四キロ離れたパリ市内へ向かった。

村雨のレンタカーが、数十メートルあとから二人の乗ったタクシーを追った。

霧が、次第に濃くなっていく。

哲也と章子の乗ったタクシーは、コンコルド広場の近くにある、クリヨンホテルの前でとまった。パリでは最高級のホテルである。

樹木の多いコンコルド広場一帯が霧の中に沈んで、幻想的な光景を浮かびあがらせている。

若い二人は、タクシーから降りると、ホテルの前にたたずんで、暫くの間、放心したように辺りの光景を眺めていた。

セーヌの右岸にあるコンコルド広場は、百九十年ほど前、革命の血なまぐさい嵐が吹きあれたところであった。

ギロチンが据えられ、ルイ十六世、マリー・アントワネットなど、二千名余の血が流された場所である。

しかし、幸せの絶頂感にある哲也と章子の目には、幻想的な美しさに満ちた、現在のパリが映るだけであった。

村雨の車は、肩を寄せ合っている二人から、わずか数メートルの所にとまっていた。

乳白色の霧が、村雨と二人の間を、磨《す》りガラスのように遮っている。

哲也と章子が、ホテルへ入っていった。

村雨は、レンタカーの中で、煙草をくゆらせながら、暗い目で霧に包まれたパリを眺めた。

二年前、彼はある殺しを頼まれて、パリに来ている。その標的を殺《や》るために、彼はパリのホテルに二週間滞在し、機会を狙ったのであった。

標的は、パリ社交界の女王と言われた、ルイ・ド・ミシェルという女である。世界中の上流階級に知られているこの女と、フランス政府に招かれてパリへ渡った日本の若手閣僚とが、大スキャンダルをおこしたのだ。

それは、将来ある若手閣僚を権力の座からひきずり降ろそうとする、反対派閥の企んだ陰謀であった。

村雨は、この若手閣僚を、スキャンダル禍から救った。

彼がパリへ行って二週間目に、ミシェルと若手閣僚とのスキャンダルを調べていたパリ新聞の社会部記者が殺され、次いでミシェルがセーヌ川で水死体となって発見された。

パリ新聞の記者は、右肩から左脇腹にかけて、一刀両断にされていた。

村雨は、霧のパリを眺めながら、二年前のことを思い出した。

霧が降った日の、パリの夜は早い。

村雨は、煙草を吸い終わると、車から降りてホテルの玄関に向かった。

彼は、玄関を一歩入ったところで、ボーイにレンタカーの鍵とチップを手渡した。

レンタカーは、二週間の契約で借りている。

村雨は、哲也と章子の旅行スケジュールを、すでに詳細に摑《つか》んでいた。

フロントで部屋のキイを受け取った彼は、ロビーのソファに体を沈めて、また煙草を吸い始めた。

フランス人は総体的に、アメリカ人ほど大柄ではない。そのため、身長百八十五センチをこえるサングラスをかけた村雨の姿は、ホテルでも目立った。

そのうえ、村雨のマスクは彫りが深く冷たい。

ロビーで雑談する金髪の女たちが、しきりに村雨を流し見る。

だが村雨の視線は、ホテルの出入口に向けられたままであった。

フランスのホテルは、政府観光局により、ホテル入口に星の印を付けられている。

星の数が四つだと、超デラックスホテル、三つだと一級ホテル、二つは二級ホテル、そして星一つは三級ホテルという具合になっている。

クリヨンホテルは、むろん星は四つであった。このホテルの一人部屋《シングル・ルーム》で、最低三百三十フランはする。

三つ星ホテルになると、一人部屋は八十五フランぐらいで泊まれる。

パーティでもあるのだろう。イブニングドレスを着た華やかな女たちが、次々とホテルに入ってくる。

村雨が、ゆっくりと立ちあがった。

視線は、ホテルに入ってきた一人の大柄な中年の日本人に釘付けになっていた。

男は、右手にアタッシェ・ケースを持っている。

（やはり来たか……）

村雨は、目で男を追った。

男の額に、斜めに走る刀傷がある。

男は、フロントでキイを受け取ると、ちょうど降りてきたエレベーターに乗りこんだ。

村雨は、エレベーターホールに立って、点滅する階数表示を見つめた。

五階と七階でエレベーターは止まり、再び降下を始めた。

「人を待ってらっしゃるの？」

二十七、八の女が、村雨の耳元に口を寄せて英語で囁《ささや》いた。スーツの下で、熟しきった巨大な乳房が息衝《いきづ》いている。

村雨が、冷たい目で女を見つめた。

「だめ?……」

女は、婉然《えんぜん》と微笑んで、首をかしげた。

村雨は、降りてきたエレベーターに、黙って乗りこんだ。

女が、村雨の背に軽く手を当てながら、あとに従う。エレベーターの中は、二人だけであった。

女の息が、村雨の頰を撫《な》でた。

どうみても、商売女には見えなかった。

丸い顔と栗色の髪の毛が、女を上品に見せている。

その上品さと、スーツの下に隠されている、やや下垂気味の大きな乳房が、不似合いであった。

「だめ?……」

女が、また訊《たず》ねた。

村雨は、四階で降りたところで、立ちどまった。

二年前にパリにきた時も、彼は若い女に声をかけられていた。

その女は、博物館に勤める女だった。

村雨が、亡くなった恋人に似ている、といって声をかけてきたのである。
二週間のあいだ、村雨はその女と情を交わした。
パリを離れる時、彼は女には声をかけなかった。
今でもその女の顔を、はっきりと覚えている。
だが、未練などは微塵《みじん》もない。
「どうしたの？」
立ちどまって黙っている村雨の顔を、女は下から覗きこんだ。
「ついてこい」
村雨が、流暢《りゆうちよう》な英語で言って、歩き出した。
女が、笑った。
白い清潔そうな歯をしている。
村雨は、その歯の白さを気に入った。
「シモーヌと呼んで」
女が、村雨の腕にぶらさがるようにして言った。
村雨は、返事をしなかった。女が何者であろうと、村雨にはたいして興味がなかった。
一流ホテルで声をかけてくる女は、たいてい裕福な家庭の女性である。
女の熟しきった体から察して、恐らく退屈な毎日を過ごしている人妻だろう、と村雨は思った。

彼女たちは一流ホテルで、外人観光客に声をかけ、ひと時の快楽を楽しむ。外人観光客だと、あとくされがないからだ。

村雨は、部屋の前で女にキイを手渡した。

女が、ドアーにキイを差しこんでひねった。

2

章子は、バスルームから出ると、湿りをおびた体に、絹のネグリジェをまとって、恐る恐るベッドに滑りこんだ。

哲也の体が、脚に触れた。

章子は、すでに哲也の肌を知っていた。

最初に見合いをして以来、急速に感情を寄せあった二人である。

「やっと君を手の中に摑まえた気がするよ」

哲也の手が、ネグリジェの上から、章子の乳房に触れた。

章子は、処女のように体を固くした。

哲也は、章子の顔を見つめたまま、乳房をゆっくりとさすった。

章子は、目を閉じた。
哲也の手が、ネグリジェの下に滑り込んで乳首を撫でる。
暖かな手であった。
章子は、下半身がしびれるのを覚えた。
哲也は、章子の豊かな固い乳房を、丹念に揉《も》みほぐした。
哲也の唇が章子の唇をふさいで、ネグリジェがまくりあげられた。
白い裸身が露《あら》わになった。
哲也は、そっと章子に体重をかけた。
「生涯、離さないよ」
哲也は、章子の耳元で囁いた。
章子が、頷く。
哲也は、章子の乳首を口に含んだ。
章子の体が、小さく痙攣《けいれん》した。
哲也は、口に含んだ乳首を舌の先でころがした。
章子の体が、哲也の下で蛇のようにくねる。
乳首が、哲也の口の中でふくらんで、突起した。
白い裸身が、次第に薄桃色に染まっていく。

章子が、左の肩をあげ、ついで右の肩をあげて、体を震わせ始めた。
哲也は、乳首を口から出して、手のひらでさすった。
唾液で濡れたピンクの乳首が、充血して色を濃くしていく。
彼は、反対側の乳首を口に含んだ。
章子の顔が紅潮して、腰が少し浮きあがった。
哲也は、感情が激しく高ぶるのを覚えた。
彼は、新妻の下腹部を、人さし指の先で撫でまわした。
「やめて……」
章子が、首を激しく左右に振った。
口を薄く開いて、喘《あえ》いでいる。
「すてきだ……」
哲也は、章子の全身に唇を這《は》わせた。
章子は、もだえた。
哲也は、章子の体を割って、腰を振った。
章子の下腹部が反射的に収縮した。
哲也は、構わず押した。
章子が体を揺さぶるようにして、哲也を吸いこんだ。快感が、哲也の背中を走る。

「僕の妻だ。きっと幸せにするからね」

哲也は、息を乱しながら言った。

章子の目じりから、涙が伝わっている。

哲也の体が、激しく律動した。

彼は、章子の白い肌に陶酔した。

快感が脊髄《せきずい》を破裂させそうであった。

章子の腕が、激しく締めつけてくる。

哲也は、二、三分もたたないうちに登りつめて、射ち放った。

章子は、体の奥に、熱いものが当たるのを感じた。

二人は暫くのあいだ、抱き合ったまま、けだるい幸福感を味わった。

小半時ほどして、哲也が章子の体から離れた。章子の体の奥にたまっていた哲也の体液が、体の外に流れ出た。

哲也の男からも、滴《しずく》がしたたり落ちた。

「哲也……」

章子は、顔を赤らめて夫の名を口にすると、まだ怒りを残している哲也の男に、手を触れた。

彼女は、固い。その固さを無性にいとおしく思った。

哲也が、苦笑した。

章子が、手のひらで、濡れた哲也の男を拭った。

「おいで……」

哲也は、章子をバスルームへ誘った。

彼は、章子の体に石鹸《せっけん》を塗りたくると、背後から腕をまわして、彼女の乳房をさすった。

石鹸を塗って滑りやすくなった肌は、どこを撫でられても、快感が走りやすくなっている。

とくに乳房は、鋭い反応を見せる。

章子の乳房が、たちまち石のように固くなった。

哲也が執拗《しつよう》に揉み続ける。

章子は、頭がくらくらするのを覚えた。

体の内側から溶けていきそうだった。

二人は、メイン・ダイニング・ルームで食事を終えると、ホテルを出た。

ホテルの前は東西二・五キロに細長くのびる、チュイルリー公園である。コンコルド広場も、世界最大規模を誇るルーブル美術館も、このチュイルリー公園の一画にあった。

哲也と章子は、道路を横切って、ひっそりとした公園の中へ入っていった。

パリの夜霧は、若い二人にとって、この上もなく甘いものであった。

二人は、公園の中を、手をとり合って歩いた。

パリの夜は、午後八時か九時ごろから始まる、と言われている。これは、国立劇場オペラ座の開演時間が、午後八時であるところから由来していた。

二人は、ルーブル美術館の傍まできて、芝生の上に腰をおろした。霧のせいか、芝生が少し湿り気味のようだった。

「まだ、九時だ……早すぎる初夜だったかな」

哲也が、暗がりの中で笑った。章子も笑い返した。

彼女は、哲也の肩に頭をのせた。

「あなたの伯父《おじ》さまが、大王ストアーの社長だとは、少しも知らなかったわ。どうして交際している時に言って下さらなかったの」

章子が、闇に浮かぶ、ルーブル美術館の黒い影を見つめながら言った。

「言う必要がなかったからさ。僕と君の、これからの生活に直接関係ないしね」

「でも……」

「親爺《おやじ》は閨閥《けいばつ》を自慢したり、財力を自慢したりすることを、非常に嫌うんだ。だから、氏家京介が親族にあたるということも、自然に君の家族にわかれば、それでいいという考えだった。ただそれだけのことだよ」

「父が驚いていたわ。披露宴が終わったあと、氏家社長はいきなり父に土地の提供をするよう申し入れたらしいの」

「えっ」

「東日本の約三十五か所の土地を、一か月以内に譲ってほしいって」

「非常識な……披露宴のあとで、伯父はそんな申し入れをしたのか」

「ごめんなさい。新婚旅行の夜に、こんな話をして」

「いや、いいんだ。伯父の強引な経営方針には、父もしばしば眉をひそめることがあるんだよ」

「氏家社長は、第一宅建の大株主なんでしょう」

「父に次ぐ大株主だ。亡くなった母が、第二位の株主だったんで、伯父が母の株を遺品代わりだと言って引き取って現在に至っている。もっとも株の名義は、第三者名義になっているが……」

「どうして第三者名義に？……」

「伯父は、そういう人なんだ。株を買い占める時など、特に表には出たがらない」

「秘密主義なのね」

「そう言えるかもしれないな」

「大王ストアーの店舗を、第一宅建が建設することもあるのでしょう」

「それが、どういう訳かまったくない。どうやら伯父は、親戚ということと経営とを、ドライに割り切っているらしい」

哲也は、苦笑した。

章子は、企業という生き物の、冷酷な一面に触れたような気がした。

尾崎家の一人娘として、大事に育てられてきた章子である。

弱肉強食の企業社会のことなど、何一つ知らない。それだけに、店舗建設を親族が経営する第一宅建へ発注しない氏家京介の考えが、彼女にはよく理解できなかった。

「歩きましょう……」

章子が、夫の手をとって立ちあがった。

二人は、肩を抱きあって、ホテルのほうに向かって歩いた。

公園中央の道を、ルーブル美術館の別館である印象派美術館の傍まで戻ってきたとき、哲也は妻の体を抱き寄せて唇を重ねた。

右手が、スーツの上から章子の乳房をまさぐる。

「駄目よ、こんなところで」

章子が、ふふッと含み笑いをもらして、哲也の腕から逃がれた。

「明日は、美術館めぐりをしようか」

哲也が、霧に包まれた印象派美術館を眺めながら言った。

印象派美術館には、フランス近代絵画の粋ともいうべき、マネ、ドガ、モネ、ゴッホ、ゴーガンなどの作品が、ずらりと並んでいる。

「哲也さんは、絵が好きだったわね」

章子がそう言ったとき、突然、二人の前に黒い人影が立った。

暗いために、相手の容姿はまったくわからない。

だが哲也は、男が右手に長い棒のようなものを持っているのを見て、章子の体を後ろへ押しやった。

「誰?……」

哲也は、英語で訊ねた。

黒い影が、ジリッと哲也に歩み寄った。

男の持った棒のようなものが、暗がりの中で、一瞬ではあったが、鈍い光を放った。

(刀……)

哲也は、はッとなって、一歩あとずさった。

「章子、逃げろッ」

哲也は、振り向きざま叫んだ。

章子が、霧の中を、ホテルに向かって走る。

黒い影が、小太刀を振りあげた。

哲也は、妻とは反対の方角へ、脱兎《だっと》の如く駈《か》け出した。

黒い影が、夜霧の中に跳躍する。

霧を吸った刀が、背後から哲也の首を襲った。

鈍い音がして、哲也の首が、胴から離れ、宙を飛んだ。

血しぶきが、飛び散る。

首から上を失った体が、数メートル走って芝生の上にどさりと倒れた。

2

金髪の女が部屋を去ったあと、村雨はソファに体を沈めて、ブランデーを呑んでいた。

女の肌ざわりが、まだ下半身に残っている。

村雨は、ブランデーを右手に持ったまま、呟《つぶや》いた。

「氏家京介……か」

修善寺の森で、黒い蝶と思える男を倒して以来、〈敵〉は不気味なほど、鳴りをひそめている。

村雨は、それが黒い蝶の、反撃の前触れであることを、本能的に嗅ぎとっていた。

彼の脳裏には、いま一人の男の顔が焼きついている。

ホテルのロビーで見かけた、あの大柄な日本人の顔であった。

村雨は、その男を、黒い蝶に違いない、と読んでいた。一流商社マンのような印象を見せながら、目つきにも体の動きにも、寸分の隙《すき》さえない。

フロントからキイを受け取る時も、エレベーターに乗る時も、自分の背後に対して、油断なく神経を払っている。

村雨には、それがわかった。

村雨がパリに来たのは、ある予感を確かめるためである。

その予感が、ロビーで大柄な日本人を見かけたことで、確かなものになりつつあった。

村雨は、ブランデーを一息に呑んだ。

窓が、霧で濡れている。

このとき、パトカーのサイレンの音が、村雨の鼓膜をうった。それも一台ではなく、かなりの数である。

村雨は、窓際に立って夜霧に包まれた下界を眺めた。

だが、よく見えない。

パトカーの音は、どうやら印象派美術館の辺りへ集中的に向かっているようであった。

村雨は部屋を出ると、一階へ降りてフロントへ行った。

「日本人の若い夫婦が泊まっているはずだ。部屋番号を教えてくれ」

村雨が英語で話しかけると、フロントにいた若い男が、後ろのキイ・ボックスを見て、首を振った。

「散歩にでかけられて、まだお帰りではありません」

「散歩？……」

村雨の目が、散歩と聞いて、鋭い光を放った。

彼はホテルを出ると、数百メートル離れた印象派美術館のほうへ歩いて行った。

霧は、ますます濃くなっている。

道路を行くどの車も、人が歩くより遅い。

パトカーは、やはり印象派美術館の近くに、幾台もむらがっていた。

霧の中を、多勢の警察官が懐中電灯を手に、右往左往している。

村雨は、パトカーの傍に立って指揮をしている初老の警察官に、ゆっくりと歩み寄った。

「事故？……」

彼が英語で訊ねると、警官はジロリと村雨を一瞥《いちべつ》して頷いた。

「日本人のようですが、どこにお泊まりですか」

警官が、目つきとは裏腹な、丁寧な英語で訊ねた。

「クリヨンホテルですが」

「クリヨン？……それじゃあ、被害者と同じホテルだ。ちょっと、こちらへ来ていただけませんか」

警官は、村雨を促すと、霧の中を泳ぐように歩き出した。

パトカーの数が、次第に増えていく。

村雨は、前を行く警察官の背中を見つめながら、間もなく自分の目の前に現われるであろう悲惨な光景を想像した。

「警部、どうしても細君が、死体から離れません」

初老の警官に駈けよった若い警官が、早口のフランス語で言った。

村雨には、言葉の意味はわからなかったが、相手が何を言っているか、大体の予測はついた。

「彼女、ご存知ないですか。あなたと同じホテルに泊まり、しかも日本人なんだが」

警部と呼ばれた初老の警官が、霧の中を指さした。

村雨の目に、異様な光景が映った。

首のない死体に、女がすがりついて、気が狂ったように泣いている。

「私は一人旅ですが、被害者が同国人なら、知らぬ振りは出来ません」

村雨は、警部にそう言うと、女に近づいた。

よく見ると、足元の芝生が血で赤く染まっている。

村雨は見た。無惨な白坂哲也の死を……。

彼は、何も言わずに、じっと女の傍に立っていた。

警部も、村雨の背後に立ったまま、動かない。

遺体から少し離れたところに、白坂の首から上がころがっていて、警官の懐中電灯が、それに光を当てていた。

現場保存のために、まだ遺体にも首にも手をつけていないのだ。

村雨は、白坂の首に歩み寄って、そっとハンカチをかけてやった。

ハンカチが、たちまち赤く染まっていく。

（私の予感が的中した）

村雨は、女の傍に戻ると、肩にそっと手を触れた。

女が顔をあげる。

霧の中に立つ村雨が、日本人だとわかったのか、彼女はいきなり村雨の胸に飛び込んで体を震わせた。

村雨は、黙って女の背中を撫でた。

彼の感情は、いま氷のように冷えきっていた。

瞼《まぶた》の裏に、氏家京介の傲然《ごうぜん》たる顔が、チラつく。

「あなたに、その女性をお預けしたいのだが……すぐに日本大使館と連絡をとって、誰かに来てもらいますので」

警部が、申し訳なさそうに言った。

村雨は、黙って頷くと、女の肩を軽く叩いて歩き出した。

女が、嗚咽《おえつ》をもらしながら、ふらふらと村雨に従う。

警部も、村雨と肩を並べた。

「二年前、やはりパリ新聞の記者が切り殺される事件がありましてね。恐らく同一犯人ですよ。今回は犠牲者が外国人なので、フランス人として本当に心苦しく思います。どうか許して下さい」

初老の警部は、沈痛な顔つきで言った。

「日本の治安も、来日する外国人の犯罪で大変な状況になりつつあります」

村雨が、無表情に言うと、警部は「そうですか」と、立ちどまった。

村雨は、白坂章子の肩を抱くようにして、ホテルへ戻った。

振りかえると、宿を確認するつもりなのか、パトカーが一台のろのろと尾行してくる。

ホテルへ入ると、フロントが、スーツに血をつけて帰ってきた章子を見て、目を見張った。

ロビーには、殆《ほとん》ど客の姿はない。

「大丈夫だ……それから、私の車を玄関へまわしておいてくれ」

村雨は、英語でフロントに伝えると、ドアーをあけて待っていたエレベーターに、章子を促して乗った。

ドアーが閉まって、密室に二人だけとなった。

「死んだ者は、いくら泣いても帰ってこないんだ」

村雨が、低い声で言った。

女は、それでも泣きやまなかった。

村雨は、女を部屋まで送ると、彼女に自分の部屋番号を教えて、再びロビーへ降りた。

「車は玄関脇に……キイはつけたままです」

フロントが言った。

村雨は、ホテルの玄関から数メートルばかり離れた位置にとめられているレンタカーに乗った。

彼は、章子が夫の後を追って自殺するのではないか、と思った。

(それも運命の一つだ)

彼は、章子の自殺をとめる気はなかった。

殺しの世界に生きてきた彼は、死ぬことも、生きることの一つに入るのだ、という考えに徹している。

村雨は、死を怖いとは思わなかった。

他人の死に同情する気持もなかった。

だが彼は、これまでの幾多の戦いの中で、耐え難いほどの『恐怖』を幾度も味わってきている。

それは、死に対する恐怖ではなく、戦いに対する恐怖であると言えた。

死を、クールに見つめることの出来る村雨である。

しかし、死の直前にある凄絶《せいぜつ》な戦いには、彼は、しばしば戦慄《せんりつ》を覚えた。

敗けるかもしれない、という恐怖ではない。

戦いそのものに対する恐怖なのだ。

村雨は、レンタカーの運転席で煙草をくゆらせながら、ぼんやりと霧に遮られているホテルの玄関を見つめた。霧は、いくぶん薄くなりつつあった。

小半時ほどして、宿泊客に呼ばれたらしい一台のタクシーが、ホテルの前にとまった。

村雨は、キイをひねってエンジンを始動させた。

ホテルから、大柄な日本人が急ぎ足で出てきた。

ステッキを右手に持っている。

村雨が、黒い蝶と睨んでいる、あの男であった。

タクシーは男を乗せると、ホテルの前の道路を、セーヌ川に沿って東へ向かった。

村雨の車が、あとを追う。

タクシーは、霧の中をゆっくりと走り、パリ警視庁の前を通って、パリ上院付属のリュクサンブール庭園へと入っていった。

ここで見事なのは、リュクサンブール宮殿から天文台にかけての、マロニエの並木道である。

男が、タクシーから降りて、並木道を歩いていく。

ステッキの先が、こつこつと舗道を鳴らした。

車から降りた村雨は、霧の彼方で揺らぐ、男の影を尾行した。

ときおり、男の影が霧の中に隠れて見えなくなる。

だが村雨の聴覚は、男の足音を鋭く捉えていた。

(黒い蝶が白坂哲也を殺した。哲也は氏家京介の妹の子、そして第一宅建の次期社長。章子は山林王・尾崎源兵衛の一人娘)

村雨は、頭の中で幾人かの人物を線で結びながら、氏家京介の非道な経営戦略の構図を、脳裏に描いていった。

それは、日本を発《た》つ前から、いや、白坂哲也の母が、氏家京介の妹と知ったときから、描いていた構図であった。

村雨は、その構図が白坂哲也の死で、間違いのないものになった、と思った。

(今夜の殺しが、たぶん黒い蝶の総攻撃の開始だ)

村雨は、そう判断し、いよいよ待っていた時がきた、と思った。

彼は、攻められることで、点火する男である。
その村雨が脳裏に描いていた、氏家京介の謀略の構図とは?——。
男の前に、もう一つの影が立っている。
かなり小柄だ。
村雨は、マロニエの陰に立って、二つの影を凝視した。
声は聞こえない。
霧の流れる音だけが、衣擦《きぬず》れのように、村雨の聴覚をくすぐる。
小柄な影が、ねぎらうように、相手の肩に手を置いた。
村雨の口元に冷笑が浮かんだ。
彼はふと、オーデコロンの強い匂いを感じた。
匂いは、明らかに二つの影の方角から、漂ってくる。
小柄な影が、足早に立ち去った。
それを見送った男が、踵《きびす》を返して村雨のほうへ戻ってきた。
村雨は、マロニエの陰から出て、男を待った。
男の足が街灯の明かりの下でとまった。格別驚いた様子もない。
霧をすかすようにして、じっと村雨を見つめている。

「黒い蝶……」

村雨は、それだけを口にした。陰にこもる、低い声だった。

相手が、初めて体を揺らした。素姓を見抜かれて、衝撃を受けたのだろうか。

「お前は……村雨……」

男が、二、三歩、村雨龍に近付き、その足元でカランと乾いた音がした。仕込み杖になっていたステッキの鞘《さや》が、滑り落ちたのだ。

霧の中で、男の持つ直刀が、刃を裸にして街灯の明かりを吸い、鈍い光を放った。一時間ほど前、白坂哲也の首を切り落とした兇刀《きょうとう》に違いない。

「私がパリに来ていたのは、意外だったか」

村雨が、静かに言って、背広の懐に右手を滑りこませた。

男が、腰を沈めて、直刀を構える。

シャキンッと鋭い金属音がして、村雨の右手に暗殺剣が光った。

「自在剣……」

男が呻《うめ》いた。

「自在剣？……なるほど、黒い蝶は私のこの剣を、自在剣と呼んでいたのか」

村雨が霧の中で苦笑したとき、男が舗道を滑って村雨に肉薄した。

村雨が、スウッと後退する。

男が一気に飛んで、自在剣と激しく打ち合った。

火花が散って、霧が乱れる。

男が、後ろ飛びに、村雨から離れた。

二人とも、息ひとつ乱れていない。

村雨は、下段に構えた。

剣の先が、軽く地に触れている。

相手は、正眼である。

それも、刃を上に向けた逆正眼であった。

長い沈黙の対決が続いた。

「私は、今日まで殺したいとする意思で人を斬ったことはない。だが、今夜のお前は、別だ」

村雨の目が、相手の首筋を射抜くように見た。

彼は、闘いのために、人を斬ってきた男である。

殺しのための殺しではない。

だが村雨は今、はっきりと〈殺す〉と口にしたのであった。

敵の首筋を見すえる目が、獲物を狙う獣のような凄《すご》みを見せている。

男が、再び村雨に迫った。

村雨の自在剣が、突っ込んでくる男の剣を、下からまきこむようにして跳ねあげた。

男の剣が、空高く舞いあがる。

村雨の第二撃が、男の首を打った。

ガシッという鈍い音。

首が胴から離れ、音をたてることもなく舗道に落ちた。

首から上をなくした男が、両足を突っ張るようにして、じっと立っている。

左右の手が、何かを探すかのように動いた。

村雨は、自在剣の血痕《けっこん》を拭うと、闘う意思を失《な》くした敵に背を向けた。

村雨の姿が、霧の向こうに溶けて見えなくなったとき、敵は首の切り口から噴水のように鮮血を噴き出して倒れた。

秒の勝負が終わった。

4

村雨が、ホテルに戻ってみると、自分の部屋の前で章子が蒼《あお》ざめた顔でたたずんでいた。

泣きはらした目が赤い。

「たった今、パリ警察の人と日本大使館の人が来られました。明日の朝から、事情聴取に入りたいそうです」

章子が、小声で言って、また嗚咽をもらした。

村雨は、黙ってドアーをあけると、体を横に開いて、章子を促した。

章子は、戸口のところに立って、ぼんやりと部屋の中を見つめた。

村雨は、彼女の背後に立って、部屋の中へ入っていくのを待った。

章子は、振り向いて村雨を見た。

村雨は、何も言わない。

「大使館の人が、すぐに日本へ連絡を取って下さるそうです」

章子が言うと、村雨は黙って頷いた。

彼女は、村雨の部屋に入ってソファに体を沈め、テーブルの一点に、ぼんやりと視線を落とした。

そのままの状態で三十分、一時間と、時が過ぎていく。

恐怖と悲しみを通り過ぎて、自分がどんな状況下に置かれているのかさえ、見うしないつつあるようだった。

ある日突然、大きな不幸に襲われると、人間は『精神の空白』状態に陥ってしまう。

村雨は、彼女と向き合ってソファの上に胡座《あぐら》を組み、ひとりブランデーを呑んだ。

彼は、やつれはてた章子の表情を、美しいと思った。

母を知らぬ村雨である。女に対して、彼は余程のことがない限り、刃を向けることはない。彼にとって、女は母であった。

「私は、明日帰国します」

二時間ほど経って、村雨は穏やかに言った。

章子が、ハッとしたように顔をあげた。

「私、大丈夫です」

彼女は、力なく言った。

村雨は、ブランデーを一息に呑み乾すと、グラスを章子に差し出した。

章子が、グラスを受け取る。

村雨は、ブランデーを注《つ》いでやった。

章子は、ひと口呑んでむせたが、ふた口目で、グラスを空にした。

豊かな胸を反らせるようにして、顔をしかめている。

「淋しければ、今夜は此処《ここ》へ泊まりなさい」

村雨が言うと、章子は素直に頷いた。

見知らぬ同国人の男の部屋へ、泊まると言うのである。無理もない。初夜の日に、夫を何者かに斬首されてしまった妻である。村雨を見知らぬ男として警戒する余裕は、今の章子にはなかった。誰にでも、縋《すが》りつきたいのだろう。

尾崎家の一人娘として、大事に育てられてきた章子である。

夫を殺されるという重大事件を、冷静に見つめることなど、出来るはずがなかった。

「私のベッドを使えばいい」

村雨は、ベッドルームを指差してからソファを降り、窓際に立った。

章子は、ソファから腰をあげると、黙ってベッドルームに入っていった。その後ろ姿が疲れきっている。

村雨は、煙草に火をつけ、窓の外を眺めた。

霧は、さらに薄くなっていた。

ホテルの玄関前に、パトカーが一台とまっている。

（オーデコロンの匂いをさせた、あの小柄な人影は何者だったのか）

村雨は、煙草をくゆらせながら考えた。

背後で、すすり泣く声がした。

村雨は、ベッドルームに入っていった。

章子は涙を流しながら眠っていた。

村雨は、彼女の体にそっと毛布をかけてやると、リビングルームへ出て電話機を取りあげ、交換台に東京を申し込んだ。

東京は、すぐに出た。

村雨の鼓膜を打ったのは、吉尾好次郎の声であった。

吉尾は、村雨がパリにいると知って、驚きの声を発した。

「ひと声かけて下されば、私の方で旅行手続きをしましたのに」

「私が表立って日本を離れたら、南部に対する黒い蝶の動きが活発化する恐れがあります。だからそっと日本を離れました」

「そうでしたか」

「忠字屋の吸収作業は？」

「澤木社長が、ようやく第三者割当増資の段取りを終えたところです。大王ストアーが抱えていた忠字屋株は、ほぼ放出されました。公取委の合併審査基準の布告は、二か月先のようですので、ギリギリで忠字屋の吸収は実現できそうです。それよりも……」

「どうしました？」

「島屋株の買い占めと、新店舗開発で大阪へ出かけた池田総務部長と、連絡がつかないんです」

「宿泊先はどこですか」

「大阪グランドホテルです。気になるので、明朝大阪へ行ってみようと思うのですが」

「よしたほうがいい。池田部長は、私が帰国してから捜します。吉尾社長は、忠字屋吸収を急ぎなさい。合併審査基準の布告が、早くなる可能性もありますから」

「いつご帰国ですか」

「明日……」

村雨は、ガチャリと電話を切った。

池田の所在不明も、予測していたことであった。

(南部は、矢つぎ早に、大王に先手を打たれている)

村雨は、忠字屋の吸収作業も、氏家京介ならもう終わっていただろう、と思った。

村雨がキャッチした公取委の合併審査基準は、次のような手厳しい内容になっている。
・合併後の会社の年間売上高が、三つの市にまたがった地域で、小売業の販売総額の二十五パーセントを超え、第一位になるケース。
・合併後の会社の年間売上高が、五千億円となる場合。
・合併会社に、年間売上高が千五百億円以上になる会社が、二社以上含まれている場合。
この三項目に抵触する場合は、合併は出来なくなるのだ。また、この三項目以外にも、『合併する企業の一方の総資産が一千億円以上の場合』は、合併にブレーキがかけられることになっていた。

つまり、巨大スーパーによる吸収(合併)は、この合併審査基準の誕生によって、事実上、できなくなるのである。

章子が、低い呻き声をあげて、寝がえりをうったようだった。

村雨は、上半身裸になって、バスルームへ入っていった。

5

村雨は、シャルル・ド・ゴール空港のターミナルビル三階にある出発ロビーで、誰かに背中を叩かれた。

振りかえると、クリヨンホテルで情を交わした、金髪女シモーヌが、婉然たる微笑を浮かべて立っていた。

「これから友達とロンドンへ遊びに行くの、あなたは？」

シモーヌが、村雨の腕を掴まえて、熱い目で見つめた。真紅のスーツの下で、村雨に愛撫された豊満な乳房が、妖しく波打っている。

「腕をはなせ」

村雨が、冷ややかな声で言った。サングラスの下で、女を見つめる目が刺すような光を放っている。

女の顔から、笑みが消えた。

村雨は、女に背を向けて、日航《にっこう》チェックイン・カウンターに向かった。

女が、背後からフランス語で、吐き捨てるように何か言った。

村雨は、エスカレーターで、四階の出入国検査場へあがった。

到着したばかりらしい大勢の観光客が、到着ロビーへのぼるエスカレーターの乗り口で、長い列をつくっている。

村雨は、混雑している出国審査カウンターを見て、足をとめた。

大勢の警察官が、警棒を手にして立っている。

白坂哲也の殺害現場で出会った初老の警部が、空港警察の縄張りにまで踏み込んで、乗客の一人一人に鋭い目を向けていた。

村雨は、ゆっくりと審査カウンターに歩み寄った。

「やあ……」

警部が、村雨に気付いて、険しい表情を緩めた。

村雨が、チラリと口元に微笑を見せる。

「昨夜は、ご協力いただいて感謝しています」

警部が、右手を差し出して、言った。

村雨は、警部の手を握り返した。

二人は、どちらともなく、サテライトへ向かって歩き出した。

「犯人が、国外へ逃亡する恐れがあるので、張っているんです。あれから三件の刺殺事件が連続してありましてね。うち一件が、やはり斬首されていました。残り二件は全身めった突きという手口なんですが、これには犯人の心当たりがありまして……」

「彼女からの事情聴取は？」

「部下にやらせています。大事に扱いますから、安心して下さい。それじゃあ、ここで……」

警部は、サテライトに通じる地下通路への入口で、村雨の肩を叩いて足早に去っていった。

村雨は、地下通路のウォーキング・ベルトに乗って、サテライトに向かった。

このとき彼は、強いオーデコロンの匂いを鼻腔《びこう》に感じた。まぎれもなく、夜霧の中で嗅いだ、あのオーデコロンの匂いである。

村雨は、サテライトに着くと、数メートル前を小柄な男が歩いているのに気付いた。日本人だ。

村雨は、さり気なく男と並んで歩いた。

男の顔は、村雨の記憶になかった。

初めてみる顔である。

年は三十を出たばかりであろう。薄いブルーのスーツが、男の若さに似合っている。

（はて？……）

村雨は、男から離れると、搭乗口から日航ジャンボの機内へ入った。

彼は、男の顔をどこかで見たような気がし始めていた。

初めて見る顔には違いなかったが、同じような顔立ちの男に、何処《どこ》かで出会ったような気がするのだ。

(気のせいか……)

村雨は、ファーストクラスの窓際に座ると、雨雲の張りつめたパリの暗い空を眺めた。

パンナムが、轟音《ごうおん》を発して、滑走路に着陸した。

第五章　幻の戦鬼《せんき》

1

吉尾好次郎は、赤坂の高級料亭『月村《つきむら》』の離れ座敷で、公取委考査局長・井葉達夫と向かい合っていた。

テーブルの上には、酒と料理が並べられていたが、井葉局長は腕組みをしたまま、険しい表情を見せていた。

「井葉さん、合併基準の布告がいつになるか、その期日を教えて下さるだけでいいんです。それがわからないと、南部ストアーは、現在かかえている経営戦略を、どう方向づけてよいのか迷うことになるのです」

「吉尾社長、公取委はスーパーの経営戦略、いや、南部ストアーの経営戦略のためにある訳ではありません。それよりも、私が合併基準を準備中だということを、一体誰からお聞きになったのです」

「単なる噂として、耳にはさんだだけです」

「噂にしては、合併基準の内容までご存知ではありませんか。この基準については、関係省庁にもまだ通知していないんですよ。それをあなたは……」

「井葉さん、社会にころがっている様々な情報を集めて分析するのが、企業であり経営者なんです。私が合併基準の情報を耳にしたのは、まったくの偶然でしかありません」

「南部ストアーに対してだけ、合併基準の布告日を教える訳には参りません。それに、まだ正式に布告日が決まっている訳でもない」

「しかし、いつ布告するかは、あなたのハラ一つで決まるのでしょう」

「吉尾社長、なぜ合併基準の布告日を、それほど気になさるのですか。どこかの中堅スーパーを、吸収する予定でもおありなのでは？」

「井葉さん、意地悪な目で見ないで下さい。流通業界は、いま東対西の大戦争になっているのです。大王ストアーを筆頭に置く関西流通業界のあくどい戦略は、あなたもよくご存知ではありませんか」

「しかし、関東流通業界の戦法も、決して上品とは言えないでしょう。とくに南部ストアーは、大王ストアーに劣らぬ強引な経営を展開なさっておられる」

「西の勢力を防ぐためには、強引さが必要なんです。キバにはキバですよ。今の流通業界は、とても紳士協定で競い合えるような情勢ではありませんから」

「東に対する西の攻勢が、激烈を極めていることは、よくわかります。ですが吉尾さん……」

「井葉さん、この通り頭を下げてお願いします。今回だけ東の味方になって下さい」

吉尾は、背広の内ポケットから一枚の紙片を取り出すと、井葉の目の前に置いた。

額面五百万円の小切手である。

井葉局長が、小切手に視線を流して、白い目で吉尾を一瞥《いちべつ》した。

「あ、失礼。これは、私が私用に使うやつでした」

吉尾が、慌てて五百万円の小切手を取り戻し、もう一枚の小切手を、テーブルの上に置いた。

額面は一千万円である。

井葉の表情から、ふっと厳しい気配が消えた。

「ちょっと洗面所へ……」

吉尾は、立ちあがって部屋を出た。

長い渡り廊下が、広い庭を横切って、母屋に続いている。

吉尾は、渡り廊下の中程で、腕時計を見た。

村雨が、パリから帰国するのは、明朝である。

（一体なんのために、パリなどへ……）

吉尾は、首をひねった。

白坂哲也と章子が、フランスへ新婚旅行していることは、吉尾も知っている。

（二人を追っていったのだろうか）

吉尾は、村雨の渡仏の目的を勝手に想像しながら、部屋へ引き返した。

テーブルの上の小切手は、なくなっていた。

井葉局長は、吉尾と顔を見合わせて、苦々しい表情をつくった。

「ま、一杯やりましょう」

吉尾は、ハラの中でニヤリとしながら、井葉の盃に酒を注いだ。

彼は若いころから、日本酒しか呑まない。

二人は、目の高さに盃を上げて、乾杯をした。

盃の中に、金粉が幾つか浮かんでいる。

「なんだか呑んでしまうのが、勿体《もったい》ないですな」

井葉はそう言いながら、思いきりよく盃を空にした。

「で、期日は？」

吉尾が、井葉を追い詰めるように訊《たず》ねた。

「申し上げられません」

「え？……しかし……」

「小切手は、テーブルの下です。そのようなものを置きざりにして、部屋を出ていかないでください」

吉尾がテーブルの下を覗いてみると、なるほど自分の膝先に、小切手はあった。

「井葉さん。そう固苦しく考えずに、受け取ってくださいよ」

「カネなど要りません。ここの支払いも、自分のものは自分で出します」

「そんな……」

「今日こうして吉尾さんに会う気になったのは、流通業界のウラ情報を得るためです。それ以外の目的はありません」

「参りましたなあ」

「吉尾さん。あなたは、私のことを一体どの程度知っておられるのですか」

「はあ……ご経歴とか生年月日とか、まあ、ごく一般的なことと申しますか」

吉尾はそう言いながら、背広の内ポケットから手帳を取り出して開いた。

「私の生まれた月日を、とくに大事に覚えておいてください」

「お生まれの月日をですか」

吉尾はそう言ったあと、手帳を見てハッとなった。

井葉の生まれた月日は、来月の一日となっている。

吉尾は手帳を背広の内ポケットにしまうと、テーブルに額が触れるほど頭を下げた。

「私は、私の生まれた月日を言っただけです。それをお忘れなく」

「それはもう……」

吉尾は、もう一度頭を下げた。下げながら、来月一日が布告日というのは厳しい、と思った。

二人の間に、暫く沈黙が漂った。

それを、サラリとした口調で破ったのは、井葉のほうだった。

「禅問答みたいなやりとりは、もう止して率直に言いましょうか。ここにいるのは二人だけですから」

「井葉さん、助かります」

吉尾は、また頭を下げた。

「但し小切手など差し出そうとするなら、すぐに帰らせて戴きます」

「わかりました。小切手は、しまうことに致します」

吉尾は、小切手を二つに折って背広の右のポケットにしまった。

井葉が盃を手にした。

「はじめは、二か月後の布告を考えたのですが、いろんな事情から早めることになったんです」

「いろんな事情？」

「ええ、最近になって、大王さんがひんぱんに接触してきたこともありましてね」

「う、うむ……」

大王と聞いて吉尾の顔が、歪《ゆが》んだ。だが、井葉の前で、大王に対する敵意をむき出しにする訳にはいかない。いずれにしろ来月の一日までに、忠字屋を完全に自分のものにしてしまう必要が生じたのだ。残された時間は、あと一か月足らずである。

「吉尾さんは、どこかのスーパーを吸収するおつもりですな。正直に打ち明けてください」

井葉が、吉尾の顔を覗き込むようにした。

「布告を二か月後にする訳にはいかんのですか、井葉さん」

「申し訳ないですが、それは出来ません。南部さんに限らず、大王も弱小スーパーを狙って、一気に無差別攻撃をしかける気配を見せています。これを早目に押さえないことには、流通業界は今に大資本に占拠され、適正な自由競争の原理が失われてしまう。違いますか」

「ええ、まあ……」

「これは、不確実情報に過ぎませんが、大王は、流通関連事業に限らず、多角的事業に乗り出すようですよ」

「なんですって」

「氏家京介は、大王コンツェルンを築く野望を、間もなく実行に移し始めるはずです。通産、大蔵あたりでは、もっぱらその噂でもちきりですよ」

「具体的に聞かせて下さい」

「コンツェルンを築くと言っても、今から他分野の会社をつくって育てあげるのは大変です。そこで氏家氏がとる戦法は、お家芸の株買い占めですよ。恐らく、繊維、医薬、家電、建設、運輸などを絨毯《じゅうたん》爆撃するのではありませんかねえ。場合によっては、地銀の一つや二つ支配するかもしれない」

「地銀支配……」

吉尾は、息を呑んで井葉の顔を見つめた。

それは、吉尾にとって、はじめて耳にする情報であった。

氏家が『大王財閥』の構築をめざし始めるかもしれないというのだ。

吉尾は、氏家の野望の巨大なスケールに、毛穴が音をたてて開くのを覚えた。

「しかもです……」

井葉が、手酌で盃をかたむけながら、言葉を続けた。

「氏家氏は、株買い占め専門の秘密会社を、どこかにつくったようですよ」

「えッ」

「どんなメンバーで構成されているのかは、よくわかりません。たぶん株のプロを幾人も集めて組織したんでしょう。今に、幾つもの上場企業が氏家氏の支配下に入りますよ」

「し、しらなかった……」

吉尾は、茫然《ぼうぜん》となって呻《うめ》いた。

「氏家氏は、流通事業の分野だけで大コンツェルンを形成することが困難だと判断したんでしょうな。こんなことを言うのは失礼だが、氏家氏は、あなたよりはるかに虚飾家です。だから野望のスケールも、あなたよりは大きい。気を悪くしないで下さいよ、吉尾社長」

「い、いや……」

「それに彼は、独自のマスコミ対策まで考えているといいます。電波と活字を支配し、氏家イズムを日本中にバラまくつもりなんでしょう。すでに、東京の未上場の大手出版社と、関西のあるテレビ局が氏家氏の標的にされているようですね」

「井葉さん、あなたは、それらの情報をどこで……」

「公取委の情報網は、全省庁に通じています。いまお話し申し上げた情報は、まだ誰にも話していませんし、話すつもりもありません。いわば、吉尾さんへの手土産《てみやげ》です」

井葉は、そう言って、甲高《かんだか》く笑った。

「ともかく、吉尾さん。合併基準の布告日は変えられません。もし何らかの吸収戦略をお考えなら、それ迄《まで》に済ましておかれないと……」

井葉は、そう言いながら、吉尾の前にある盃に酒を注いだ。

2

パリ発の日航便は、予定よりも三時間遅れて、成田《なりた》空港に到着した。
途中の天候が悪く、アンカレッジで、天候の回復を待ったためである。
村雨は、到着ロビーを、ゆっくりと歩いた。
サングラスに隠された目が、ある一点を捉えて動かない。
数メートル前を、強いオーデコロンの匂いをさせる、例の小柄な男が歩いていた。
村雨の脳裏に、まだパリに残っている章子の悲し気な顔が浮かんだ。
到着ロビーは、外国人団体客で混雑していた。
村雨の足が、ふと止まった。
老紳士が、にこやかな笑みを見せて、彼に近付いてきた。
吉尾好次郎であった。
村雨が、小柄な男の方を、顎《あご》でしゃくった。
吉尾が立ち止まって、小柄な男の方へ視線を移した。
村雨は、煙草をくわえた。
吉尾が、足早に歩み寄ってきて、ライターの火を差し出した。

「誰ですか？　あの男……」

吉尾は、怪訝《けげん》そうに訊ねた。

「見覚えありませんか」

「ええ」

「じゃあ、いい……」

村雨は、くわえ煙草のまま、歩き出した。

吉尾が、慌てて肩を並べる。

小柄な男は、すでに二人から、かなり遠ざかっていた。

「いいんですか、尾行しなくても」

吉尾が小声で遠慮がちに訊ねた。

「いずれ、何者かわかります」

村雨は、さり気なく、周囲に視線を走らせながら言った。

吉尾が、もし黒い蝶に尾行されていたなら、まわりの人ごみの中に、殺し屋が潜んでいる可能性がある。

「何故《なぜ》パリへ？」

吉尾が訊ねたとき、村雨が不意に斜め後ろを振り返った。

少し離れたところを歩いていた外国人観光客の背後へ、一人の男がスッと隠れた。

ビジネスマン風の日本人である。

吉尾は、その瞬間、村雨の目がサングラスの奥で、光ったような気がした。

村雨の口元に、かすかな笑みが浮かんでいる。

「どうしました?」

「いや……」

村雨は、何事もなかったように歩き出した。

吉尾は、村雨がなぜパリへ行ったのか、訊《き》くのを断念した。

村雨が、自分の動きをいちいち説明するはずがない、と思ったからである。

空港ビルを出たところに、銀色の車体をした、クライスラー・ニューヨーカーが待機していた。

五〇〇〇ccのV8エンジンを搭載したこの高級車は、南部ストアーの社長専用車である。

村雨と吉尾が、後部シートに体を沈めると、車は音もなく滑り出した。

村雨は、くわえ煙草を灰皿で揉《も》み消すと、長い脚をゆったりと組んで、目を閉じた。

吉尾が、村雨の端整な横顔を流し見る。

彼には、村雨という人間が、どうしても理解できなかった。

いつ見ても、村雨は静かであった。

それでいて、何処かに寒々とした鬼気のようなものが漂っている。

サングラスをはずした目で見つめられたりすると、背すじがヒヤリとする。

吉尾は、手をのばせば触れるところにいる村雨に、縮めることの出来ない距離を感じた。

(恐ろしい男だ……)

吉尾は、秀麗な横顔を見せて目を閉じている村雨に、更なる恐怖を覚えた。

だが、吉尾は村雨に対して、不可解な、ある感情を抱き始めていた。

それが、どのような感情なのか、吉尾自身にもよくわからなかった。

(強《し》いて言えば……妙にひかれるところのある男……ということか)

吉尾は、「わからん」と首を横に振りながら、腕組みをした。

目を閉じているはずの村雨の口元に、またしてもかすかな笑みが浮かぶ。

吉尾は、少しうろたえ気味に、窓の外へ視線を移した。そのあとに襲ってくるのは、やはりゾッとするような、村雨に対する恐れであった。

車は、京葉《けいよう》道路を、東京へ向かった。

「社長……」

実直そうな初老の運転手が、バックミラーを覗きながら、そっと怯《おび》えたような声を出した。

「どうした」

「後ろの車が、この車を尾行しているように思えるのですが」

「なにッ」

吉尾が、驚いて後ろを振りかえろうとしたとき、村雨の手が、吉尾の腕をぐっと掴《つか》まえた。

凄《すご》い腕力であった。

「気にしないように」

村雨が目を開け、落ち着いた声で言った。

吉尾が、こわ張った顔で頷く。

「同じスピードで走ってください」

村雨は、バックミラーに映っている運転手の顔を見て言った。

運転手が、喉仏をゴクリと動かして「わかりました」と答えた。

運転手は、吉尾と並んで座っている男が何者かは、知らなかった。村雨に対する吉尾の丁寧な態度を見て、よほど社会的地位の高い人物なのだろう、と思っている。

だが運転手は、村雨を乗せた時から、背中に訳のわからない戦慄《せんりつ》を覚えていた。

村雨に、不気味な気配を感じて、仕方がないのだ。

「車を何処へ着けるつもりです？」

村雨が、サングラスをはずして、氷のような目を吉尾に向けた。

「帝国《ていこく》ホテルで、昼食をご一緒にと考えているんですが……幾つかご報告事項がありますので」

「わかりました」

村雨は、サングラスを背広の内ポケットにしまうと、また目をとじた。依頼者である吉尾に対する村雨の口調は、常に物静かで丁寧であった。それだけに、吉尾はかえって、不気味なものを感じるのだ。

吉尾は、手の甲で、額に滲《にじ》み出た脂汗を拭った。村雨に怯えているな、と自分でも判った。

こうして村雨の傍にいるだけで、鼓動が乱れてくる。

吉尾は、尾行車が気になった。

運転手がさかんに、バックミラーを覗きこんでいる。

村雨は、身じろぎもしない。

京葉道路は、比較的すいていた。

「どうなんだ」

吉尾が、運転手に向かって、不安そうに訊ねた。

「ええ、あいかわらず離れません」

運転手が、バックミラーを見ながら、うわずった声でこたえた。

吉尾の脳裏に、自邸の門前で惨殺された、忠字屋の運転手の死体が甦《よみがえ》った。

(尾行車は、恐らく黒い蝶……)

そう思って吉尾は、ブルッと身震いした。

「雨です」

運転手が呟《つぶや》いた。

フロントガラスに、ぽつんと水滴が降りかかる。

都心に入る直前で、雨は横殴りになった。

風に煽《あお》られて、街路樹が激しく揺れている。

車は、京葉道路から首都高速道路に入り、呉服橋《ごふくばし》インターを出て、帝国ホテルへ向かった。

窓には、灰色の靄《もや》が広がり、大地は夕方のような薄闇の中に沈んだ。

車が、帝国ホテルの正面玄関に滑りこむ。

運転手が、敏捷《びんしょう》に車から降りて、後ろのドアーをあけた。

先に吉尾が降りて、周囲に視線を走らせた。

村雨が、ゆっくりと車から出る。

「いません……」

運転手が、吉尾と顔を見合わせて、ほっとしたように呟いた。どこにも、尾行車らしい車は見当たらない。

村雨が、無言のまま、ホテルの中へ入っていく。

吉尾が、村雨のあとに従った。

「尾行車は、黒い蝶だったんでしょうね」

吉尾が、小さな声で言った。

「たぶん……」

村雨は、無表情に頷いた。

二人は、地下一階にある中国料理の店『北京《ペキン》』へ入っていった。

かなり混んでいる。

村雨の目が、鋭く店内を見まわした。

吉尾が、怯えたように、長身の村雨を見上げる。

南部流通企業集団の総帥である吉尾好次郎の頬は、〈見えない恐怖〉のために小刻みに痙攣《けいれん》していた。

ワンマン社長としての、日頃の自信と威厳が、すっかり影をひそめている。

自邸の門前で、澤木友造とその運転手が襲撃されているだけに、容易に恐怖感を拭えないのだろう。

「成田へ出迎えに行く時から、尾行されていたんですね。迂闊《うかつ》でした」

テーブルにつくなり、吉尾は力なく言って、肩を落とした。

店のマネージャーらしい男が、吉尾の傍に立って、丁重に腰を折った。

「頼んでいたやつで……」

吉尾が言うと、男はにっこりと微笑んで、踵《きびす》を返した。

「その後、池田総務部長の足どりは？」

「まだ摑めません。私を取りまく情勢が、一日ごとに悪化していくようで……」

「氏家の力を思い知った、というわけですか」

「南部と大王の年商差は、二千億円です。これ以上、氏家の好き勝手にはさせません。私だって、南部グループ百一社をひきいる男です。むざむざ氏家に負けやしません」

「だが、なりふり構わぬ経営戦略という点では、どうやら氏家に分《ぶ》がありますね」

「それは認めます。だからこそ、村雨さんに頭を下げて……」

吉尾が、そこまで言ったとき、若い女《ウエイトレス》が烏龍茶《ウーロンちゃ》をテーブルに運んできた。

吉尾は打ち萎《しお》れ、力なく、熱い茶をすすった。

村雨に、氏家との力の差をはっきり言われて、さすがに悔しいのだろう。

「あせらないように」

村雨は、呟くように言って、煙草をくわえた。

吉尾が「ええ……」と頷いた。

「井葉対策は?」

「昨夜、井葉局長に会いました。合併基準の布告は、来月一日付だそうです」

「よく聞き出せましたね……しかし来月一日が布告だとすると、忠字屋吸収はかなり厳しい」

「いいえ、必ず忠字屋は吸収してみせます。それよりも、井葉さんから大変な情報を聞き出しました」

「話して下さい」

「氏家は、東日本の流通業界を征服する野望に加えて、大王コンツェルンの構築に動き始めたというのです。繊維、医療、家電、建設、運輸などの主要企業を支配するため、すでに株買い占めの専門会社をスタートさせたとか」

村雨の表情が、わずかに動いた。

彼の白い指の間から、ひとすじの紫煙が、たちのぼっていく。

吉尾が、身を乗り出して、囁《ささや》くように言った。

「しかもですよ、氏家は地銀にも食指を動かそうとする気配があるらしいのです。氏家は、公取委が布告する合併基準を、かなり前から摑んでいて、スーパーの大型吸収合併に限界がきたことを、いち早く察知していたに違いありません。それで、他業界を支配し、コンツェルンを構築するという野望を持ったと考えられるのです」

「いや、氏家のコンツェルン構築の野望は、合併基準に刺激されたからではないでしょう」

「では、大王コンツェルンを築きあげようとする野望こそ、氏家本来の目的だったとでも？」

「恐らくそうです……氏家が合併基準の布告を早くから見抜いていたかどうかは怪しい。

もし、合併基準に関する詳しい情報を摑んでいたなら、忠字屋ストアーの株を大量に買い占めるようなことはしなかったはずです」

「なるほど」

「山林王・尾崎源兵衛の動きは？」

「披露宴のあと、会っていません。尾崎家が氏家と縁続きになった以上、南部ストアーに対する土地提供は、もう無理だと半ばあきらめています」

「倉橋は？」

「とくに連絡はとり合っていません。彼も全国を飛びまわる忙しさなので」

「自分の周囲の動きには、充分に目を光らせておくことです。たいていのことは、私が事前にキャッチしますが……」

「氏家が、南部ストアーの株買い占めをはかる恐れはあるでしょうか」

「氏家が、南部の株買い占めという方法で、正面から決戦を挑んでくる可能性はあります。そうなれば、南部も力の続く限り、大王の株を買い占めればいい」

「むろん、そうします。南部の内部留保は、決して大王にはひけをとりませんから」

吉尾が、そう言ったとき、ワゴンに乗せられて、何品かの料理と酒が運ばれてきた。

村雨が、煙草を灰皿に置く。

吉尾は、村雨の盃と自分の盃に、老酒《ラオチュー》を注いだ。

村雨は一息に、だが静かに盃を空にした。

吉尾が、また老酒を注ぐ。

村雨の目は、油断なく店内を見ていた。

吉尾が、怯えを振り払うようにして、老酒を呷《あお》り呑む。

「私が傍にいる間は、いかなる刺客も手は出しません。安心して下さい」

村雨に言われて、吉尾の表情がようやく緩んだ。

「村雨さん、教えて下さい。私は一体、どんな動きをとればいいのです」

「今迄どおりで結構。ワンマンらしく経営に専念することです」

「しかし……」

「外敵は、私が引き受けると確約しました」

「ですが、もし……」

「経営に専念し、雑念は、頭から追い払う方がいい。そうすれば、恐怖感は薄らぎます」

「はあ……」

「島屋の株買い占めは?」

「池田の行方がわからないので、中断状態です。池田は、殺されているのでしょうか」

「かもしれない……」

村雨は、無表情に答えて、短くなった煙草を灰皿に押し当てて消した。

第六章　大王《だいおう》の咆哮《ほうこう》

1

午前九時半に奈良ホテルを出た大都銀行頭取の瀬川文一郎は、飛火野《とぶひの》の森を、暗い気分のままゆっくりと歩いた。

奈良にくるのは、実に三十年ぶりであった。

大都銀行が、東京を地元とする地銀だけに、仕事で地方へ出かける機会は滅多にない。

彼は、まだ独身だった二十代のころに、奈良へは、一、二度旅行で来たことがあるだけであった。

飛火野の森を歩いていると、そのころの記憶が、うっすらと甦《よみがえ》ってくる。

「変わっていないな」

瀬川は、あたりの景色に目を奪われながら、淀《よど》んだ声で呟《つぶや》いた。

目の前を、親子の鹿《しか》が、のんびりと歩いている。

近付いても、逃げようとしない。

瀬川は、ダンヒルをくわえて火をつけると、深い溜息をついた。

さわやかな朝の森の空気は、煙草の味をいっそうひきたたせる。

彼は、高畑大道町《たかはただいどうちょう》を抜けて、春日大社《かすがたいしゃ》に通じている『ささやきの小径《こみち》』へ踏みこんだ。

この道も、三十年前に彼が歩いた道だった。

二十代のころ、瀬川は文学青年であった。

大都銀行の二代目オーナーとしての路線がすでに敷かれてはいたが、彼の本心は作家になることを夢みていた。

そんな青白い過去が、現在の瀬川には妙になつかしく思える。

そのなつかしさは、大都銀行の後継者となったことへの、後悔でもあった。

「吸収合併……か」

瀬川は、自分の運命が確実に変化しつつあることに、耐え難い恐怖を覚えた。

秘書も連れずに、一人で奈良へ来た瀬川である。

いや、秘書を連れてくる気にならなかったのだ。

瀬川は、一人で、迫りくる自分の運命と対峙したかったのである。

その〈運命の場所〉へ、彼は今、煙草をくゆらせながら一歩一歩近付きつつあった。

ささやきの小径が切れる辺りに、右に折れる小道がある。

瀬川は、そこで立ちどまって、再び疲れたような溜息を吐くと、道を右に折れて力なく歩き出した。

少し行くと、小道は、標高二百八十メートルの御蓋山《みかさやま》の麓に出た。

そこで瀬川は足をとめ、煙草を足元に落として念入りに踏み潰した。

目の前に、まだ真新しい豪壮な屋敷があった。

二千坪はあろうと思える敷地は、白い土塀で囲まれ、塀の向こうには、常緑樹が鬱蒼《うっそう》と繁っている。

瀬川は、重い足をひきずるようにして、屋敷の門前に立った。

門柱に『氏家』の表札が出ている。

大王ストアーの総帥・氏家京介の奈良別邸であった。

古都にふさわしく、見事な武家屋敷風の造りになっている。

恐らく、総檜《ひのき》造りなのであろう。

門柱も扉も、がっしりとして重々しい。

瀬川は、腕時計に視線を走らせた。

針は午前十時を指していた。

瀬川は、門柱に歩み寄って、インターホンの釦《ボタン》を押そうとした。

とたん、総檜の扉が軋《きし》み音《おん》もたてずに開いた。

「どうぞ……」

インターホンから、若い女の声が流れてきた。

門柱に立った客の姿は、屋敷内のテレビに映るようになっているのだろう。

インターホンの釦を押せなかった瀬川は、いささかの不快感を噛みしめながら、門の中へ入った。

石畳が、左へゆるいカーブを描きながら、屋敷内の奥へと続いている。

右手の駐車スペースに、先着の客のものと思える黒塗りの高級車が二台並んでいた。

三十メートルほど進むと、母屋の玄関があった。

玄関の前に、女中らしい若い女が立っている。

「遠い所を、ご苦労さまでございました」

女が、丁重に頭を下げた。瀬川が何者かを知っている顔つきである。

瀬川は、むっつりとしたまま、軽く会釈をした。

女は、瀬川の前に立って、長い廊下を歩いた。
二、三人の若い女中が、瀬川に頭を下げて通り過ぎる。
どの女中も、白いセーターを着て、豊満な胸をしていた。

（ふん、氏家の好みという訳か）

瀬川は、苦々しく思いながら、前を行く女中の豊かに張った腰に目をやった。
思わず、体の芯《しん》に欲望が走った。
廊下は母屋を離れて、広大な日本庭園を横切り、離れに続いていた。
離れは、池の中にあった。
数十匹のよく育った錦鯉《にしきごい》が、悠々と泳いでいる。
「お着きになりました」
女中が、障子の外に正座して、部屋の中に声をかけた。
部屋の中から、太い声がかえってきた。
女中が、瀬川を見て、目で頷きながら障子をあけた。
瀬川の目に、座卓をはさんで向かい合っている、二人の男が映った。
一人は氏家京介、もう一人は不二銀行頭取・吉岡宗康である。
「やあ、瀬川頭取。遠路ようこそ来て下さいました」
床の間を背にして座っていた氏家京介が、満面の笑顔を見せた。
瀬川の背後で、障子がゆるやかに閉まる。
「遅くなりまして」
瀬川は、立ったまま氏家と吉岡に、軽く頭を下げた。
吉岡が、白い目で瀬川を一瞥《いちべつ》した。その目を意識して、瀬川の顔が思わず固くなった。

「さ、そちらへ……」

氏家が、吉岡の隣を指さした。

瀬川は、苦々しい気持で、吉岡の隣へ座った。吉岡は、大都銀行の運命を握っている実力者である。

瀬川は、胃の痛みと息苦しさを覚えた。

「色々とご協力いただいて恐縮です。実によくやって下さいました」

吉岡が、無表情に言って、右手を差し出した。尾崎家と白坂家とを結びつけたことを言っているのである。

「いや……」

瀬川は、吉岡の手を握り返して、口ごもった。

瀬川は、白坂哲也がパリで惨殺されたことを、まだ知らない。

「大阪商事《おおさかしょうじ》をご存知でしょう、瀬川さん。あの会社ね、今日付で氏家さんを非常勤取締役として迎えましたよ」

吉岡が、茶をすすりながら言った。

大阪商事というのは、東証、大証の二部市場に上場する、年商二千億円の貿易商社である。食品の輸入販売に強く、海外に強力な仕入れルートを持っていることで知られていた。

「それじゃ、大王ストアーが、大阪商事の筆頭株主に？」

瀬川が、氏家の顔を見て訊《たず》ねた。

「いや、大王ストアーじゃなくて、私が個人の立場で筆頭株主になったんですよ。これで大王ストアーの食品の仕入れルートが、また多様になりました」

氏家が鼻腔《びこう》をふくらませて、胸をそらせた。

「そうでしたか、それじゃあ実質的に支配なさった訳ですね」

「地下に潜って、狙った会社の株を一気に買い占める。それが私の唯一の楽しみであり、道楽でもあるんです」

「ほかにも、狙っている会社があるのですか」

「それは誰にも言えない。家族にだって言っていません」

氏家は、ニヤリとして、吉岡頭取と顔を見合わせた。

「尾崎家と白坂家との結びつきを実現させた瀬川さんの努力は、高く評価していますよ。改めて、ありがとうと言わせて頂きます」

氏家は、瀬川に向かって、丁寧に頭を下げて見せた。

「とんでもありません。これからも、私に出来ることがあれば、なんなりと……」

瀬川は、そう言ってから、自己嫌悪に陥った。

「ところで、きょうお呼びいただいたご用件は？……」

瀬川は、最も気がかりなことを訊ねた。声は、かすれている。

一昨日の夕方、吉岡頭取から電話連絡が入って、用件を知らされないまま、奈良まで呼びつけられた瀬川である。

東京から一方的に呼びつけられたことで、瀬川の誇りはひどく傷ついていた。

大都銀行は、大蔵省の銀行再編の標的となっている。その再編の波に乗り、力にまかせて大都銀行を吸収しようとしているのは、吉岡頭取である。

それは、野兎《のうさぎ》が獅子《しし》に襲われる様に似ていた。

「ま、そう話を急がずに……」

氏家は、瀬川の質問をそらすと、背後の床の間に置いてあった盆を座卓の上に置いた。

盆の上には、スコッチとグラスが三つのっていた。

氏家は、グラスを瀬川と吉岡の前に置くと、琥珀色《こはくいろ》の液体をなみなみと三つのグラスに注いだ。

「我々三人の、これからの発展を祈って……」

氏家が、グラスをあげて、瀬川と吉岡の目を覗き込んだ。

三つのグラスが、カチンと触れ合う。

氏家と吉岡は、スコッチを一気に呑み乾した。

瀬川は、グラスを少し舐《な》めて、座卓の上に戻した。

氏家が、上目使いでジロリと瀬川を見つめる。

「スコッチはお嫌いですか、瀬川さん」

吉岡が、低く淀んだ声で訊ねた。

「いや……今はとても、呑む気分ではないので」

「何か後悔することでも？」

「吉岡さん、あなた……」

瀬川は、むッとした顔を、吉岡に向けた。

「まあまあ、お二人とも落ち着いて」

氏家が、苦笑しながら二人を制した。

瀬川は、顔面を紅潮させると、グラスを手にとって、一息に呑み乾した。

「お見事だ」

吉岡が、顔を歪《ゆが》めて皮肉まじりに言った。

その一言で、瀬川の怒りに火がついた。

「吉岡さん、あなたは何のために私を奈良まで呼びつけられたんです。私を愚弄《ぐろう》するためですか」

「あなたを愚弄したところで仕方がないでしょう」

「私は、あなたの言いつけに従って、尾崎家と白坂家の結びつきに協力しました。その私に……」

「勿体《もったい》ぶるのはおよしなさい。不二銀行が大都銀行を吸収したあとの地位保全を、あなたは泣いて私に頼んだのではなかったのですか」

「う、うむ……」

「今日、お呼びしたのは、いよいよ大蔵省が、不二銀行と大都銀行の合併承認に向かって動き始めたからです」

「知らない。私のところには、まだ連絡が入っていません」

「ほう、そうですか。私のところへは、四、五日前に大蔵省から連絡が入りましたが……いずれにしろ、あなたには大都を吸収後の不二銀行頭取の地位を預けますよ。それが条件で、尾崎家・白坂家の縁結びをして下さったのですからね」

「本当に、私に頭取の地位を預けて下さるのですか」

「むろんです。合併承認は、恐らく一か月後には正式に出るはずです。それで、そろそろ経営陣についての事務的な詰めを始めたいと思いましてね」

「一か月後に正式承認？……それは早すぎます。無謀だ」

瀬川は、茫然《ぼうぜん》となった。

彼は、大蔵省から正式承認に関する連絡を、何一つ受けていなかった。

にもかかわらず、一か月後に正式承認されるというのである。

瀬川は、自分が大きな謀略の外側に立たされていることを、ようやく肌に感じた。

「そんなに早く合併はできません。せめて来年の中頃までは、準備期間にして下さらないと」

「何を言っておられるのです。このところ大都銀行は、大口の不良債権をたて続けに抱えさせられているというではありませんか。あなたの経営姿勢は甘すぎる。だからこそ大蔵省も、合併を急いでいるのです。大都の前期決算の数字が、深刻な様相を見せていることは、あなた自身が一番よくご存知のはずだ」

「し、しかし……」

「瀬川さん。銀行は絶対に倒産しない、という神話の時代は、もう終わったのです。今や銀行は、一般企業となんら変わるところはない。経営がまずいと、間違いなく倒産するんですぞ」

「それは、わかっています」

「だったら、直ちに不二銀行との合併手続きに踏み切るべきです。オーナーとしての甘えは許されない」

瀬川は、追いつめられて押し黙った。

吉岡の言うことは、当たっていた。中小企業融資の多い大都銀行は、このところ融資先の連鎖倒産に見舞われ、巨額の回収不能債権を抱えていたのである。

氏家は、腕組みをしたまま、黙って二人の対決を見守っているだけだった。

三人の間に、沈黙が漂った。

瀬川は、自分の膝《ひざ》に視線を落としたまま、身じろぎもしない。

やがて瀬川が、無念そうに顔をあげて、吉岡頭取の顔をまっすぐに見た。

「いいでしょう。すぐに合併後の経営陣について、事務的な詰めに入りましょう。私の身柄を、くれぐれもよろしく」

それは、瀬川の敗北の弁であった。

吉岡の口元に、満足そうな笑みが浮かんだ。

氏家が、また三つのグラスに、スコッチを注いだ。

「お二人とも、仲良くしてもらわなくちゃあな」

氏家は、そう言うと、吉岡と瀬川の顔を見くらべて、ファッファッと笑った。

このとき瀬川は、まだ気付いていなかった。

自分に準備されている、大都銀行を吸収後の不二銀行頭取の地位が、たった一年で消えてしまうことを――。

「いやあ、ともかく瀬川頭取のおかげで、私と尾崎源兵衛氏との間で、東北地方に十店分の土地を提供してもらう約束が出来ましたよ。これは瀬川頭取の大殊勲賞です。南部ストアーは、いまごろ慌てふためいていることでしょうよ」

氏家は、破顔してグラスを空にした。

「ところで、瀬川さん……」

氏家が真顔になって、身を乗り出した。

瀬川は、何故《なぜ》か不吉な予感を覚え、反射的に背中を反らせて相手を見た。

「不二銀行は、間もなく大王ストアー、いや、大王グループ全体のメイン・バンクとなるんですが、私は吉岡さんと相談して、ある金融機関を手に入れることに決めました」

「金融機関を？……氏家さんがですか」

瀬川は、ギョッとなって、息を呑んだ。

「吉岡さんも、快く協力すると言って下さっているのですよ。大王グループの今後の資金手当は、七割以上を不二銀行に頼ることに決め、残り三割程度を、これまで付き合いのあった銀行に割り当てようと考えています。この大王グループの取引銀行と競合しない金融機関、つまり地方の中小金融機関を手に入れようと考えているんです」

「目的はなんですか」

「大王グループによる地方経済界の制圧です。地方の中小金融機関を押さえ、資金融資を通じて、地方の有力企業を順次大王グループ化していくのです。これまでのように、大王が力に頼って直接乗り出すと、私個人のイメージ・ダウンに結びついて、どうもいけない。そこで金融機関を通じて、大王グループを拡大することを思いついたのです」

瀬川は、氏家のスケールの大きな野望に、生唾《なまつば》を呑み下した。

と同時に、瀬川が感じた不吉な予感は、がぜん現実味をおび始めたのである。

瀬川は、怯《おび》えた目で、氏家の口元を凝視した。

「そこで……」

氏家は、外国葉巻をくわえると、ライターで火をつけながら、じっと瀬川を見据えた。

瀬川の額に、脂汗が吹き出した。

「そこでね、瀬川さん。ひとつあなたに重大な決意をしていただきたいのですよ」

「重大な決意？……」

瀬川は、青ざめた顔で、訊き返した。

彼の恐怖は、すでに頂点に達していた。

瀬川は、氏家が何を言わんとしているか、はっきりと読めたのである。

「瀬川さん、あなたは関東《かんとう》相互銀行の第二位の個人大株主で、非常勤取締役でおられる。私はその株を、時価で譲っていただきたいんですよ。ひとつ協力して下さいませんか」

「氏家さん、あなた……」

「ええ、ご賢察の通り、私は関東相互銀行を手に入れようと、前々から考えていました」

「もしや、あなたは、ご自分のその目的を達成するために、吉岡頭取を動かして今回の銀行再編を大蔵省へ働きかけたのではないでしょうね」

「これは無礼なことを、おっしゃる」

氏家が、双眸《そうぼう》にギラリとした凄味《すごみ》を見せた。

吉岡が、「そのようなことは、ありませんよ」と否定した。

瀬川は、目の前が、真っ暗になった。

氏家が、一気に瀬川を追いつめる。

「瀬川さん、私は仲間意識でハラを割って、あなたと話しておるんです。あなたには、大都を吸収したあとの不二の頭取ポストが準備されておるんですぞ。これが大変な地位であることは、あなた自身が最もよく知っておられるはずだ。不二の頭取になれば、不二の取締役会内規に従ってもらわねば、あなたを頭取に推薦した吉岡さんの立場が、苦しくなります」

「不二の取締役会内規？」

「不二の重役は、他の金融機関の役員を兼務できないのです。内規にはっきりと明記されているので、ご自分の目で確かめられるとよろしい」

「そ、そうでしたか」

「だから私が、関東相互銀行の株を譲って欲しいと、申し出たのです。お望みなら、時価の二割アップでもよろしいのですよ」

氏家は、言葉を和《やわ》らげて、わざとらしい優しい目つきをしてみせた。

関東相互銀行は、資金量三百八十億円で、相互銀行七十一行中、最下位にあった。

茨城県取手《とりで》市に本店を構え、茨城、栃木、千葉の三県を営業エリアに置いている。

瀬川は、この関東相互銀行の第二位の個人大株主で、二百四十万株を所有していた。この株は、大都銀行の創設者であり父である瀬川雄一郎から、財産相続で受け継いだものだった。

つまり、関東相互は、大都銀行にとって唯一の系列金融機関であったのだ。

瀬川は、大都銀行が不二に吸収され、その結果、おのれの行くべきポストがなくなった場合、関東相互に然るべき地位を確保すべく、ひそかに段取りを進めつつあった。

その矢先の、氏家の申し出である。

瀬川は、返事に窮した。

関東相互の株を手離せば、丸裸も同然となる。

「あなたを待っているのは、栄光ある不二銀行頭取のポストです。貧乏銀行である関東相互の株などには、もう用はないはずでしょう」

吉岡が、瀬川の肩に手を置いて、強い口調で言った。

「いいでしょう。関東相互の非常勤取締役の地位は、降りることに致します。ですが株のほうは亡くなった父の遺産でもありますし……」

「譲れないとおっしゃるのですね。この氏家の経営戦略に協力できないと」

氏家の声がわざとらしく嗄《かす》れた。

瀬川は、目の前の二人に太刀打ち出来ないおのれの力を情けなく思った。

瀬川の力を奪っているものは、大都銀行の財務悪化である。

その事実がある以上、彼は吉岡と氏家を向こうにまわすことが出来なかった。

「大王グループは、単なる流通企業集団から脱皮しようと、いま懸命なんです。協力して下さらんか、瀬川さん……それとも、不二銀行頭取のポストを棒に振られるおつもりですか」

瀬川の急所を、氏家は容赦なく突ついた。

瀬川は、大都銀行の二代目オーナーとして、虚飾の生活を続けてきた男である。

虚栄心も名誉心も、ひと一倍旺盛《おうせい》なところがあった。

それだけに、自分がみじめな立場に追い込まれることには、耐えられなかった。

大都銀行頭取の地位を追われ、関東相互に逃げこむことは、彼にとっては恥辱きわまりないことであった。

不二銀行頭取のポストは、断じて逃がす訳にはいかないのだ。

「わ、わかりました。関東相互の株は、全株おゆずりします」

瀬川は、呻《うめ》くように言って、がっくりと肩を落とした。

(大都銀行の吸収は、きっと氏家、吉岡の謀略に違いない。氏家は最初から、関東相互支配を緻密《ちみつ》に計算していた)

瀬川は、そう疑った。

関東相互の筆頭株主は、非財閥系の中堅生命保険会社であった。

（その株さえも、氏家はいずれ、吉岡の力を使って奪うに違いない）

瀬川は、自分とは桁違《けたちが》いの、氏家の力の凄さを思い知った。

「よく決心なさいました」

吉岡が、また瀬川の肩に手を置いた。

「新しいポストの準備、くれぐれもよろしく」

瀬川は、吉岡に向かって深々と頭を下げると、こみあげてくるものを押さえて、ぐッと下唇を嚙みしめた。

2

台東区谷中にある妙輪寺境内の本堂脇に、枝ぶりの見事な木蓮《もくれん》の木があった。

その木の下に、小さな石碑が立っている。

村雨龍の母親の墓であった。

木蓮は、わが子を残して逝った若い女の冥福《めいふく》を祈って、住職の天海が植樹したものである。

石碑の前に、白いスーツを着た村雨龍が、能面のような表情で立っていた。

母――。

それは、村雨の心の中に生きる、絶対的な存在であった。

彼は、母を知らない。

だが、彼の瞼《まぶた》の裏には、いつの頃からか、美しい母の顔が、焼きついていた。

その顔が、母の顔に違いない、と村雨は思っている。

彼は、母の勇気を、天海和尚から聞かされていた。

B29の猛爆撃から、必死で我が子を守った母の勇気を……。

村雨の背後に、和服姿の小柄な老人が立った。

両手に、日本刀を持っている。

天海であった。

皺《しわ》深い顔は、柔和で優しく、目は慈愛に満ちて輝いている。

村雨は、振りかえって、丁重に頭を下げた。

「いつ来た？」

天海が、右手に持っていた日本刀を差し出しながら、物静かな口調で訊ねた。

「たったいま……」

「血の臭《にお》いがするぞ、龍」

「…………」

「まあ、よい」

天海は、村雨から数歩離れると、日本刀を抜き放って、鞘《さや》を足元に置いた。

村雨も抜いて、正眼に構えた。

天海は、下段であった。

さわやかな風が、二人の間を吹き抜けて、木蓮の木が揺れた。

無言の対峙が続く。

天海の表情は、終始おだやかであった。口元に、ひっそりとした笑みさえ浮かべている。

長い時間が過ぎていった。

村雨の額に、うっすらと汗が滲《にじ》み出た。

彼にとって、天海の構えは、まさに巨岩であった。

小柄な老人が、真剣を持ったとたん、天にとどく大男に見える。

それでいて、老人の表情は観音菩薩《かんのんぼさつ》のように優しい。殺気も闘いの気配もまるで見せず、飄然《ひょうぜん》としている。

だが、村雨は、老人のその構えの底にある、必殺の剣技をよく知っていた。

村雨の剣が、正眼から下段へ、ゆっくりと下がる。

二つの剣が、真昼の日ざしを浴びて、キラリと光った。

老人の剣が、右に流れて水平になった。

村雨の足が、ジリッと老人に迫る。

老人は、身じろぎもせず、息ひとつ乱していない。

村雨の額から、ひとすじの汗が伝わって、目に入った。

それを待っていたかのように、老人の足が音もなく地表を滑った。

二つの剣が、激しく打ち合う。

鋭い金属音が、静かな境内にこだまして、日の光よりも強烈に青い火花が散った。

村雨と老人の体が、サッと左右に離れた。

老人の、観音菩薩のような表情は、変わらない。

村雨の手首が、薄く切れて、血が滲んでいる。

彼の肉体の数十か所に、こういった薄い切り傷のあとがあった。

天海と良海という二人の剣聖に切られることによって、神道無念流の奥義を極めた村雨である。

村雨の剣が、自分の顔の前で垂直に立った。刀の背が、軽く額に触れている。

伊豆・修善寺の森で、黒い蝶の一人を一刀両断にした、あの〈拝み切り〉の構えである。

老人の体が、宙を飛んで、村雨の頭上から切りかかった。

村雨の剣が、下からすくいあげるようにして、弧を描く。

鈍い音がして、老人の剣が中ほどから折れた。

折れた剣が、空高く舞いあがる。

村雨の剣が、老人の眉間《みけん》を襲った。

老人の額が真っ二つに割れて、鮮血が噴き出すかに見えた。

しかし、村雨の剣は、額から数センチのところで、地面に片膝ついた老人の両手で、がっしりとはさまれていた。

真剣白刃どりである。

それでも、手のひらから鮮血がポタポタと垂れて、老人の額を赤く染めた。

村雨が、体の力を抜いて、天海に一礼する。

天海が、にっこりとして、両手をはなした。

村雨の剣が、血で濡れている。

「一段と剣に凄味が加わったな、龍」

天海が、和服の懐からタオルを取り出し、手のひらの傷口を押さえながら言った。

村雨は、剣についた血のりをハンカチで拭《ふ》き取ると、剣を鞘におさめて、もう一度天海に頭を下げた。

天海が、満足気に頷く。

二人は、庫裏《くり》の奥まった一室で向かい合った。

「今夜は、此処《ここ》で血の臭いを落としていくがいい」

天海が、淡々とした口調で言った。

そこへ、年老いた寺女が、盆に酒と肴《さかな》をのせてやってきた。

村雨が、十四歳で妙輪寺を出たあと、この寺に雇われた女であった。

「ようこそ、おいでなされませ」

寺女は、盆を座卓の上にのせると、村雨に向かって三つ指をついた。

村雨は、背広のポケットから小さな紙包みを取り出して、寺女の前に置いた。

「修善寺で買ってきたものです。もっと早く届けるつもりでしたが……」

村雨はそう言うと、盆の上の銚子を手にとって、二つの盃に酒を注いだ。

「まあ、なんでしょう……」

寺女が、嬉《うれ》しそうに紙包みを手にとって、眺めた。

村雨は、答えずに、盃を呷《あお》った。

天海が、盃を右手に持ったまま、柔和なまなざしで、村雨と寺女を見くらべた。

天海には、村雨の気持が、手にとるようにわかっていた。

老女の向こうに、村雨が母の姿を見ていることを……。

寺女が部屋から出ていくと、村雨は二杯目の盃を空にして、沈んだ目を庭に移した。

艶《つや》のない茶色の毛並みをした老犬が一匹、土の上に寝そべっている。

「ゴロー……」

村雨が声をかけると、犬はけだるそうに頭を持ちあげて、二、三度尾を振った。

「あれは、もう長くはない。ここ一、二か月、ほとんど動かなくなった」

天海が、淋しそうに言った。

ゴローは十年ほど前、妙輪寺に迷いこんできた、牡《おす》の雑種であった。

「ゴロー……」

村雨がもう一度呼ぶと、老犬はよろめくように立ちあがって、縁側の傍までやってきた。

村雨は、盆の上の小皿にのっている蒲鉾《かまぼこ》をひと切れつまんで、老犬の傍へ行った。

ゴローが、うまそうに蒲鉾を食べる。

村雨は老犬の頭を撫《な》でると、「死ぬなよ」といたわるように言った。

ゴローが、クウンと鼻を鳴らした。

村雨は、天海のほうへ顔を向けた。

「獣医に見せてやってほしいのですが」

「見せた。だが、どこも悪くはない」

「老衰……ですか」

「生き物の定めだ。生あるものは、いずれ死ぬ」

「長生きしろ、ゴロー……」

村雨は、毛が抜けて地肌の見えているゴローの背中を軽く叩くと、座卓のところへ戻った。

「お前と私の別れも、そう遠くないうちにくる。私はもう七十三だ」

天海が、盃を呷りながら言った。

村雨の顔が曇った。

彼にとって、天海は父であった。

「私に万が一のことがあれば、良海がこの妙輪寺に帰ってくる」

村雨は、天海の言葉を聞き流して、黙って酒を呑んだ。

彼にとって、二人のうちのどちらが欠けても衝撃は大きかった。

村雨の全人間性は、天海と良海という二人の剣聖の影響力によって、出来あがっている。

「年はとりたくないのう」

天海が、ぽつりと言って、笑った。

村雨は、床の間を眺めた。

刀掛けに、二振りの日本刀が掛かっている。

さきほど、二人が打ち合った剣であった。

村雨は、天海の剣技にわずかな〈老い〉の見え始めたことを、感じていた。

かつての天海は、真剣白刃取りで、手のひらを傷つけるようなことはなかった。

「良海と最近立ち合ったことは？」

天海が訊ねた。

「この前、修善寺へ行ったときに、立ち合いました」

「良海も、今の龍には勝てまい」

「さあ……」

村雨が、ひっそりと暗い笑みを見せた。

良海との立ち合いは、いつも互角であった。

立ち合いのあと、二人の肌は、たいてい同じ数の切り傷を負っている。

「お前は、私の子だぞ。龍」

天海が、不意に言った。

口に盃を運びかけていた、村雨の手がとまった。

村雨は、幼いころ、その言葉をしきりに天海から聞かされた。

だが、寺を出て以来、一度もその言葉に触れたことのない村雨であった。

「私は、お前の父だ」

天海が、また言った。

物静かだが、重々しい言葉であった。

村雨は、黙って盃を呷った。

彼の目じりに光るものがあった。

それが、頰を伝わって、盃の中に落ちた。

「少し風に当たってきます」

村雨は、座卓の上に盃を置くと、立ちあがって、部屋を出た。

彼は、庫裏の裏手にある墓地を歩いた。

日当たりの良い、明るい墓地であった。

手入れがよく行き届いて、一本の雑草も生えていない。

墓地の周囲を取り囲んでいるのは、八重桜である。

幼いころの村雨にとって、墓地は、恰好《かっこう》の遊び場であった。

墓地の東の隅に、小さな池があって、そこに沢山のクサガメが棲んでいる。

この亀《かめ》が、墓石の上で昼寝するところを摑《つか》まえるのが、村雨の唯一の楽しみであった。

村雨は、幼い日のころを思い出しながら、墓石の間を散策した。

クサガメが、あいかわらず、墓石の上で昼寝をしている。

村雨は、地表から十センチも二十センチもある墓石の上に、小さなクサガメがどのようにして這《は》い上がるのか、いまだにわからなかった。

それは、クサガメを見つめる村雨の表情に、安らぎが漂っている。

それは、滅多に表に見せない、彼の素顔であった。

村雨は、墓地を抜けて、樹木の繁る境内へ行った。

本堂と並んで、鐘撞堂《かねつきどう》が建っている。

村雨の足が、ふと止まった。

それまでの安らぎの表情が、みるみる硬化していく。

一日の殆《ほとん》どが日陰になっている、鐘撞堂の前の柔らかな土の上に、はっきりとした真新しい足跡があった。

村雨の目が、地面を這った。

足跡は、境内の雑木林を出て鐘撞堂の前を通り、本堂裏を抜けて庫裏のほうへ続いていた。

村雨は、不吉な予感を覚えて庫裏へ向かった。

今日の彼は、自在剣を持っていない。

生まれ故郷ともいえる妙輪寺を訪ねるとき、村雨は人の血を吸った自在剣は持ってこないようにしていた。

庫裏の横手にまわると、足跡は縁側に続いていた。

(しまった……)

村雨は、縁側沿いに、天海のいる部屋に向かって走った。

庫裏の角を左へ折れたとき、村雨の目に、縁側を忍び歩く黒いスーツを着た男の姿が映った。

右手に白刃を持っている。

男は、天海のいる部屋に近付きつつあった。

「ゴロー、行けッ」

村雨が、声を発した。

男が、振りかえる。

右の頰から唇にかけて、刀傷のある男であった。

ゴローが、よろりと立ちあがって吠《ほ》える。

男が、縁側から飛び降りた。

ゴローが、老いた体に鞭《むち》打って、男に飛びかかった。

男が、白刃を振りかざす。

村雨の体が、大地を蹴って跳躍した。

それより一瞬早く、部屋から飛び出した天海が、縁側を蹴ってゴローに体当たりをした。

男の白刃から、とっさにゴローを救おうとしたのであろう。

白刃が、天海の左肩を、斜めに切り裂いた。

鮮血が飛び散る。

天海に突き飛ばされたゴローが、跳ね起きて、男の足首を襲った。

白刃が、一閃《いっせん》して、ゴローが「ギャン」と、断末魔の叫び声をあげた。

肩を切り裂かれた天海が、よろめきながら部屋へ駈《か》け戻って日本刀を摑んだとき、後を追ってきた刺客の刀が斜めに走った。

天海の右腕が、刀を摑んだまま宙に飛んだ。

天海が、呻き声もたてずに、横転する。

村雨は、部屋に駈け込んで、くわッと目をむいた。血走った二つの目に、烈火の怒りが漲《みなぎ》っている。

「貴様ッ」

村雨の歯が、バリバリと鳴った。

刺客が、大上段に構えて、村雨に迫る。

村雨は、部屋の外へ飛び退がった。

ゴローが、朱《あけ》に染まって、すでに息絶えている。

刺客が地を滑って、村雨の真正面から切りかかった。

力に任せた、豪快な剣さばきである。

村雨の体が、横に飛ぶ。

刺客の剣が、それを追って、続けざまに二撃、三撃を加えた。

村雨が、退がる。

刺客の剣は、明らかに、日本刀のある部屋から、村雨を遠ざけようとしていた。

「黒い蝶だな」

村雨が、松の巨木の陰にまわりこんで言った。

刺客が、殺気を漲らせて向かってくる。

村雨は、境内を走った。

刺客が追う。

村雨は、妙輪寺へくるときは、いつも尾行者の有無に全神経を払っていた。

今日は、尾行されていた気配はない。

とすれば、刺客は最初から、寺へ姿を見せる村雨を、境内の何処《どこ》かに潜んで待ち構えていたことになる。

いつ現われるかもしれない、村雨をである。

(黒い蝶なら、それくらいのことはやる)

村雨は、走りながらそう思った。

妙輪寺、観心寺という二つの寺と自分との関係が、すでに黒い蝶に気付かれているであろうことは、村雨も覚悟していた。

村雨は、鐘撞堂の前まできて、振りかえった。

刺客の剣が、一直線に、村雨の腹に突き出された。

村雨が、素手で、相手の剣をはさむ。

真剣白刃取りだ。

村雨が、体をひねった。

刺客が、剣を持ったまま一回転して、どッと地面に叩きつけられた。
村雨の体が、相手の頭上を飛んで、庫裏へ向かった。
「し、しまった」
刺客が、バネじかけのように起きあがって、村雨を追う。
村雨は、部屋へ戻ると、床の間の日本刀をわし掴みにした。
刺客が、部屋に飛びこみざま、剣をV字型に走らせた。
二段袈裟《けさ》斬りである。
村雨が、鞘ごと相手の剣を受けた。
鞘が割れる。
刺客が床を蹴って、村雨の顔面に切りかかった。
「死ね！」
村雨が、叫びざま、体を沈めて胴を払った。
腹を切り裂かれて、刺客の内臓が飛び出した。
村雨の剣が、地から天に向かって垂直に走る。
刺客の腕が、剣を握ったまま、体から離れた。
声もあげずに、刺客が倒れる。
段違いの、村雨の強さであった。

「和尚《おしょう》……」

村雨は、天海を抱きおこして、切断された腕の付け根をハンカチでしばった。

天海は、すでに虫の息であった。

寺女が、部屋に駈け込んできて、悲鳴をあげた。

「静かに……」

村雨が、沈んだ声で、寺女を叱った。

天海が、何か言おうとしている。

村雨は、天海の口元に耳を寄せた。

「刺客の剣……を……柳生剣と……みた……幻の剣鬼に……気をつけ……ろ。奴の名は

……」

天海の首が、コトリと折れた。

村雨が、老人の小さな体を抱きしめる。

村雨の背後で、寺女が号泣した。

「良海和尚に連絡をとってください。警察には、言わなくていいですから」

村雨が言うと、寺女は這うようにして、部屋を出ていった。

「幻の剣鬼……」

村雨が呟く。その剣鬼の名を言わぬまま、天海は息絶えたのだった。

村雨は、〈幻の剣鬼〉が、誰を指しているのか、わからなかった。
だが、天海が「気をつけろ」と言う以上、大変な使い手と考える必要があった。
（誰であろうと、許さん）
村雨は、ぐッと下唇を嚙みしめた。
なんの関係もない天海を、まきぞえにして死なせてしまったのだ。
「私はお前の父だ」と言った天海の言葉が、村雨の耳元で響いた。
天海の死顔は、安らかであった。
村雨の腕の中で、安心したように、目を閉じている。
「許してください……」
村雨は、怒りで目をギラつかせながら、天海を抱きしめる手に、力をこめた。

3

白坂家の大広間は、沈痛な雰囲気に包まれていた。
経をとなえる僧侶の声が、重々しく屋敷を包む。
床の間を背にした祭壇には、哲也の遺骨と写真が安置されていた。
祭壇の前でうなだれているのは、尾崎・白坂両家の者と、氏家京介、瀬川頭取だけであった。

異国で生じたこの猟奇的な殺人事件は、尾崎・白坂両家の根まわしによって、新聞記事にはならずに済んだ。

哲也の遺骨は、パリで火葬にされて持ち帰られたものである。

今、葬儀は身内の者だけで、つつましやかにとりおこなわれつつあった。

身内の者以外でこの葬儀に姿を見せているのは、哲也と章子の仲人をつとめた、瀬川頭取だけである。

章子は、広間の片隅で放心状態であった。

尾崎源兵衛も、白坂正浩も、遺影の前で肩を落として身じろぎもしない。

瀬川は、蒼白《そうはく》な顔で祭壇を見つめている。

氏家一人が、余裕のある表情で、皆の一番うしろに正座していた。

僧侶の声が、とまった。

章子が、ハンカチで目頭を拭う。

氏家の目が、章子を捉えて湿った。

「章子さん、焼香を……」

氏家が促した。

章子が、よろめくようにして立ちあがった。

彼女は、夫の遺影の前で、長いこと手を合わせた。

「一体、誰がこんなむごいことを……」

白坂正浩が、膝の上で握りしめた拳を激しく震わせて、怒りの声をあげた。

僧侶は畳の上に視線を落として、顔を曇らせた。

「ひどすぎる……」

源兵衛が、ぽつりと吐いた。

氏家は、源兵衛の背中を、刺すような目で見つめた。

私財一兆六千億円を持つ源兵衛も、今日ばかりは、人の力の弱さを嚙みしめていた。

おのれにいくら財力があろうと、亡くなった娘婿をよみがえらせることは、出来ないのである。

親族の焼香は、すぐに終わった。静まりかえった大広間に、耐え難い息苦しさが満ちていく。

「遅いな、文男《ふみお》は……」

氏家が、腕時計を見ながら言った。

彼は、一人息子の氏家文男を待っているのである。

文男は、まだ三十を出たばかりであったが、大王ストアーの代表権を持つ副社長の地位にあった。

大王グループのことごとくに、非常勤重役として名を連ねており、二代目ながら父親の七光りに甘えない、辣腕《らつわん》実業家として知られている。

文男の仕事は、主として海外市場の開発であった。

仕事だけが生き甲斐《がい》なのか、いまだ独身である。

「惜しい若者をなくしたのう」

僧侶が、白坂正浩の顔を見つめて、なぐさめるように言った。

この僧侶は、白坂家の菩提寺《ぼだいじ》である光妙寺《こうみようじ》の住職で、哲也の幼いころからを、よく知っていた。

このとき、廊下を足早に歩いてくる、人の気配がした。

氏家は立ちあがって廊下に出ると、足音のほうに向かって、「早く……」と言った。

小柄な男が、大広間に入って来た。きついオーデコロンの匂《にお》いが、悲しみに沈む人たちの鼻腔《びこう》を刺激した。

「文男です」

氏家が、源兵衛のほうに顔を向けて、息子を紹介した。

その男は、村雨龍がパリで見かけた、あの小柄な男であった。

氏家京介の息子、文男であったのだ！

文男は、源兵衛と正浩の前に正座をすると、神妙な顔をして頭を下げた。

「アメリカのバイヤーとの交渉がこじれて、駈けつけるのが遅れました。仕事とはいえ、不作法致しましたことを、おわびします」

文男は、そう言うと、哲也の遺影に向かって合掌した。

源兵衛や章子は、文男と会うのは、今日が初めてであった。

文男は、哲也と章子の結婚式には、出席していない。

海外市場開発でアメリカへ行っているということを、源兵衛は、式が終わったあと氏家から聞かされていた。

文男は、焼香を終えると、章子の前に座った。

「このたびは、なんと申しあげてよいか……」

文男が、深々と頭を下げる。

いかにも青年実業家らしい、きびきびした文男の動きであった。

だが、文男を見つめる源兵衛の目は、露骨に不快感を覗かせていた。

彼は、文男のようなタイプの人物を、最も嫌った。

その嫌悪感は、氏家に対しても通じている。

「章子さん、疲れたでしょう。応接間で少しお休みなさい。文男、章子さんを……」

氏家京介に促されて、文男が一言二言、章子に何事か囁《ささや》いた。

章子が頷いて、立ちあがる。

文男が、章子の背を押すようにして、大広間から出ていった。

「立派なご子息ですな」

僧侶が、氏家に向かって、真顔で言った。

氏家が「ええ、まあ……」と、黄色い歯を見せて笑った。

源兵衛は、腕組みをすると、少し離れたところに座っている妻・サワのほうへ、暗い視線を向けた。

源兵衛は、娘が不憫《ふびん》でならなかった。

いま考えてみると、この結婚には最初から、不吉な影がつきまとっていたような気がした。

氏家が白坂家の親戚であると知ったとき、源兵衛は吉尾好次郎以上の衝撃を受けていた。

南部ストアーと大王ストアーが、東西流通戦争を代表する敵対関係にあることを、源兵衛はよく知っている。

しかも源兵衛は、すでに氏家に、大王ストアー十店分の土地を、提供する約束をしていた。

娘可愛さゆえに、氏家の申し出を承知したのだ。

氏家が、第一宅建に対しても、白坂家に対しても、大きな影響力を持つ人物だとわかったからであった。

娘のことがなければ、氏家の申し出などを受け入れる源兵衛ではなかった。

源兵衛は今になって、第一宅建や白坂家のことを、自らの手で調べなかったことを後悔した。

間に立った人物が、銀行頭取だったため、全面的に信用してしまったのだ。

（自分の手で白坂家を調べていたら、氏家と白坂家とのつながりは、事前に摑めたはず）

源兵衛は、くやんだ。

氏家と白坂家とのつながりを知れば、章子を嫁に出していなかった源兵衛である。

だが源兵衛は、白坂正浩に対しては、〈悪意のない人物〉という見方をしていた。

（正浩氏も、大事な一人息子を殺された被害者……一体誰が犯人なんだ。フランス人の行きずりの犯行なのか、それとも……）

源兵衛は、数か月前フランスでおこった、日本人男子留学生によるフランス人女性殺害事件を思い出した。

この留学生は、殺した女性をバラバラにして、何週間も冷蔵庫に保存していたのである。

この事件で、フランス人の日本人に対する感情は、極端に悪くなっていた。

（哲也君は、フランス人の報復を受けたのかもしれない）

源兵衛がそう思ったとき、誰かが背中を叩いた。

振りかえると、氏家が立っていた。

「少し別間でお話があるのですが」

氏家が、中腰になって、小さな声で言った。

源兵衛は、黙って腰をあげた。

瀬川頭取と白坂の視線が、二人を追った。

瀬川の目には憎悪が漲り、白坂の表情には悲しみと困惑があった。

二人とも、氏家のわがもの顔な態度に、不快感を噛みしめているのだ。

氏家と源兵衛は、隣の客間で向かい合った。

「悲しい日には、惜しいようないい天気ですな」

氏家が、二百坪ほどの庭に咲き乱れている見事な芍薬《しゃくやく》の花に、目を向けながら言った。

「陰気に雨が降っていたほうが、いいとおっしゃるのかな」

源兵衛は、ジロリと氏家を睨《にら》みつけた。

「いや、これは言葉が過ぎたようで……お気を悪くしないで下さい」

「お話とは、なんです?」

「日本一の山林王と、日本最大の流通王とが、親戚関係になったのです。ひとつ末長く仲良くお願いします」

「今日は、そんな話をする日ではありますまい」

「尾崎さん、あなたも私も、名を知られた実業家です。我々ほどになると、色々な話が二十四時間ついて回るものではありませんかな」

「いかなる場合であっても、仕事の話からは逃がれられないとおっしゃるのか」

「ま、そういうことです。それが我々の宿命です。その宿命に耐えてきたからこそ、今日のあなたがあり、私がある。そうでしょう」

「もってまわった言い方をしないで、用件を切り出して下さい」

「実は、数日中に、私はある相互銀行の個人大株主となるんですよ」

「ほう……」

「銀行の名は、まだ申し上げられませんが、大株主の立場で、経営の中枢部門に影響力を発揮することになります。そこで、お願いがあるのですが」

「あなたには、もう十店分の土地を差し上げるお約束をした。いま私は、娘のことで頭が一杯です。ややこしい話は、日を改めていただきたいのだが」

「そうもいかないのです。その相互銀行の定例取締役会が、明後日に迫っているものですから」

「定例取締役会？」

「尾崎さん、ひとつ、その相互銀行の非常勤取締役になって下さいませんか。名目的にしろ、あなたのお名前を新役員の中に加えたいのです。むろん、それ相応の俸給はお支払いすることになるでしょう」

「明後日の役員会で、それを決めたいとおっしゃるのですか」

「ご承知下さるなら、この場で銀行名を申し上げてもよいが……」

「お断わりします。私は多忙の身だ。相互銀行の経営などに、かまってはおれません」

「ですが……」

「駄目です。ほかの人を、お探しなさい」

「尾崎さん、我々は親戚関係にあるのですよ。あなたと私が組めば、怖い者はなくなる。協力して下さらんか」

「くどいですな、氏家さん。哲也君が亡くなった以上、娘は白坂家から籍を外して家へ引き取ります」

「それは、章子さんが喜ばないでしょう」

「どういう意味です？」

「ご存知なかったのですか、章子さんのお体の具合を」

「体？……まさか」

「その、まさかですよ。章子さんは、すでに妊娠しておられます」

「なんですって」

「二人は、交際を始めて暫くしてから、結ばれていたらしいのです。章子さんの妊娠については、哲也が正浩氏にうち明けています。私は、結婚式の少し前に、正浩氏からそのことを聞かされたんです」

「な、なんてことだ……」

「章子さんはこの家に残って、哲也の子供を生むつもりのようですよ。第一宅建はいま、日の出の勢いで急成長を続けています。財務内容もすこぶるいい。二、三年のうちには、年商も一千億円を突破するでしょう。章子さんは、この第一宅建の後継者を生もうとしているのです」

「承知できません。子供は処置させる」

源兵衛は、憤然として立ちあがった。氏家も立ちあがる。

源兵衛の唇は、ぶるぶると震えた。

「章子さんが、子供の処置を承知しないでしょう。それに今の正浩氏にとっては、哲也の子を宿した章子さんが、唯一の生き甲斐でもあるんです」

「そんな勝手な理屈は通らん。章子は、私の娘です」

源兵衛がそう言ったとき、白坂が倒れ込むように客間へ入ってきて、源兵衛の前に両手をついた。

「どうか……どうか哲也の子を生ませてやって下さい。章子さんと生まれてきた子供の幸福は、私が命をかけてお約束します」

白坂は、懸命に嗚咽《おえつ》をこらえながら言った。

源兵衛は、苦悶の表情を見せて、絶句した。

そこへ、サワが物静かな表情で、やってきた。

サワは、客間に入ると、落ち着いた仕草で障子をしめた。

客間が、薄暗くなった。

「あなた、私は章子の妊娠には気付いていました。あなたに言わなかったのは、章子を可愛がっているあなたの気持を考えたからですわ。哲也さんは、いい青年です。そのいい青年の子を、章子は生もうとしているのです。章子は、今では尾崎家と白坂家の両方の娘ですわ。生まれてくる孫も、尾崎家の孫であり、白坂家の孫なんです。それでいいではありませんの」

「サワ……お前」

「あなたが取り乱すと、一番悲しむのは章子ですわよ。章子は、あなたを誰よりも尊敬しているのですから」

「わかった」

源兵衛は、蒼《あお》ざめた顔でサワの横をすり抜けると、障子をあけて廊下へ出た。

氏家が、執拗《しつよう》に、源兵衛にくいつく。

「尾崎さん、いかがです。さきほどの非常勤取締役の話は」

「あなたも、いい加減しつこいお人だ」

「あなたを、なんとしても非常勤重役として迎えたいのです。章子さんと、生まれてくる子供の幸せは、親族である私も、責任もって見守ります」

「娘と、生まれてくる子の幸せを？」

「ええ、約束します。絶対に」

「う、うむ……」

「尾崎さん、章子さんのためにも決心してくれませんか」

「わかりました。いいでしょう」

「有難い。この通り感謝します」

氏家は、源兵衛に深々と頭を下げると、文男と章子のいる応接間の方へ、足早に戻っていった。

（あの男、一体何を考えている）

源兵衛は、氏家に薄気味悪いものを覚えながら、庭を埋めつくすように咲いている芍薬の花を、ぼんやりと眺めた。

一抹の寂寞感《せきばくかん》が、体の中を吹き抜けた。

4

翌日――。
伊丹《いたみ》空港に着いた氏家は、迎えの社長専用車で大阪市内へ向かった。

脳裏に、白坂家の悲しみの様子が、しっかりと焼き付いている。

（ふん、誰も彼も甘い……）

彼は、自分の野望が、着実に進展しつつあることに満足した。

（今に、日本経済は私が牛耳ってみせる）

氏家は、窓の外を流れる見なれた光景に視線を向けながら、腹の中でニンマリとした。

氏家は、普段はあまり社長専用車を利用しない。

重要な企業機密の絡んだ仕事になると、タクシーか電車を使う場合が少なくない。

自分の行き先を、社長専用車の運転手に知られたくないのだ。

タクシーを使うほうが、確実に企業機密を守れると、信じて疑わない。

大胆な謀略家のように見えて、実は極めて用心深く、細心な一面があった。

要するに、なかなか油断を見せない男なのだ。

（大王コンツェルン……か）

氏家は、どんな犠牲を払ってでも、三井《みつい》、三菱《みつびし》、住友《すみとも》などの旧財閥を凌《しの》ぐ、巨大コンツェルンを築くつもりであった。

つい最近まで、彼の野望は、世界最大の流通企業集団を築きあげることであった。

だがその野望が、大規模小売店舗法による、大型店の出店規制で阻まれてしまった。

そして、公取委の合併基準施行の情報を耳にするや、彼のコンツェルン構築の野望は、確固たるものになったのである。

(単に流通王でとどまるよりも、財閥をつくりあげたほうが、私を見る財界の目も違ってくる)

彼は、本気でそう思っていた。単純と言えば、単純であった。

財界に於ける、流通業界の地位は決して高くはない。

企業の体質も、従業員の質もかなり低く見られ、業界全体が一種の差別視の中にあると言う財界人もいる。

氏家は、それがくやしいのであった。

彼は、なんとしても『財界主流』を歩きたかった。

いや、歩くだけではなく、財界の大御所として、君臨したいと思っている。男としての憧れだった。いや、野心だ。

その野心を実現するには、流通王では駄目だ、と悟ったのである。

大王財閥総帥――。

その肩書が、氏家にはどうしても必要なのであった。

彼の、この野心の底には、南部流通企業集団に対する、根強いコンプレックスがあった。

南部グループは、流通企業集団とは呼ばれているものの、百一社の企業群は多くの業界にわたっており、コンツェルンの形態を見せている。

それにくらべると、大王グループ百社は、殆ど流通業界の延長線上にある企業ばかりであった。

氏家は、南部グループに対するコンプレックスを打ち払うためにも、力で吉尾好次郎を叩かねば、と思い続けてきた。

その敵対心が、いま炎の如く噴出しているのだ。

車が、軽くバウンドした。

氏家は、外国葉巻を口にくわえた。

(文男は、うまく立ちまわってくれるかな)

氏家は、東京へ残してきた息子の顔を、思い出した。

(日に日に私に似てきた……頼もしい奴だ)

氏家は、文男にあることを期待していた。

文男には、尾崎源兵衛と白坂正浩の面前で、「章子さんを、暫く元気づけてあげるように」と命じてある。

その命令に、文男は忠実に従っているだろう、と氏家は思った。

「しかし……」

氏家が葉巻をくゆらせながら、ふと怯えたような顔つきを見せて、呟いた。

運転手が、怪訝《けげん》そうにバックミラーを覗き込む。

〈おのれの野心は、着実に進展しつつある〉と確信する中で、一つだけ、氏家にとって目に見えない大きな不安があった。

その不安とは？……。


車は、大阪市内に入ると、渋滞にまきこまれて、身動きできなくなった。

氏家は、腕時計を見ながら、舌打ちした。

運転手が、「すみません」と、恐縮した。

「此処でいいよ」

氏家は不機嫌そうに車を降りた。

阪急電鉄《はんきゅうでんてつ》の、中津《なかつ》駅の傍であった。

氏家は、乗車券を買って、梅田《うめだ》行きのホームに立った。

梅田までは、一駅である。

電車の線路と平行して走っている道路は、はるか梅田のほうまで、びっしりと車が並んでいる。

電車は、すぐにやってきた。

氏家は、電車で梅田に出ると、人と車のあふれたキタの町を、ゆっくりと歩いた。

日はまだ高い。

彼は、立ちどまって、目の前にそびえる三十数階建ての、超高層ビルを眺めた。

そのビルを手に入れることも、彼の野心の一つである。

彼は、大王コンツェルンの本拠を、どうしても大阪の玄関口である梅田《キタ》に持ってきたかった。

現在、大王グループの本拠がある難波《ミナミ》は、いわば大阪の裏玄関であり、歓楽街としては一等地でも、オフィス街としては一等地とは言えない。

「お前を、必ず手に入れてみせる」

彼は、関東系の旧財閥が所有する、その超高層ビルを見上げながら、双眸《そうぼう》をギラつかせた。

彼は、また歩き出した。

道を行く大勢の人々は、彼が日本最大級のスーパーの経営者であることに、気付かない。

幾多の経済雑誌に、彼の顔写真は載っている。

(だが、私はまだまだ知られていない。一億二千万の人の全てが、私の顔を知るようにならなければ……)

氏家は、そう思った。

虚栄心も、人一倍強い氏家である。顔も名前も、より多くの人に知ってもらいたいのだ。

やがて彼は、黒い板塀が続く料亭の前で立ちどまった。

大阪で一流の老舗《しにせ》料亭と言われている『牡丹《ぼたん》』である。

彼が、心得顔で牡丹の門内へ入っていくと、玄関から、加賀友禅《かがゆうぜん》を着た四十すぎと思える女が、姿を見せた。うりざね顔をした、色の白い美しい女である。

切れ長な涼しい目に、控えめな気品を漂わせている。

「一時間ほど前に、お見えでございます」

女が、つつましやかに言った。

氏家が、黙って頷く。

女は、牡丹の女将《おかみ》・志木京子《しききようこ》であった。関西財界の重鎮といわれている、ある人物の愛《あい》妾《しょう》である。

だがその重鎮も、今では年老いて、四年ほど前から寝たきりの体となり、実質的な愛人関係はすでに切れていた。

牡丹は、その重鎮の財力でつくられたものであったが、その後の経営は京子に任され、店の名義も彼女のものとなっている。

氏家は、京子に案内されて、料亭の二階へあがった。

廊下も柱も、黒ずんだ渋い光沢を放っている。

「近藤玄馬《こんどうげんま》さまは桜の間、遠山清次《とおやませいじ》さまは、梅の間にお通ししてありますから」

京子が、廊下の途中で立ちどまって言った。

昼間の高級料亭は、ひっそりと静かであった。

「梅の間へ先に行こうか。近藤さんとは、あとでゆっくりと話をしたいので」

氏家はそう言うなり、さり気なく京子の胸を軽く押した。

着物の上からでも、京子の胸の豊かさが、氏家の手のひらに伝わった。

京子が、氏家を軽く睨みつけるようにして笑う。

清楚《せいそ》な、それでいて妖しい笑みであった。

二人は、長い廊下を二度折れて、梅の間の前に立った。

「桜の間へは、すぐに行くよ。近藤さんに、そう伝えておいてくれるかね」

氏家は、京子に向かってそう言うと、梅の間の襖《ふすま》をあけた。

座卓の前に、四十前後と思える男が座っていた。目つきが鋭い。

「や、社長……」

男が、威儀を正して、氏家に頭を下げた。

氏家は、後ろ手に襖をしめると、床の間を背にして胡座《あぐら》を組んだ。

「動きはどうですか」

氏家が、訊ねた。

「メンバーの動きは、完璧《かんぺき》なほど順調です。極洋電機《きよくようでんき》、武岡薬品工業《たけおかやくひんこうぎよう》、阪和鉄道《はんわてつどう》とも、株買い占めは予想以上の早さで進んでいます」

男が、自信あり気に答えた。

いま彼が口にした企業は、いずれも東証、大証の一部に上場する一流企業である。

「ありがとう。ただし私の名は、絶対に表に出ないようにな。私が表に立つのは、その会社の筆頭株主となった瞬間ですから」

氏家が、満足そうに目を細めた。

「心得ております」

「その三社が征服できたら、次は自動車、鉄鋼、重工を狙いうちだ。下調べのほうを確実に頼みますよ」

「はい、必ず……」

「これで、メンバーに一杯飲ませてやりなさい」

氏家は、背広の内ポケットから白い封筒を取り出すと、テーブルの上に置いた。

かなり厚い。

恐らく、五、六十万円は入っていると思えた。

「恐縮です。それじゃあ遠慮なく」

男は、白い封筒を手にすると、なれた手つきで傍に置いてあった黒い革カバンの中にしまった。

男の名を、遠山清次と言った。西日本を舞台にして暗躍している、大物総会屋である。

国立大学を出たインテリではあったが、関西の暴力組織ともつながりがあり、先鋭的な総会屋として、企業から恐れられていた。

東を代表する総会屋が倉橋仙太郎なら、西を代表する総会屋は遠山清次である。

遠山は、倉橋の強大な組織に、一目も二目も置いてはいたが、行動が過激であるという点に於いては、遠山は倉橋よりも、はるかに〈狼《おおかみ》〉であった。

そのため組織力を背にした倉橋も、遠山との正面衝突だけは避けている。

その遠山が、氏家のつくった株買い占め会社『関西観光《かんさいかんこう》サービス』のボスの座におさまっていた。

関西観光サービスは、表向きは、旅行案内業となっている。

だが、旅行案内業としての業務は、片手間程度にしかやっておらず、氏家の指令を受けて、大王コンツェルンの構成会社にふさわしい企業の株を買いあさっていた。

オフィスを、新大阪《しんおおさか》駅前の、目立たない小さな貸しビルの中に置いている。

「ところで社長、南部ストアーの株は買い占めないのですか。大王ストアーの最大の強敵なんでしょう」

「いや、南部ストアーの株買い占めは、時期が早すぎます。吉尾好次郎も、なかなかの策士だ。自分の会社の株を私に買い占められたと知ったら、大王株の買い占めという手段で、激しく立ち向かってきます。それに彼の背後には、倉橋仙太郎がついていますからね」

「私は一度、倉橋と正面からぶつかってみたいと思っているのですが」

「いいから、君は私が指示した会社だけを狙ってください。南部ストアーに対しては、私が別の対策を考えています」

「別の対策？　で、どんな……」

「それは言えない。大王ストアーにとっての、トップシークレットですから」

「私を信用なさっていませんね」

「信用するしないの問題ではありません。企業には、絶対に言えないことが、一つや二つはある。たとえ家族にだって、言えないことがね。そんなことがわからん君ではあるまいに」

「ええ、まあ……」

遠山が苦笑して、言葉を濁した。

「さてと、君を此処へ呼んだのは、もう二つほど株買い占めの会社を増やしたいからなんだが、当初手渡した資金のほうは、どうですか」

「極洋電機、武岡薬品、阪和鉄道の三社の買い占めが、予想以上に急ピッチで進んでいますので、あと二社を追加するとなると、新たに資金手当をして下さいませんと」

「あまり急ピッチで買い占めると、バレやしませんか」

「なあに、証券会社を十社に分散して使っていますし、社長のつくられた十三のペーパー会社名義で買っていますから、全く心配ありません」

「うむ、よし、わかった。近いうちに五十億円ばかり資金手当をしましょう。ひとつ、うまくやってください」

氏家は、株買い占めのために、名義人として使う十三の幽霊会社《ペーパーカンパニー》をつくっていた。役員は、氏家京介を除く氏家の親族によって、構成されている。

遠山が買い占めた株は、いったんこれらペーパー会社の名義となり、充分に買い占めたあと一気に、氏家京介名義になるよう仕組まれていた。

「それで、何処を追加なさるのですか」

「帝国水産《ていこくすいさん》と、日本《にほん》ビールです」

「ほう……」

遠山が目を輝かせた。帝国水産は、年商四千五百億円で、日本最大の漁獲量を誇る水産会社であり、財務内容の堅実な会社として知られている。

日本ビールは、年商二千億円をあげるビール業界第三位の会社で、シェア面では先達二社に頭を押さえられているものの、安定経営を続けていた。

これで氏家は、電機、製薬、鉄道、水産、酒造《ビール》の五つの業界に対して、食指を動かしたことになる。

「大王コンツェルン構想が、いよいよ具体化ですな」

遠山が、舌なめずりするようにして言った。

大物総会屋の遠山も、商法の改正で、総会屋としての仕事が出来にくくなっている。

こうなると、氏家に寄生して、遠山シンジケートを経済的に支えていく必要があった。遠山は、商法改正後は氏家の支援で、経済誌を創刊し、広報戦略の一環として大王グループを派手に取り上げる計画を練ってもいた。

氏家も、遠山のこの案に、基本的には賛成している。

「株式市場の動向で、とくに変わったところはありませんか」

氏家が、訊ねた。

「これといった顕著な変化はありません。ただ少し気になることが……」

「気になること？……」

「外から眺めた判断に過ぎないのですが、名門デパートである島屋の動きが、このところなんとなく慌ただしいようで」

「慌ただしい？」

「いや、具体的にどうという訳ではないのです。私の直感のようなものでして」

「株でも買い占められているのですかね」

「島屋株は、市場でも優良株ですから、もともと商いは活発です。しかし今のところ、特定のところへ集中して流れている気配はありません」

「我々だって、隠密で五つの業界に食指を動かしているんです。何者かが正体を隠して、株を買い占めている可能性もあるのでは？」

「考え詰めると、不安にはキリがありません。むしろ我々は、当面の標的を確実に追う方が大事なような気がします」

「うむ、それもそうですが」

「島屋株の動静については、私も出来るだけ目を光らせるようにします」

「ひとつ頼みます」

氏家と遠山は迂闊にも、吉尾好次郎が島屋攻略に向かって動き始めていることに、気付いていなかった。

一方の吉尾は、大阪へ出かけたきり消息を絶った池田総務部長の身を、案じていた。氏家の指令を受けた者の手によって、人知れず抹殺《まっさつ》されたのではないか、と……。

では、池田は一体どこへ消えたのか？

吉尾は、島屋株の買い占め資金として、池田に二十億の金の、使用権限を与えている。

この金は、南部ストアーのメイン・バンクである帝国《ていこく》銀行の大阪支店から、引き出せるようになっていた。

だが、池田が二十億の金に手をつけている気配は、全くなかった。

「島屋は、いずれ私が狙います。それまでは誰に手をつけられても困るんでな」

氏家は、立ちあがって遠山を見下ろすと、肩を二、三度揺さぶった。

遠山も、立ちあがった。

「なあに、私の仲間にも充分見張らせますから、心配ありません。それに島屋も、名門中の名門デパート、そう簡単に人の手には落ちんでしょう」

「だが、君の言った、慌ただしい動きというのが気になります」

「その点も、もう少し探りを入れてみます」

「急いでくださいよ」

「心得ました」

「私は、もう一人客を待たせています。そのうち、ゆっくり一杯やりましょう」

氏家は、遠山の肩を軽く叩くと、梅の間から出ていった。

「恐ろしい男だ、まるで吸血鬼だぜ」

遠山が、そっと呟く。

どこかで、パトカーのサイレンの音が鳴った。

5

梅の間を出た氏家は、案内も乞《こ》わずに桜の間へ向かった。

桜の間は、離れ座敷になっている。

氏家は、渡り廊下を急いだ。

都心の真ん中にある料亭にもかかわらず、牡丹は静寂の中に沈んでいた。

遠くのほうで、パトカーのサイレンの音が鳴っている。

その音さえなければ、大阪のキタであることを忘れさせるほどの、静けさであった。

「失礼……」

氏家は、桜の間の障子をあけた。

床の間を背にして、黒いスーツを着た白髪の痩《や》せた男が座っていた。

年は、五十半ばであろうか。鷲鼻《わしばな》と釣りあがり気味の目に、異様な雰囲気を漲らせている。

座卓には、すでに酒と肴《さかな》が並んでいた。

「お待たせして、申し訳ありません」

氏家は、男に頭を下げながら、障子をしめようとした。

それを、男が手をあげて制した。

「芍薬《しゃくやく》の花が見たい。障子はあけておいてくれ」

男が、淀んだ声で言った。地の底から、湧きあがってくるような、声である。喋り方が威嚇的で品がない。

氏家は、庭を見た。

芍薬の花が、一面に咲いている。

(そう言えば、白坂家の庭にも、芍薬の花が咲いていた)

氏家は、そんなことを考えながら、白髪の男と向かい合った。

男が、黙って銚子を手にした。

それを、氏家が丁寧に奪いかえして、男の盃に酒を注いだ。

酒は、運ばれてきたばかりとみえ、かなり熱燗《あつかん》であった。

二人は、盃を目の高さに上げて、ゆっくりと呑み乾した。

男を前にして、氏家の日頃の尊大な態度は、影をひそめていた。

男に対して一歩距離を置き、敬意を表しているようにさえ見える。

「あんたの心配が、どうやら事実となった」

男が、重々しい口調で呟いた。

氏家の表情が、とまる。

「村雨龍は、あんたが予想した通り、間違いなく南部ストアー側についている。村雨の身辺に近付いた黒い蝶は、ことごとく消されてしまった」

「それじゃあ、誰一人として、柳生の里へは戻ってこなかったのですか」

「うむ……」

男が、無表情に頷いた。

氏家の顔が、次第に蒼ざめていく。

村雨龍——政財界の暗部に君臨する、この男の存在は、巨大企業の経営者といえども、漠然とした噂としてしか知らない。

氏家も、村雨の怖さは、不確かな噂としては耳にはさんでいる。

『陰の刺客』の異名をもつ村雨と出会った者は数少ない。

とくに関西政財界の大物たちは、殆ど村雨とは会ったことがない。

関西から見た村雨は、まさに『姿なき人物』であった。

「村雨が、吉尾の味方に……」

氏家は、顔をこわ張らせて、ぶるッと肩を震わせた。

「心配ない。あんたには、黒い蝶がついている。大王グループが日本経済を牛耳る日まで、黒い蝶はあんたに忠誠を誓う。安心するがいい」

「くれぐれも頼みます。それにしても、村雨に近付いた黒い蝶のメンバーが、一人残らず倒されるなんて……」

「私も、いささか彼を甘くみたようだ」

男は、ゆっくりとした動作で白髪をかきあげると、暗い目で芍薬の花を眺めた。

「伊豆へ出向いた者も、パリへ行った者も、柳生へは帰ってこなかったのですね」

「その通りだ。我々がようやく掴んだ、村雨の出生場所と思える、東京の妙輪寺という寺へも、配下の者を出したがとうとう帰ってこなかった」

「村雨は、寺育ちなのですか」

「よくはわかっていない。そうではないか、と思われているだけだ。しかし妙輪寺へ出向いた者が戻ってこなかったところを見ると、村雨が寺育ちである可能性は強い」

「しかし、黒い蝶のメンバーが殺されたら、新聞にも載るでしょうし、警察も動くはずでしょう」

「村雨は、超一流の殺し屋だ。警察が動くような殺し方はせん。彼の事後処置は完璧と聞いている」

「完璧……ですか」

「そうだ」

「近藤さん、大丈夫でしょうか。村雨ほどの男が吉尾側についたとなると」

「あんたは、近藤玄馬の力を信用して、おのれの野望実現に全力投球すればいい。あんたが謝礼としてくれる予定の一億円に見合う仕事は、必ずやり遂げる」

男は、氏家の盃に、酒を注ぎながら言った。

盃を持つ、氏家の手が、小刻みに震えている。

近藤玄馬——黒い蝶の首領で、必殺の柳生居合《いあい》剣を使う男であった。黒い蝶のメンバーからは『幻の剣鬼』と呼ばれ、冷酷非情の人物として、配下からも恐怖の目で眺められている。

村雨と同じく、滅多に人の前に姿を見せることはない。柳生の里の奥深くで配下を自在に指揮し、西日本の暗黒街では、鬼畜の如く恐れられている。

氏家は、もしや村雨が南部グループについているのではないか、と今日まで恐れていたのであった。自分が西の暗殺集団である黒い蝶の力に頼る以上、吉尾も東に棲む村雨と接触する可能性があるような気がしたのだ。

もっとも氏家が、その不安を持ち始めたときには、吉尾と村雨との接触は、すでに終っていた。

近藤は、氏家のその不安が「的中した」と言ったのである。

近藤が、配下にどのような指令を流し、どのような動きをとっていたか、氏家は知らない。村雨と同じように、黒い蝶もまた、依頼者に自分たちの動きを報告するようなことはしないのである。

「村雨は、私が殺《や》る」

近藤が、頬の筋肉をヒクヒクと痙攣《けいれん》させて言った。

「村雨が南部グループについているとなると、迂闊《うかつ》に正面からは戦いを挑めません」

氏家が、怯えたように言った。

「あんたは、黒い蝶の力を信用しないのかね」

近藤が、上目使いで、ジロリと氏家を睨みつけた。

「い、いや、そういう訳ではありません。いずれにしろ、暫くは正攻法でいってみます」

「正攻法?……あんたにそんな上品なことが、出来るはずがない。大王グループが今日まで成長したのは、正攻法的経営手法をとらなかったからだ。いってみれば、今日の大王グループは策略によって、出来あがったようなもんだ。違うかね」

「近藤さん、それは、ちょっと言い過ぎではないですか」

氏家が、流石《さすが》にムッとした顔をした。

「怒ることはあるまい。企業戦略に、策略はつきものだ。私は、あんたの経営理念を責めるつもりはない」

「私は疲れているんです。神経を逆撫でするようなことを、言わないようにして下さらないと」

「そんなに、気の小さなあんたでもあるまい。そんなことより、私に至急会いたいという用件は？」

「村雨に対する不安が、私の胸の中で、急に大きく膨らんだものですから。それに、これを受け取ってもらおうと思いましてね」

氏家は、背広のポケットから、一億円の小切手を取り出して、座卓の上に置いた。

外から吹き込むやわらかな風が、小切手を近藤の目の前まで滑らせた。

「謝礼は、全ての任務が終わってから、ということではなかったのか、氏家社長」

「いや、近藤さんが私の頼みを、忠実に実行してくれているようなので」

「あんたを金に汚いケチな野郎だと思っていた。その先入観を、取り消させてもらおう」

「私はケチじゃあない。何事に対しても、慎重なだけです」

「なるほど」

「近藤さんは、私のようなタイプの人間を、余りお好きじゃないようですね」

「あんたも、私のような稼業の人間を、気に入ったりはすまい。お互いに、汚れた金を間に置いて、ビジネスとしてつながっているだけだ」

「そう割り切って下さった方が、私も気分的には楽です。ともかく、村雨の動きを全力で封じて下さい。そうでないと、私の動きがとれない」

「わかっている。それじゃあ、これで……」

近藤は、頷いて、立ちあがった。

痩せてはいるが、百八十センチはあろうと思える長身である。

芍薬の花が、風に吹かれて、一輪散った。

6

氏家文男は、国鉄長野駅から、タクシーで十五分ほどのところにある、長野県農業開発連合会を訪ねた。

俗に、農開連と呼ばれているこの組織は、長野県の外郭機関で、県下の農業近代化と農産物の一括大量購入という、公設市場の機能を有していた。

県の外郭機関ではあったが、組織は半官半民で運営されている。

農開連は、農家から仕入れた農産物を、首都圏の大都市や中堅都市近郊にある青果市場へ卸し、豊かな財力を手にしていた。

だが、農開連の取引先は、青果市場だけではなかった。

もう一つ、重要な取引先があった。

南部ストアーを始めとする、関東の巨大スーパーとの、直取引がそれである。

これらのスーパーは、東京都下に独自の流通センターを有し、農開連から仕入れた大量の農産物を、関東地区の一都六県へ配送していた。

氏家文男は、農開連の本部ビルを見上げた。

美しい大自然を背景にして、白亜七層の立派なビルが、場違いな感じで建っている。

関西に本拠を置く大王ストアーは、この長野県農開連とは、まだ取引していなかった。

農開連と関東地区スーパーの直取引は、個別契約ではなかった。

関東流通業協会という業界団体と、農開連との『団体契約』になっている。

しかも、この契約には、『農開連は関東流通業協会に加盟しないスーパーとは取引しない』という特約条項が付けられていた。

そのため、東日本制覇の第一ステップとして、東京攻略を狙う大王ストアーは、農産物の仕入れルートを確保できないのであった。

大王ストアーは、関西流通業協会の加盟会社であり、氏家京介は、協会長の立場にある。

関東流通業協会を思いのままに牛耳っているのは、宿敵・吉尾好次郎であった。

東京を攻略せずして、東日本制覇はあり得ない。

だが、農産物の大量・廉価仕入れルートを確保しないことには、攻略も制覇もないのである。

「くそッ……」

氏家文男は、農開連の本部ビルを見上げて、腹立たし気に舌打ちした。

何が何でも農開連を説き伏せるよう、厳父から指示されている。

多様な農産物を、大量かつ廉価に供給できる能力は、東京近県では、長野県が群を抜いていた。

長野県を無視しては、スーパーに青果売り場を設けられないのだ。

それにもう一つ——。

氏家には、長野県農開連に食い込まねばならぬ訳があった。

農開連から、関東流通業協会を放逐《ほうちく》し、関東のスーパー業界に大打撃を与えることである。

氏家文男は、ビルの玄関をくぐると、正面の受付へまっすぐに歩いていった。

今日の訪問は、事前連絡を入れてある。

受付係の若い女が立ちあがって、丁寧に一礼した。

「大王ストアーの、氏家というものですが」

「あ、お待ちしておりました。五階の会長室へどうぞ」

受付係が、エレベーターのほうへ白い手をさし向けて、微笑んだ。

氏家は、足早にエレベーターへ向かった。

強いオーデコロンの匂いが、あとに残った。

受付係が、そっと顔をしかめる。

文男は、ちょうど降りてきたエレベーターに乗って、五階へあがった。

五階は、静かであった。

廊下をはさんで、左右に幾つも個室が並んでいる。

文男は、会議室、応接室と表示された部屋の前を通り過ぎて、会長室の前に立った。

部屋の中から、男女の話し声が聞こえてくる。

文男は、名刺入れから自分の名刺を一枚抜き取ると、ドアーをノックしてノブをまわした。

正面に大きな執務デスクがあり、その机の前で、肥満体の老人と赤いセーターを着た若い女が、書類を手に立ち話をしていた。

文男が部屋の中に踏み込むと、老人と若い女が、怪訝そうな顔を向けた。

「大王ストアーの氏家ですが」

文男が、名刺を差し出しながら、老人に歩み寄った。

「や、これはようこそ。私が、会長の間宮《まみや》です」

老人が、破顔して文男の差し出した名刺を受け取った。

「さ、どうぞ。ちょうど今、私の名刺が切れておりましてな」

間宮は、文男に応接ソファを勧めながら、申し訳なさそうに言った。

（関東流通業協会に気がねして、名刺を出さないつもりだな）

文男は、脂ぎった顔の老人を見つめながら、相手のハラの内を読んだ。

秘書らしい若い女が、文男に一礼して、部屋から出ていく。

「大王ストアーのナンバー2であるあなたのお名前は、よく存じておりますが、それにしてもお若いですな。氏家社長は、いい後継者をお持ちで、幸せな方です」

間宮が、ハンカチで鼻の頭に噴き出た汗を拭いながら言った。

長野県農開連会長の間宮繁太郎《しげたろう》は、県経済界では名の知れた人物であった。

長野県副知事を何期もつとめたあと、県政界を引退し、息子に十ヘクタール（約三万坪）の林檎園《りんごえん》を経営させ、自分は農開連会長の座におさまっていた。

文男は、応接ソファに腰をおろすと、改めて会長室を見まわした。

何の飾り気もない、質素な部屋である。

窓際にある大きな執務デスクもスチール製だ。

「大王ストアーの会長室や副社長室とは、だいぶ違うのではありませんか」

間宮が、苦笑しながら言った。文男が、苦笑を返す。

秘書が、紅茶とケーキを盆にのせて、入ってきた。

文男のオーデコロンの匂いがこたえるのか、さり気なく眉間に縦皺を寄せた。

文男の視線が、セーターの下で豊かにふくらんでいる秘書の胸に、チラリと流れた。

秘書が、紅茶とケーキを応接テーブルの上に置いて、会長室から出ていった。

「大阪のような大都会に住んでおられると、たまにはこういった大自然に囲まれた地方の町へくるのもいいでしょう」

間宮が、紅茶をすすりながら、上目使いで文男を見た。

文男は、その目に露骨な警戒の色が漂っているような気がした。

(この老人は、私の来訪を、吉尾好次郎に伝えているかもしれんな)

彼は、そう思った。

だが、それは最初から覚悟していたことである。

「さて、私にぜひ話したいことがあるとのことでしたが……」

間宮は、紅茶カップを右手に持ったまま訊ねた。

間宮の背後には大きな窓があり、その窓の向こうにアルプスが見えた。

青々とした空に、綿雲が一つ浮かんでいる。

夏の気配が、もうそこまできていた。

「率直にどうぞ。恐らくビジネスのお話でしょうから」

間宮は、応接テーブルの上に紅茶カップを置くと、青年のように白い歯を見せて笑った。

文男は、体を前に乗り出すようにして、口を開いた。

「実は、今年の十一月一日付で、関西流通業協会の関東支部が、渋谷《しぶや》にできるのですよ」

「ほう、関西流通業協会の関東支部が渋谷に……ですか。これは関東流通業協会にとっては、おだやかではありませんな」

「確かに……しかし我々関西のスーパーは、関東の協会には加えてもらえませんので」

「関東のスーパーも、関西の協会へは入れないのでしょう」

「ええ、今のところは」

「関西の協会が、関東へ支部を置く目的はどこにあるのですか。差しつかえなければきかせて下さい」

「関西の大手スーパーは、大王を皮切りにして、続々と関東を足場に東日本へ進出します。その勢いは、日を追って激しくなり、そう遠くないうちに、各社は大阪本社に並ぶ組織として、東京本社を置くようになると思うのです」

「なるほど、わかりました。つまり、関西のスーパーが関東以北で結束するためにも、関西流通業協会の関東支部は必要不可欠だとおっしゃるのですな」

「結束だけが目的ではありません。関東以北に店舗を展開するためにも、一括大量仕入れルートの確保が必要なんです。これの確保を、各社単位でやっていては、埒《らち》があきません。そこで関東支部をつくって、業界の力で仕入れルートを確保しようと思っているのです」

「しかし、今さら改めて関東支部をつくらなくとも、関西のスーパーさんは、今でもけっこう東日本に進出しているのではありませんか」

「いいえ。数から言うと、ほんの一摑みでしかありません。大店法があるので、大型店舗の無差別進出は厳しいですが、中堅規模の店舗展開は、これからが本番です」

「今のお言葉は、関東勢にとっては、ゾッとする台詞《せりふ》ですな」

「なあに、関東勢だって、西日本制圧を狙っていますよ。いや、すでに急速度で足場を固めつつあります」

「お互いに負けておれん、という訳ですな。はっはっは……」

間宮は、肩をゆすって笑った。

だが、目は笑っていない。冷ややかな光を放っている。

「そこで、間宮会長にお願いがあるのですが」

「関西流通業協会関東支部の最初の仕入れルート確保が、この長野県農開連という訳ですか」

「そうです」

「残念だが、それは出来ません。私どもは……」

「わかっています。特約条項をつけて、関東流通業協会と長期契約しているのでしょう。ですが、その契約も、今年の十月末日で切れるはずです」

「氏家さん。あなたは、その契約期限切れを狙って、関東支部設立を画策なさっておられるのですな」

「画策などと、凄い形容はおよしになって下さい。計画しているだけです」

「私どもと関東流通業協会との契約は、期限切れ後も継続させるつもりです」

「それを中止して、私どもと契約して下さい。中止が無理なら、関東支部も契約相手に加えてくれませんか」

「それは、私の一存では出来ません。私どもと関東流通業協会とのつながりは古いですからね。吉尾協会長のご意見も仰がないことには……それに、関西のスーパーさんは、仕入価格をひどく値切るという噂ですしね」

「そんなことは、ありません。大王ストアーも、かつては仕入価格を随分と叩《たた》いたこともありましたが、それは成長過渡期のことで、今では極めて良心的な方針をとっています」

「良心的ねえ……」

「海外から安い品を輸入することも考えていますが、それの実現には長い時間を要します」

「それはそうでしょう。衛生管理や品質の面でも、色々と問題が生じるでしょうしね」

間宮は、背広のポケットから、ブライアーでつくられたデンマーク製のパイプを取り出すと、刻み煙草を吸い始めた。

ブライアーとは、ツツジ科エリカ属の落葉灌木《かんぼく》の根である。この根でつくられた、いわゆる『ブライアー・パイプ』が、パイプの中では最も高級品と言われている。

「間宮会長、関西流通業協会としては、いや、大王ストアーとしては仕入れルート確保に協力して下さるなら、農開連発展のために、様々な側面的協力を惜しみません」

「氏家さん、あなたはもしや、関西流通業協会としてよりも、大王ストアー一社として、わが農開連と契約したいのでしょう。それも出来れば関東勢を駆逐して」

「否定しません」

「はッはッはッ、あなたは正直だ。どうです、いまから農開連の流通センターでも視察にいきませんか。ここから車で四、五分です」

「はあ、おともさせていただきます」

「さ、参りましょう」

間宮は、立ちあがると机のインターホンに向かって、会長車を玄関へまわすよう誰かに指示した。

二人は、会長室を出ると、エレベーターへ向かった。

小柄な文男は、間宮の肩のあたりまでしか背丈がなかった。

「間宮会長、大王ストアー一社が、もし農開連と契約できるのでしたら、向こう三年間は、関東流通業協会の契約仕入価格よりも、〇・五パーセントアップで仕入れてもいいと思っています」

「〇・五パーセントアップとはまた、思いきったことをおっしゃいますな」

間宮の表情が、チラリと動いた。

文男は、間宮のその変化を見逃がさなかった。

彼は一気に間宮に迫った。

「その〇・五パーセントのアップ分は、仕入伝票に数字を表わさないようにしてもいいと思っています」

「仕入伝票に数字を表わさない？　どういうことですか、それは」

「〇・五パーセント分は、間宮会長の個人口座に振り込むことも可能だということです」

文男は、声をひそめて言うと、ニヤリとした。

「き、きみッ」

間宮が、サッと顔を紅潮させて、あたりを見まわした。

「不用意なことを言わないでくれたまえ。ここは、農開連の本部ビルですぞ」

間宮は、険しい表情で、文男を睨みつけた。

そこへ、エレベーターがあがってきた。

「失礼なことを言いまして」

エレベーターに乗ってから、文男は詫《わ》びた。

「いや、別に謝ることはありませんよ。善意に解釈すれば、それだけ氏家さんの態度が真剣だということなんですから」

「こんなことを言うと、また失礼になるかもしれませんが、関東流通業協会も、いま私が言ったようなことを、会長さんに対して行なっているのではないかと思いまして」

「とんでもありません。まあ、せいぜい中元、歳暮が届くくらいのものです」

「そうでしたか。割りにケチなんですね、関東勢は」

「ケチとは、手厳しい……」

間宮は、隣に立っている文男を、白い目で一瞥した。

エレベーターを降りると、会長の秘書が待ち構えていた。

二人は、秘書のあとについて、本部ビルを出ると、玄関前に待っていた黒塗りの古いクラウンに乗りこんだ。

「さきほどから思っていたんですが、間宮会長はずいぶんと質素なんですね」

「なあに、民間企業じゃないから、これでいいんです」

間宮は、真面目な顔をして言うと、運転手に流通センターへ行くよう命じた。

クラウンが、エンジンをカリカリいわせながら、走り出した。

車の窓の外にひろがる自然は、息を呑むほど美しかった。

標高二千メートル近い飯縄山《いいづなやま》や戸隠山《とがくしやま》が、手に届きそうなところに見える。

文男は、心が安らぐのを覚えた。

（謀略つづきで、いささか疲れたか……）

文男の口元に、自嘲《じちようてき》的な笑いが浮かんで消えた。

車は安茂里《あもり》という、小さな村の入口でとまった。

車から降りた文男の目に、正面の小高い山の中腹に建つ、平家建ての大きな建物が映った。

長野県農開連の流通センターである。

建物の正面からのびる二車線の道路が、ゆるいカーブを描いて、丘の下を走る国道一九号線につづいていた。

「なかなか立派ですな」

文男は、額に手をかざして、流通センターの建物を見上げた。

大型トラックが、頻繁に出入りしている。

「私が設計したんですよ。さ、こちらへ」

間宮は文男を促し、車道を避けて、雑木林の中へ踏みこんだ。

幅一メートルほどの小道が、流通センターの裏口へ通じている。

「さきほど、〇・五パーセント分を私の個人口座へ振り込むと言われた時は、驚きました」

文男の前を行く間宮が、振りかえって言った。複雑な笑みを、口元に浮かべている。

「間宮会長は、お堅いんですね。よその農業団体さんの幹部は、もっと図々しいですよ」

「しかし、いくらなんでも農産物を仕入れて下さるお得意様から、裏銭をいただくなど……」

「持ちつ持たれつですよ。間宮会長は、どちらの銀行に個人口座をお持ちなんですか」

「私は、信州《しんしゅう》相互銀行の長野本店なんですがね……いや、よしましょう、こんな話は」

間宮は、また文男に背を向けて歩き出した。

文男は、ニヤリとした。間宮が〇・五パーセントの裏銭にこだわりをもっていることは、明らかであった。

（あと一押しだな）

文男は、足を早めて、間宮と肩を並べた。

「いきなり関東流通業協会との取引をやめるのは無理でしょうから、ステップを踏まれたら、いかがです。少しずつ取引量を落としていくんです。その分は、大王ストアーが責任もってカバーしますよ」

「強引ですな、あなたは」

「スーパー戦争は、弱肉強食なんです。なりふりなど構ってはおれません。大王ストアーの力になって下さい、間宮会長」

「考えておきましょう、あなたには負けた」

間宮が、文男の肩を叩いて、足を早めた。

「信州相互銀行の長野本店でしたね」

文男は、追いつめるように念押しした。

間宮は、答えなかった。

だが文男の目には、間宮の背中が（ええ、よろしく）と言っているように映った。

二人は、流通センターの裏口につくと、眼下にひろがる景色を見つめた。

「川中島《かわなかじま》の古戦場があの辺りにあります。あとでご案内しましょう。それから、向こうを見て下さい」

間宮が、体の向きを変えて南西の方角を指さした。

数台のブルドーザーが、山を削っているのが見える。

「あそこに、第二流通センターを建設する方向で、工事を進めているんですが、色々と頭の痛い問題がありましてね」

「環境破壊の問題ですか」

「そうではありません。もっと現実的な問題ですよ」

「と言われますと？」

「予算が足らんのです」

「まさか、そんなことはないでしょう。長野県農開連は、非常に財政が豊かだと聞いています」

「確かに、農開連としては財政は豊かですよ。ですが、我々の組織は半官半民で運営されているとは言え、県の外郭組織ですからね」

「なるほど、農開連としての収入が、全て自由に使えるという訳ではないのですな」

「そういうことです。収益の大半は県の台所に吸収され、自治体の財政として活用されていますのでね。農開連として、自由に使える金は、外から見るほど多くはないんです」

「第二流通センターの建設は、お急ぎになりたいのですか」

「ええ。此処の機能だけでは、もう配送能力は限界です」

「どれくらい予算が不足しているのです？」

「トラック二十台分です。建物とコンピューター設備の予算はあるんですが、トラックを購入する余力がちょっと無くて……」

「農産物運搬用のトラックだと、荷台をアルミ板で覆う必要があるのでしょう」

「農産物は、一定の温度で運搬する必要がありますから、荷台にむき出しで積む訳にはいかないんです。十トン積みトラックで一台一千万円はしますよ」

「二十台で、二億円……ですか」

文男は、ちょっと考えこむ素振りを見せた。

彼の頭は、めまぐるしく動いて、損得を計算していた。

だが表情は、極めてさり気ない。

「間宮会長、その二億円を大王に出させて下さい」

「い、いや、そんなことは出来ません。県の外郭機関が、民間企業から金など……」

「農開連の運営は、半官半民とは言っても事実上、民間人の手によってなされているのでしょう。贈収賄とは無関係ですよ」

「贈収賄とかの意味で言っているのではないのですよ。農開連が、特定企業と資金的につながるなど……」

「つながりやしません。融資の形をとれば、資金的関係が生じますが、県の農業発展を祈って、純粋な気持で寄付するのですから」

「寄付？　二億円もですか」

「直接の寄付がまずければ、農開連の下部組織である各地区の農協へ一台ずつ寄付しましよう。それを農開連がお使いになればいい」

「う、うむ……」

「考えすぎることは、ありませんよ。間宮会長」

「たいした人ですなあ、あなたは。さすがに氏家京介氏のご子息だけのことはある」

「では、オーケーですね」

「考えてみると、実に有難いお話です。ひとつよろしくお願いしますよ」

「会長にご迷惑が掛からない、最も安全な寄付の方法を考えてみます。下手に動くと、吉尾氏に足元を払われる恐れもありますから」

吉尾氏、と聞いて、間宮の顔が曇った。

「怖いのですか、吉尾氏が」

文男が、間宮の顔を覗きこむようにして訊ねた。

間宮が、不快気に顔をそむけて言った。

「吉尾氏は、関東財界では力のある実業家ですよ。先代が財界主流と交際が深かったので、彼自身も中央政財界の実力者を多数友人に持っています」

「吉尾氏に睨まれたら、関東地区に農産物を売れなくなる、とおっしゃりたいのですね」

「その通り……」

「関西市場があるじゃないですか。中央高速道路の開通で、トラック輸送も訳なく出来ます」

「関西へも出していますよ」

「私が言いたいのは関西のスーパーを本気で相手にして下さい、ということです。本気で……」

「わかってます。わかってますよ」

間宮は、幾度も頷くと、疲れたような顔で空を仰いだ。

飛行機雲が、青空を二つに裂いて、西の空へのびていった。

7

文男は、勝利感を味わいながら、間宮が準備してくれたタクシーで、軽井沢《かるいざわ》に向かった。

(ふっふっ……結局は、大王ストアーの思う通りになった)

文男は、吉尾好次郎の、地団駄踏《じだんだふ》む顔を想像した。

小気味よかった。

○・五パーセントの裏リベートと、トラック二十台の寄付で、間宮は完全に大王へ傾斜する意思を見せたのである。

「関東流通業協会と契約を更新する時は、特約条項を外すようにします」

帰り際、間宮は、はっきりとそう言ったのであった。

つまり十一月一日からは、契約相手として関西流通業協会も加える、ということであった。

関東の独占契約が、氏家文男の強引な押しで、崩されてしまったのだ。

（来期の並列契約は仕方がないとしても、来々期は関東を蹴落として、関西が独占してやる）

文男は、そのためには、手段を問わないつもりであった。父親に似て、文男の動きは、常に直情的で強引なところがあった。力で押しまくるのである。

農開連だけでなく、彼は、関東流通業協会のほかの仕入先に、これを契機として、得意の押しの一手で食いこんでいくつもりであった。

吉尾が、関西に於いて同じような手段をとらぬよう、関西の仕入れルートはがっちりと押さえてある。

タクシーは、すいている国道一八号線を、滑るように走っていた。

浅間山《あさまやま》が、白い噴煙をあげている。

「今日は特にいい天気ですねえ。車を走らせていても、気持がいいですよ」

運転手が、バックミラーを覗きこんで、人なつっこい笑顔を見せた。

「間もなく夏だねえ。このあたりにも人があふれて、にぎやかになるだろうな」

「これから、別荘ですか」

「いや、私は関西人なので、軽井沢の夏はよく知らないんです」

「そうでしたか」

文男は、毎年八月になると一週間の休暇をとって、独身の気軽さで、スイスに行くことにしている。

タクシーが文男の指示で、中軽井沢の駅前を左へ折れた。

品の良い老夫婦が、手を取り合って歩いている。

そんな光景が、いかにも軽井沢らしかった。

文男は、軽井沢スケートセンターの傍で車を降りると、千ケ滝《せんがたき》の別荘地をゆっくりと歩いた。

木々の緑が、目に痛いほどあざやかであった。

彼は、今、父・京介から厳命されている、ある策略を実行するため、これから一人の女性に会おうとしているのであった。

文男は、十分ほど歩いて、丸太を組み合わせて造った豪壮な別荘の前にたたずんだ。

白いエプロンをした、女中らしい初老の女が、日当たりの良い芝生の庭を竹箒《ほうき》で掃いていた。

文男は、別荘の門柱を見た。

白坂正浩の表札が、かかっていた。

彼は、木の門を押して、中へ入った。

「どなた様で?」

庭を掃いていた女が、箒を動かす手を休めて、いぶかし気に文男を見た。

「章子さんはいますか、親戚の者ですが」

「これは失礼しました。ちょっと此処でお待ち下さい」

女が、慌てて家の中へ入っていった。

文男は、構わず女中のあとについて、家の中へ入った。

日当たりの良い十畳ほどのリビングルームで、章子がロッキングチェアーを揺らしながら、ぼんやりとしていた。

「若奥さま……」

女中が章子に声をかけたとき、文男は女中の背後に立っていた。

「まあ、文男さん……」

章子は、驚いて立ちあがった。

女中が、振りかえる。

文男は、強《し》いて明るく笑いながら、応接ソファに腰をおろした。

リビングルームに、強いオーデコロンの匂いがひろがっていく。

「コーヒーを戴けませんか、濃いやつを……」

文男が、女中に言った。

女中は、突然やってきたこの人物が誰か、全く知らなかった。

「お願いね」

章子が、女中に言うと、女中はチラリと文男を流し見て、台所のほうへ姿を消した。

「元気を出せ、と言っても無理でしょうが、あまり考え込むと体を壊しますよ」

「いろいろとご心配をおかけ致しました。白坂の父が、どうしてもこの別荘で、体を休めるようにと言うものですから」

「ぼんやりとする時間は、あったほうがいいのです。思いきり、ここで心を癒《い》やされることだ」

「わざわざここまで、元気づけに来て下さったのですか」

「あなたを元気づけることと、もう一つ仕事上の目的があって……」

「軽井沢に大王ストアーをつくられるのですか」

「そういう訳でもありませんが」

文男は、言葉を濁した。

そこへ、女中がコーヒーをもってやってきた。

「若奥さま、私そろそろ……」

女中が、応接テーブルの上にコーヒーを置きながら言った。

「あら、もうそんな時間ですの？」

「ええ。さきほど五時を過ぎましたので」

「ごめんなさい、気がつかなかったわ」

「それじゃあ、これで」

「明日、またお願いね」

章子は、暗い微笑で、リビングルームから出ていく女中の背中を見送った。

「五時まで、通いで来ていただいてますの。近くの農家の奥さんですのよ」

章子は、白い手で、コーヒー・カップを持った。

文男は、章子の目を見た。

恐らく、哲也のことを思い出して、泣いていたのだろう。

目が、赤い。

文男は、視線を彼女の豊かな胸に走らせてから、コーヒーをすすった。

「赤ちゃんの具合は？」

文男は、出来るだけ優しく訊ねた。

「順調のようですわ」

「ご実家のお父上が、子供を生まなくていい、と言われたとか」

「ええ、最初は……でも今は、孫の顔を見るのを楽しみにしているようです」

「それはよかった」

「哲也さんの血をひく、子供ですもの」

章子は、そう言って、視線を足元に落とした。

文男の刺すような目が、また彼女の胸に注がれた。

ドレスの下で、章子の豊満な乳房が、ゆっくりと息衝《いきづ》いている。

「今夜は、プリンスホテルで夕食でもしませんか、僕にごちそうさせて下さい」

「でも、お梅《うめ》さんが、夕食の準備を済ませてくれていますので」

「お梅？……あ、女中さんの」

「よかったら、ご一緒にどうぞ。私好みでつくってくれていますので、文男さんの口に合わないかもしれませんけれど」

「それじゃあ、厚かましくごちそうになりますか」

「大王ストアーは、凄い会社ですのね。日本一のスーパーなんでしょう」

「大王グループのことを、詳しく知りたいと思いますか」

「いいえ。今はとても、そんな気持には……」

「何かに、我武者羅《がむしゃら》に打ち込むんです。そうすれば少しでも早く、元気を取り戻せます」

「ええ。そうは思っているのですけど……」

章子は正直なところ、文男の急な来訪を、わずらわしく思った。

軽井沢の自然の中で、誰にも邪魔されずに、静かに哲也のことを考えていたかった。

それに、文男の強いオーデコロンの匂いが、どうにも嫌であった。このまま食卓を挟んで向かい合うと、食べ物の味まで変えてしまいそうなほど、強い臭いだった。

「夏まで此処にいるおつもりですか」

「いいえ。あと四、五日いて、東京に戻ろうと思っていますの」

「僕は、関西人だから軽井沢の夏はよく知らないんです」

「この別荘へは？……」

「ずっと昔に、一、二度来たことがあったかな。しかし、白坂家とそれほど親しく交際していた訳じゃあないから」

「哲也さんのお母様と、文男さんのお父様とは、ご兄妹だったのですってね」

「そうなんです。でも叔母《おば》は二十年前に亡くなっているし、僕も父も仕事で猛烈に忙しいんで、白坂家との縁は切れていたも同然ですよ」

「文男さんのお父様は、第一宅建の大株主でもあるのでしょう」

「まあね。叔母の株を、遺品がわりに父が貰《もら》ったらしい。それにしても第一宅建は、大事な後継者を失ってしまったものだ。哲也君の血を受け継いだ子供は、まだ章子さんのおなかの中だし……」

「大王グループは、文男さんのような立派な後継者がいらっしゃるから、よろしいわね。白坂の父が、うらやましがっていました」

「第一宅建は、今期はどれくらいの成長率です？」

「白坂の父から、まだ会社のことは詳しく聞かされていませんの。でも、前期比四十五パーセントアップは確実だとか、おっしゃっておられましたけど」

「凄いな。その勢いだと、あッという間に一千億円企業になる。それに第一宅建の背後には、日本一の山林王がついていますしね」

「文男さんのお父様は、私の父に店舗用の土地の提供を申し込まれたのですってね」

「父は、強引だから困るんです。お父上は不愉快に思っていらっしゃるんじゃないかな。僕は、それを心配している」

文男は、眉間に縦皺を寄せて言った。

章子は、文男と話しながら、彼のアクの強い性格の一面を、感じ始めていた。

いつの間にか、別荘の周囲に、夕靄《ゆうもや》が漂い始めている。

「さて、そろそろ夕食をごちそうになりましょうか」

文男が、笑いながら立ちあがった。

「それと、厚かましいお願いですが、一晩泊めてくれませんか。明朝早くここを発《た》ちます」

「え……ええ」

章子は困惑したが、文男の申し出を断わる勇気はなかった。

なにしろ彼は、白坂家に大きな影響を持つ親族であり、日本最大のスーパーの副社長である。

それに別荘には、空き部屋が六つもあった。

「それじゃあ、二階のお部屋にでも……」

章子は、不快感に歯噛みしながら、承知した。

文男の目が、さり気なく、キラリと光る。

どこかで、鶯《うぐいす》が鳴いた。

8

章子は寝室の鏡台の前で、髪の毛にブラシを当てながら、亡き夫のことを考えた。

体の中に、大きな穴があいたようであった。

彼女は、ブラシを鏡台の上に置いて、ネグリジェの上からそっと腹部を撫でた。

哲也の子を宿したことが、今の彼女を、かろうじて支えていた。

章子は、(どんなことがあっても、哲也の遺児を立派に育ててみせる)と思った。

それが、哲也への愛の証《あかし》である、と考えていた。

（あの人は、私を助けるために囮《おとり》になってくれた……）

章子の脳裏には、「章子、逃げろ」と叫んで、自分とは反対の方向へ走り出した哲也の姿が、はっきりと焼きついていた。

ドイツ製の柱時計が、午後十一時の静かなメロディを流した。

彼女は、ゆるやかな眠気を覚えた。

章子は、立ちあがってドアーに近付くと、ノブをロックしようとした。

そのとき、不意にドアーが開いた。

章子は、息を呑んで棒立ちになった。

下着一枚になった文男が、目を血走らせて立っている。

「文男さん……」

章子は、はッと我を取り戻すと、ドアーをしめようとした。

一瞬早く、文男の体が寝室の中へ踏みこんだ。

「なにをなさるの」

章子は、身の危険を覚えて、あとずさった。

文男が、後ろ手でドアーをロックし、部屋の電気を消した。

ベッドの枕元に点《つ》いている常夜灯の薄明かりが、寝室を暗黒の闇から救った。

「出て行って下さい」

章子は、豊かな胸を両手で隠すようにして窓際まで退《さ》がった。

文男が、下着を脱いで、全裸になった。

巨根が猛《たけ》りたっている。

「やめて……」

章子が、恐怖の表情を見せて哀願した。

文男は、自分の手で巨根を揉みながら、息を乱して章子に迫った。

「私には赤ちゃんが」

章子は、窓の下にうずくまった。

「乱暴はしない。そっと交われば大丈夫だ」

文男が、喘《あえ》ぐようにして言った。

章子は、文男の異様なまでに大きい男根に怯えた。

その大きさは、小柄な文男の体には異常なほどだった。

「いや……」

章子は、顔を両手で覆うと、下腹をかばうようにして体を丸くした。

文男の手が、章子の肩に触れた。

章子が、力一杯その手を払った。

「抱きたいんだ。君を抱きたい」
文男は、声をふるわせて言った。
激しい感情の高ぶりを見せている。
文男の吐く生暖かな息が、章子のうなじにかかった。
章子は、両手で文男を突き飛ばすと、ベッドの脇に逃げた。
「暴れてはいけない。おなかの子によくないよ」
文男が、釣りあがった目に、欲望を漲らせて言った。
章子は、枕元にあった目覚まし時計を掴んで、文男に投げつけた。
文男の肩に、それが当たった。
文男が「うッ」と顔をしかめる。
皮膚が裂けて、糸のような血が、文男の胸を伝わった。
章子の恐怖は、頂点に達していた。
「抱いてやる、思いきり抱いてやる」
文男が、章子に摑みかかった。
章子が悲鳴をあげて、ベッドの上に逃げた。
文男が、章子の両肩を背後から摑んだ。凄い力であった。
章子が、ベッドの上に、仰向けになる。

文男が、素早い動きで、章子の体を押さえこんだ。

「やめて下さい、お願い」

章子は、文男の首や背中を、拳で激しく叩いた。

文男は、柔道の心得があるのか、章子を横四方固めで悠々と押さえると、ネグリジェの上から、彼女の豊満な乳房に頬ずりした。

章子の体から、力が抜けていく。

抵抗することの無駄を知ったのだろう。必死に暴れることで、流産する恐れもある。

章子の目から、涙があふれ出た。

文男が、ゼイゼイ喉を鳴らしながら、ネグリジェをはいでいく。

薄明かりの中に、章子の美しい白い裸身が横たわった。

張りつめた豊かな乳房、くびれた腰、デルタを覆う黒々とした体毛。

子を宿した腹は、まだ殆ど目立っていない。

「すばらしいよ」

文男は息を乱して、章子の乳房を揉み始めた。

章子が、ぐッと下唇を嚙みしめて、嗚咽をこらえる。

文男の十本の指は、巧みな動きを見せて、乳房の上を這った。

弾力に富んだ乳房であった。

乳首が、固くなっていく。
その反応を感じて、文男の口元に冷笑が浮かんだ。
章子が、懸命になって理性と闘っているのが、文男には手にとるようにわかった。
文男は、そっと彼女の体の上に、自分の体を重ねた。
彼は、章子の乳首を口に含んだ。
それは彼女にとって、まさに拷問《ごうもん》であった。
章子は、どんなことがあってもこの屈辱に反応を見せてはならない、と思った。
だが、乳房を伝わって耐え難い快感が、体の四方へ広がっていく。
(あなた……)
章子は、襲いくる淫靡《いんび》な刺激を振り切ろうとして、幾度も夫を呼んだ。
文男の手が、子を孕《はら》んだ腹を荒々しく撫でる。
その手が、デルタに滑り落ちた。
二本の指が、クレバスを押し開くようにして這いまわる。
章子の理性が、打ち寄せる大波に砕かれた。
文男の二本の指先が、花芯《かしん》をはさんで圧迫する。
「あ……」
章子の口から、初めて低い呻き声がもれた。白い裸身が、文男の体の下で、蛇のようにくねる。

文男の手は、執拗《しつよう》に花芯を攻めた。

章子の下腹が、波打ち始める。

白い裸身は、いつの間にか桜色に染まっていた。

文男の脚が、章子の体を大きく割った。巨根が、弾《はじ》けるようにして、章子の秘口をまさぐる。

狂乱の嵐が、章子を包んだ。

(この女を征服すれば、第一宅建を支配し、尾崎源兵衛を操ることが、いっそうやりやすくなる)

文男は、ドス黒い野望を全身に漲らせ、柔らかな粘膜を一気に貫いた。

第七章　南部《なんぶ》の反撃

1

公取委の合併審査基準が実施される日の前日――。

東京・港区《みなと》にあるホテルオークラの一室で、南部ストアーの常務以上の役員と、忠字屋ストアーの全役員が、テーブルをはさんで向かい合っていた。出席を常務以上に絞ったにもかかわらず、南部側の出席者の数のほうが数名多い。

南部ストアーの役員たちの態度は、どこか傲然《ごうぜん》としていた。

それにくらべ忠字屋の役員たちは、風采《ふうさい》の面でも貧相に見えた。

両社の歴史の違いが、役員たちの顔ぶれにはっきりと出ている。

南部ストアーの役員たちは、たいていが幾度か経済誌に取りあげられたことのあるエリートたちであった。官僚あがりもいる。

それにくらべて忠字屋の役員たちは、年の若い生え抜きが多かった。学歴も高卒者が多い。

テーブルの中央に座った吉尾好次郎の機嫌はよかった。

向かい合っている澤木友造の表情は、やや固い。

ホテルのボーイたちは、一定時間部屋への出入りをとめられていた。

「……ま、そういう訳で、南部と忠字屋は親戚関係になったわけです。ひとつ仲良くやりましょう」

今日に至る経緯を説明し終えた吉尾が、にこやかに忠字屋の役員たちを見まわした。

「なにぶん、よろしく」

澤木が、頭を下げた。

南部ストアーの役員たちが、拍手をした。

それを見習って、忠字屋の役員たちの拍手がおこった。

両者の拍手が、次第に強くなっていく。

拍手に押されるようにして、吉尾と澤木が立ちあがり、握手を交わした。

南部グループ百一社は、忠字屋が実施した第三者割当増資の全株四百万株を引き受け、グループとして澤木に次ぐ大株主の地位を手にした。

個人筆頭の大株主である澤木は六百万株で、その差は二百万株しかない。これが、澤木の表情の固さの原因となっていた。

大王ストアーに対する防衛策とは言え、やはり南部グループを第二位の大株主としたことに、不安を覚えているのだろう。

そのかわり忠字屋は、四百万株の払い込み金、二十億円を手にすることが出来たのだ。

拍手がやんで、吉尾と澤木は腰をおろした。

「さて、それでは、わが社から忠字屋さんへ派遣する二名の取締役についてですが……」

吉尾がそこで言葉を切って、右端のほうに座っている二名に、目で頷いてみせた。

二人の常務が立ちあがった。二人とも、年は五十前後であろうか。

「私としても随分と悩みましたが、思いきって財務担当の沖浦《おきうら》常務と物流担当の関根《せきね》常務を派遣することに決定しました」

吉尾に紹介されて、沖浦と関根が「よろしく」と頭を下げた。

「まって下さい、吉尾社長」

澤木が蒼《あお》ざめた顔で口を開いた。

「最初のお話では、派遣して頂く人材は取締役級ということではなかったのですか。マスコミでも知られている沖浦常務や関根常務のような大物を派遣されますと、私どものほうでポストをどうしてよいか……」

「澤木社長、私が言った取締役級というのは、平取締役から社長までの役員を指しているんです。大事な忠字屋さんへ、平取締役などを派遣するとかえって失礼になる。どうか沖浦君と関根君を、快く受け入れてやって下さい」

「は、はあ……ですが」

澤木は、返事に窮した。

忠字屋の役員たちの間に、微妙な動揺が広がっていく。

「常務級だとご不満ですかな」

吉尾が、ややきつい口調で澤木に迫った。

「いや、不満という訳ではありません。南部ストアーの大幹部でもあるお二人を、どう処遇してよいかと思いまして」

「忠字屋さんは、確か副社長と専務の席が空白でしたね。出来れば沖浦君を副社長、関根君を専務にお願いしたいのですが」

「それじゃあまるで、忠字屋が南部さんに支配されているような印象を外部に与えます。せいぜい常務どまりで処遇させていただきたいのですが」

「澤木さん、忠字屋と南部の親戚関係を、大王を始めとする列強へ、むしろ強く印象づけたほうがいいんです。これは決して、忠字屋さんにとってマイナスにはならないはず。あまり南部からの役員派遣を、神経質に考えないほうがいいのではありませんか」

澤木は、苦しそうに顔を歪《ゆが》めて黙りこんだ。

沖浦と関根と言えば、流通業界でも名の知れた大物人材である。

それだけに、澤木の不安は大きいのであった。

忠字屋の役員たちも、テーブルの上に視線を落としている。

「沖浦君と関根君を受け入れられないとなると、親戚関係はご破算ですな」

吉尾が、不機嫌そうに言うと、立っていた二人が憤然とした顔つきで腰をおろした。

「わ、わかりました。沖浦常務を副社長、関根常務を専務でお迎えします」

澤木が、肩を落として言った。

忠字屋の独裁支配者も、吉尾の前では無力であった。

吉尾が破顔して「ありがとう、澤木さん」と、深々と頭を下げた。

その慇懃《いんぎん》さが、かえって吉尾の凄《すご》さをふくらませていた。

吉尾が、背広の内ポケットから、タイプ打ちした『派遣役員引受承諾書』を取り出して、
澤木の目の前に置いた。

澤木は、吉尾の用意周到さに半ば茫然《ぼうぜん》として、吉尾を見つめた。

「澤木さん、サインを……」

吉尾に促されて、澤木は書類にサインをした。

書類には、すでに沖浦と関根のポストが、タイプで打ちこまれていた。

澤木は、吉尾の怪物的な一面に触れて、忠字屋の将来に不吉なものを覚えた。

書類が、吉尾の手に戻された。

そのとき、ドアーがノックされ、別室で待機していた南部の秘書課長が、手にメモ用紙を持って入ってきた。

吉尾が、秘書課長からメモ用紙を受け取った。

その表情に、みるみる喜色があふれていく。

「そうか、わかった」

吉尾がメモを握り潰して、背広のポケットにしまった。

秘書課長が、足早に部屋から出ていく。

「どうかなさいましたか」

澤木が、怪訝《けげん》な表情で訊《たず》ねた。

「いや、なに……社内的なことです」

「そうですか。よほどいいことがおありだったのですね」

澤木が、探りを入れるようにして言った。

吉尾は言葉を濁すと、苦笑しながら立ちあがった。

「緊急の用なもんで、私はこれで……」

「そうですか。急用なら仕方ありませんね」

澤木が、暗い目で吉尾を見すえながら、右手を差し出した。

吉尾が、その手を握りかえした。

明・暗対照的な、二人の表情であった。

吉尾は、常務取締役秘書室長のほうへ顔を向けると、「あとを頼むよ」というように頷いてみせた。

秘書室長が立ちあがって、頷きかえした。

吉尾は、役員たちの視線を背中にあびて、部屋から出ていった。

澤木は、にえくりかえるような屈辱感を嚙《か》みしめていた。

用が済めば、さっさと引き揚げていく吉尾。

取り残された澤木。

それは、年商二兆円の南部ストアーと、二千億円の忠字屋の力の差が、あまりにも歴然とした光景であった。

吉尾が部屋を出ると、二人の男がスッと近付いた。一人は初老の男で、もう一人はまだ若い。

初老の男は、南部グループの株式防衛役でもある、大物総会屋の倉橋仙太郎であった。

倉橋の背後に立っているのは、行方不明となっている池田総務部長の部下で、株式課長の高鳥純一《たかとりじゅんいち》である。

「記者の皆さんは揃ったかね」

吉尾が小声で訊ねると、倉橋と高島が無言で頷いた。

三人が、肩を触れ合うようにして、廊下を歩いていく。

「さきほど、秘書課長が慌てて部屋へ入っていきましたが、何かあったのですか」

倉橋が訊ねた。

「たいした用じゃない」

吉尾が、さり気なく言って、煙草をくわえた。

株式課長が、素早くライターの火を差し出す。

吉尾は、煙草をくゆらしながら、十階のスイートルームへ向かった。

彼は、さきほど握り潰したメモ用紙の入っている背広のポケットに、右手を突っこんだ。

小さく丸められたメモ用紙が、指先に触れた。

（生きていてくれたか、池田……）

吉尾は、突然降って湧いたようなその情報に、心を躍らせていた。

だが、池田が特命を背負って大阪へ発《た》ったことを、倉橋は知らない。

行方不明となってからの彼の取り扱いは『海外長期出張』扱いとなっている。

秘書課長が持ってきたメモ用紙には『池田部長が帝国銀行大阪支店から、十億円を引き落としました』と書かれていた。

池田に、島屋株の買い占め資金として、自由な使用権限を与えてあった二十億円のうちの十億が、引き出されたというのだ。

吉尾は、『打倒大王』が、いよいよ核心に迫ってきた、と思った。

スイートルームの傍まできて、倉橋が立ちどまった。

吉尾が、倉橋の肩に手を置いた。

「よくやってくれた。君が地下に潜って忠字屋株を買い占めてくれたおかげで、南部グループは、忠字屋の筆頭株主となれたよ、ありがとう」

「お役に立てて、よかったと思っています。で、澤木社長は?」

「役員同士の交流会がまだ続いている。そろそろ食事と酒が出るころだろう。彼は、南部グループが手にした株は、第三者割当増資の分だけと思っとるよ」

「痛快ですね」

「痛快だ。まさに痛快だ」

「それじゃあ、私はこれで……総会屋が記者会見場に姿を見せる訳には参りませんので」

「うむ、ご苦労さん。これ、少ないが……」

吉尾が、背広の内ポケットから白い封筒を取り出して、倉橋に手渡した。

「遠慮なく」

倉橋が、一礼して踵《きびす》を返した。

吉尾は、高鳥株式課長を促すと、スイートルームに入っていった。

高島も、直属上司である池田が、海外へ長期出張中と信じている。

スイートルームの応接ソファに、数名の男が座っていた。

いずれも大手新聞の経済記者たちである。

「や、お待たせ」

吉尾が、愛想よく笑った。

「今日は、どんな面白いネタを頂けるんですか」

記者の一人が、身を乗り出すようにして訊ねた。

吉尾が笑いながら、ライティング・デスクの傍にあった椅子《いす》に腰をおろした。

「皆さんは、明日から公取委の合併基準が実施されることをご存知でしょうが、タッチの差で南部は、ある中堅有力スーパーを事実上、系列下に置くことに成功しました」

新聞記者たちの間に「ほう」という声がもれた。

「当初は、合併基準が実施される迄《まで》に、完全な合併を実現させようと思ったのですが、日程上間に合いませんでした。しかし、南部グループが事実上の筆頭株主となり、二名の常務を副社長と専務で派遣することになりました」

「相手はどこです？」

色の浅黒い中年の記者が、手帳にペンを走らせながら訊ねた。

「忠字屋です」

吉尾が、やや力んだ口調で言った。

ペンを持つ記者たちの手が一瞬、とまった。

吉尾は、構わず話し出した。

「南部グループは、忠字屋の第三者割当増資に全面協力し、四百万株を手にしました。これとは別に、市場の浮動株を買い集め、合計七百万株の筆頭株主に躍り出ました。これ迄の筆頭株主だった現社長の澤木友造氏は、六百万株で第二位に転落しました」

「派遣された二名の役員は？」

さき程の記者が訊ねた。

「皆さんもよくご存知の、財務担当の沖浦君と物流担当の関根君です」

「大物ですね」

誰かが言った。

吉尾が、満足そうに口元に笑みを浮かべた。

「しかし、よく澤木社長は、忠字屋が南部の系列下に置かれることに同意しましたね。あの人も、かなりワンマンですが」

若い記者が訊ねた。

「話し合いは円満に進みました。ご覧なさい。ここに澤木社長のサインした、派遣役員引受承諾書もあります」

吉尾は、記者たちの面前に、承諾書を広げて見せた。

記者たちが、感心したように、承諾書と吉尾とを見くらべた。

「澤木社長は、南部グループが浮動株を買い集めていることを知った上で、第三者割当増資の引受権を南部グループに与えたのですか」

記者の一人が、鋭い質問を発した。

だが、吉尾は、平然と「ええ」と答えた。

吉尾の答弁を見守っていた株式課長の口元が歪んだ。

記者会見は、なごやかに進んだ。

途中から、オードブルや酒が運ばれてきた。

吉尾は、記者たちの顔を見まわしながら、忠字屋争奪戦で、大王ストアーを駆逐した意義は大きい、と思った。

2

大阪の街は、霧雨に包まれていた。

南部ストアーの取締役総務部長・池田昭は、梅田にある帝国銀行大阪支店から出ると、待たせていた黒塗りのハイヤーに乗り込んだ。

池田の表情は、かなりやつれていたが、赤銅色《しやくどういろ》に日焼けした顔には、吉尾の特命を受けて、単身大阪へ乗り込んできた少壮重役の力強さが漲《みなぎ》っていた。

「国道一号線で京都の嵐山《あらしやま》へやってください」

池田は、運転手に命じると、シートにもたれて目を閉じた。

右手が、さり気なく背広の内ポケットのあたりを押さえている。

そこに、帝国銀行振り出しの十億円の小切手が入っていた。吉尾好次郎と帝銀本店との間で、小切手振り出しの合意ができていたので、池田には事務的に面倒なことは何もなかった。

車は、国道一号線を京都へ向かった。

道路は、すいていた。

霧雨が路面を濡らしているせいもあって、車は滑るように静かに走った。

池田の父貞一郎《ていいちろう》は、厚生事務次官までいった有能な官僚であった。だが、十年前、ある疑獄事件にまきこまれ、有罪とはならなかったものの、厚生官僚の職を追われた。

そして、四年前、失意のうちに食道癌《がん》で亡くなっている。

「カー・ステレオでもかけましょうか、お客さん」

運転手が、遠慮がちに訊ねた。

池田は「いや、結構」と、目を閉じたまま首を横に振った。

彼の肉体は、疲労を覚えていた。

将来を嘱望されていた常務取締役経営戦略室長の伊野義彦が殺されたことは、池田にも大きな衝撃を与えていた。

そして、そのあとに続いた一連の不可解な殺傷事件。

池田は、おのれの身を守るため、大阪へ乗り込んでからは、吉尾とも連絡をとらず、徹底した隠密行動をとっていた。

表立った動きをとることで、自分が伊野常務のようになることを恐れたのだ。

(伊野常務は、企業戦争の犠牲となったに相違ない)

池田は、そう信じていた。

一連の殺傷事件は、いまだ解決しておらず、池田にも事件の背後に何があるのか、わからなかった。

だが彼は(伊野常務の殺人事件は、東西流通戦争に起因しているのではないか)と、読んでいた。

だからこそ、吉尾にも連絡をとらず、島屋株買い占めの準備を、隠密裏に進めてきたのであった。

彼は、この特命業務を成功させ、常務取締役経営戦略室長のポストを手にすることを狙っていた。

いかなることがあっても、おのれの野望達成のために、島屋株の買い占めを成功させなければならないと思っている。

そして彼は、隠密行動の過程で、実に大胆な策謀を企ててきたのであった。

その企ての第一弾を、十億円の小切手で実現しようとしているのだ。

車は、かなりのスピードで、国道一号線を北上した。

「高速に入らなくて、よろしいのですか」

運転手が、守口《もりぐち》市へ入ったあたりで訊ねた。この町の外れには近畿自動車道が走っていて、名神高速道路につながっている。

「一号線でいいですから」

池田は、あいかわらず目をとじたまま答えた。

霧雨のせいか、車内の空気は湿っていた。

運転手が、換気装置のスイッチを入れる。

車が、軽くバウンドした。

池田の瞼《まぶた》の裏に、常務の椅子に座っている自分の姿が浮かんだ。

自然と、口元に笑みが湧きあがってくる。

(伊野常務の死は、私にとってはむしろ幸運だったかも……)

池田は、そんなことを考えた。

伊野が殺された直後は、(南部ストアーの経営戦略に、深刻な亀裂《きれつ》が生じるのではないか)とまで、憂慮した池田であった。

その憂慮が、今は薄らいでいた。

(伊野常務に出来たことが、私に出来ない訳がない)

池田は、本気でそう思った。

車は、一時間二十分ほど走って、嵐山へ入った。

京の山々は、霧雨に打たれて、静寂を深めていた。

土曜、日曜は観光客で賑《にぎ》わう嵐山も、人影が絶えていた。

池田は、大堰川《おおいがわ》の清流にかかる渡月橋《とげつきょう》の手前で、車を降りた。

霧雨が、傘を持たない池田に降りかかった。

大堰川とは、保津川《ほづがわ》の下流、嵐山の渡月橋あたり一帯の名称である。

池田は、霧雨の中を、ゆっくりと歩き出した。

気力は充実していたが、体は鉛のように重かった。

しかし彼は、その疲れ具合に満足した。

一段上の重役ポストに向かって、全力を投じてきた、という清涼感があった。

池田は、渡月橋を渡り、大覚寺《だいかくじ》のほうに向かって歩いた。

霧雨の冷たさが、疲れた体に心地よかった。

「お入りやす。風邪をひきますえ」

誰かが、不意に背後から傘を差し出した。

池田は、振りかえって、とまどった。

和服を着た三十過ぎの女が立っている。

ひと目で玄人《くろうと》の女とわかる、妖しさがあった。

「ありがとう」

池田は、軽く頭を下げて歩き出した。

「どちらまで？」

女が彼と肩を並べて訊ねた。

化粧の香りが、池田の鼻腔《びこう》をくすぐった。

「大覚寺の近くまでです」

「うちも、そちらのほうへ参ります。さ、もっとこちらへ……」

女が、白い歯を見せて微笑んだ。

池田は、妙なことになってきた、と思った。

大阪へ来てからは、女への欲望を断って、我武者羅《がむしゃら》に島屋対策で走りまわってきた池田である。

女の肩と池田の肩が少し触れた。

「京都のお人やあらしませんでしょ」

女は、池田を流し見た。

池田が「ええ」と、頷く。

「あなたは、さしずめ祇園《ぎおん》芸者というところかな」

池田が、前を向いたまま言った。

「まあ、わかります？」

「どことなく、あでやかな雰囲気があるので……」

「祇園に遊びにくることがありましたら、どこの料理屋で嵐子《らんこ》と訊ねてくれはっても、わかりますよってに」

「貧乏サラリーマンが、嵐子ねえさんを呼んで遊べる訳がない」

池田は、破顔して言った。

「ほんなら、うちは此処《ここ》で……」

女が腰を折って、池田から離れた。

「ありがとう。助かりました」

池田は、女に背を向けて歩き出した。

女が、民家の角を折れて、姿を消した。
二、三分歩いて、池田は豪壮な武家屋敷風の邸宅の前に立った。

門柱に、『田井弥太郎《たいやたろう》』の表札が掛かっている。

池田は、武家門の潜《くぐ》り戸を押して、屋敷の中へ入ろうとした。

そのとき、彼は背後に人の気配を感じて、振りかえった。

池田の表情が、サッとこわ張る。

二メートルと離れていない場所に、サングラスをかけてトレンチコートを着た長身の男が立っていた。

池田は、男の体から放たれている寒々としたものに触れて、生唾《なまつば》を呑みこんだ。

屋敷の前の通りは、一直線である。道の両側には屋敷や寺院の塀が長々と続き、人の気配はまったくなかったはずであった。

にもかかわらず、不気味な男が目の前に忽然《こつぜん》と立っている。

池田は、本能的にあとずさった。

伊野常務の死が、ふっと脳裏をかすめる。

「だれなんだ……」

池田は、脇の下に吹き出る汗を感じた。

「池田昭さんですね」

男が、低い声で訊ねた。物静かな口調であったが、重い響きがあった。

池田は、返事に窮した。

池田であると認めれば、殺されるのではないか、という恐怖が背中を走った。それほどの感じが、相手にあった。

池田は、目の前に立っている男が、殺し屋・村雨龍だということを知らない。

「池田さん。さきほどの女に近付いてはいけない。気を散らさず島屋対策に全力投球しなさい」

「え？……」

「あなたが私のことを知る必要はない。田井弥太郎を摑《つか》んだのは見事です。その線で押していきなさい」

「あなたは一体……」

「吉尾社長が心配しています。一度、電話を入れた方がいいでしょう」

「社長をご存知なのですか」

「あなたの安全は、私が保証する。心配はいらない」

「しかし……」

池田が何かを言いかけたとき、相手は池田に背を向けて、霧雨の中を歩き出した。

池田は、茫然として遠ざかる男を見送った。

男の立っていたあたりに、まだ薄ら寒い気配が残っている。

池田が、ぶるッと体を震わせた。

3

池田は、田井邸の奥まった座敷で、小柄な老人と向かい合った。

老人は、美しい白髪を持っていた。老いた皺《しわ》深い顔に、穏やかな気品があふれている。柔和な目と、物静かな笑みを漂わせる口元に、人柄の善さが滲《にじ》み出ている。

二人の間にある座敷テーブルの中央に、額面十億円の小切手がのっていた。

「亡くなられたお父上に似て、君もなかなかの知略家だな」

田井弥太郎が、小切手に手をのばしながら言った。

池田が、恐縮したように頭を下げた。

広い庭に面したガラス戸の向こうで、霧雨が渦を巻いている。

何処《どこ》からか、陰《いん》に籠《こも》った寺の鐘の音が聞こえてきた。池田が、京都に宿をとるようになって、かなりになる。

「いいですね、京都は。身も心も洗われるような気がします」

「洗われるほど、汚れているのかね」

「いや……」

池田は苦笑して、頭の後ろに手をやった。

田井が、小切手を後ろの床の間にある手文庫にしまった。

池田の脳裏には、さきほど見た男の顔が、強く焼きついていた。

（敵ではなさそうだったが……）

池田は、その男のことを、田井に打ち明けるつもりはなかった。

打ち明けて、どうなるものでもない、という気がした。

田井弥太郎――医療法人・充善会《じゅうぜんかい》の理事長《オーナー》である。京都府内にベッド数二百から三百の中規模総合病院を幾つか持ち、京都府私立病院連盟の会長職にもあった。

京都府医師会に対しても、大きな影響力を有している。

かつては、胸部外科の権威として名を知られていた田井も、現在は高齢のため、治療の第一線からしりぞき、充善会の経営者として組織拡大に専念していた。

いや、田井には隠された、もう一つの顔があった。

それは、プロの株式投資家としての顔であった。その投資額も一億円や二億円の単位ではない。

十億円から二十億円単位で優良株を買い占め、株価を天井まで釣りあげておいて一気に手放すという、相場師そこのけのやり方であった。

田井弥太郎の名は、関西証券界の舞台裏でも轟《とどろ》きわたっている。

こうして儲けた金が、充善会の拡大資金に投じられていた。

「幾度も念押しするようだが、君に協力するのは、これ一回きりだ。お父上からの借りは、それで返したことにしていただこう」

田井が、穏やかだが、きっぱりとした口調で言った。

「ご迷惑をおかけして、申し訳ありません」

池田が、丁重に頭を下げた。

田井は、厚生事務次官であった池田の父・貞一郎がまきこまれた疑獄事件の中心人物と見られていた男であった。

当時、医療法人・充善会は、矢つぎ早に病院を建設していた。

この病院建設に絡んで、池田貞一郎が色々な便宜をはかった謝礼として、数百万円を受け取ったとされたのだ。

池田のはかった便宜とは、充善会に対する医療金融公庫の融資斡旋《あっせん》、自治体融資の仲介、国公立医大の医師の斡旋、建設予定地の土地所有者に対する圧力、病院建設認可への干渉などと言われている。

だが、池田貞一郎はこの疑惑を最後まで否定し、結局、充善会の事務長と病院建設認可を担当した京都府衛生局の小役人が、司直の手にかかっただけであった。

池田貞一郎が、おのれの疑惑と田井弥太郎との交流を最後まで否定したため、田井も贈賄の罪を逃がれたのである。

田井が口にした「お父上の借り」とは、そのことを指しているのだった。

その借りを返すために、田井は複数の『隠れ名義』で、島屋デパートの株を買いまくったのである。

その株の代金の一部が、十億円の小切手であった。

「私から見たら島屋など魅力ないが、南部や大王にとっては垂涎《すいぜん》の的なんだろうな」

田井が、微笑みながら言った。

「南部が島屋を押さえることが出来たら、西日本征服がやりやすくなります」

「そうだろうね。島屋は名門デパートだし、東よりも西に多くの店舗を持っている。それとファッションに抜群の強さを持っている。確か、女性友の会には百数十万の会員がいたと思うが」

「さすがに、よくご存知ですね」

「南部も大王も、ファッションにはあまり強くない。とくに大王は、ファッション分野への進出を密かに狙っているという噂もある」

「先生は今、どこかの会社を狙っていらっしゃるのですか」

「それは言えんよ」

田井が、ジロリと池田を見据えたとき、女中らしい中年の女が、茶を持って部屋に入ってきた。

「充善会も、君のお父上にご助力をいただいたおかげで、立派になってきた。各病院の院長は、すべて国公立大学出身の有能な医師だから、医大との連携が緊密で心強く思っている」

「まだまだ拡大されるのでしょう」

「南部や大王に負けておれんのでね。はッはッは……」

田井が破顔して、テーブルの上の茶に、皺だらけの手をのばした。

田井による島屋株の買い占めは、順調に進んでいた。

池田は、大王の受ける衝撃を考えただけで、心が躍った。

島屋の発行済総株数は、二億二千万株である。このうち、社長の島屋真治を筆頭に置く島屋一族が二千三百万株を有して筆頭大株主の位置にあり、次いで六千万株が安定大株主である複数の企業の手に、数百万株の単位でわたっていた。

市場に於ける浮動株は、約七千二百万株であり、これが南部の手で買い占められつつあった。

田井が、茶をすする手を休めて、口を開いた。

「君は、公取委の合併審査基準の内容を知っているのかね」

「先生は、そんなことまでご勉強なさっているのですか」

「私は投資家だ。株式市場に関係あることは、なんでも知っておく必要がある」

「合併審査基準は、明日施行されるはずです。内容も大体は知っているつもりですが」

「もし島屋株の買い占めに成功しても、南部と島屋は合併出来ないのじゃないかね」

「合併は不可能です。大規模小売店舗法で大型店の出店を押さえられた上、こんな規制まで出来ると、流通業界はまさに四面楚歌《しめんそか》です」

「吸収合併はできなくとも、株を買い占めて実質支配が出来れば、それでいいということだな」

「仕方ありません。大王ストアーも恐らく同じ戦法で、支配会社を増やしていくに違いありません。吉尾社長も当初は、島屋の吸収を考えておられましたが、合併審査基準が整えられたとなっては……」

「島屋は吸収しないで、いままで通り独立させたまま、支配した方がいい。スーパーに吸収されると、名門デパートとしてのイメージに傷がつく。そうなれば営業面でも影響がでてくるはずだ」

「おっしゃる通りです」

池田は、頷きながら、企業を見る田井の医師らしからぬ鋭い感性に舌をまいた。

島屋株は現在、三百六十円前後の値をつけていた。

池田は、当面の買い占め目標を、島屋一族の持株数を押さえる三千万株に置いている。

総必要資金は買い占め期間中の株価の上昇を見込んで、百二十億円前後である。この金額は、年商二兆円の南部ストアーから見れば、たいしたことはない。

池田が田井に手渡した十億円は、約二百八十万株分にしか過ぎない。

(闘いは、これからだ)

池田は、身がひきしまるのを覚えた。

「軍資金は、早めに揃えておきたまえ。三千万株は、そう遠くないうちに手に入る」

田井が、自信あり気に言った。

「金は、本社への電話一本で準備できます。ひとつくれぐれも……」

池田は、テーブルに額が触れるほど頭を下げてから、立ちあがった。

瞼の裏に、また先程の謎の男が浮かんだ。

「今日は、ゆっくりしていきたまえ」

田井が、座ったまま、池田を見上げた。

「いえ。ちょっと社長に電話を入れたいものですから」

「じゃあ、此処からかけるといい。関西に来てあまり出歩くと、大王の諜報社員の目にとまると警戒していたじゃないか」

「はあ……」

「遠慮はいらん。それに、君にもう一つ話がある」

「話?……」

「本社へ戻る時に、株の買い占め以外に一つぐらい手みやげのあったほうが、吉尾社長も喜ぶのじゃないかね。ま、座りたまえ」

田井に促されて、池田は再び腰を降ろした。

「君は、私が和歌山で育ったことを知っとるね」

「ええ。おおよそのことは、亡くなった父から聞いていました」

「私の親族が、和歌山県漁業協同組合の組合長をしとるんだ。ここまで言えば、あとは君にもわかるだろう」

「鮮魚の仕入ルートを南部に？……」

池田の顔が、ぱッと明るくなった。

「西日本に南部の拠点を展開する上で必要なのは、野菜や鮮魚の大量仕入ルートを確保することなんだろう。ところが西では、ことごとく大王グループが押さえてしまっている」

「先生、その和歌山県漁業協同組合をぜひ、南部にご紹介下さい」

池田が、顔を紅潮させて言った。

思いがけない話が、田井から持ち出されたのだ。

池田は、興奮して腰を浮かした。

「組合長には、もう連絡をとってある。和歌山へ出かけて会うがよろしい。相手の名は、田井幸之介《こうのすけ》、和歌山の水産業界では大実力者として知られている」

「先生！」

池田は、そう言ったきり絶句すると、テーブルから体をずらせ畳に両手をついて頭を下げた。

「よしなさい。君は南部グループの将来を背負う逸材なんだろう。もっと堂々としていたまえ」

「大変な手みやげです。ありがとうございました」

「大王ストアーは、むろん和歌山県漁協にも食いこんでいる。君が和歌山へ行くことで、大王は露骨に抵抗の姿勢を見せるだろうが、幸之介が君に対してイエスと言えば、それで問題は片付く」

池田は、田井の言葉を夢ではないかと、思った。

と言うのも、南部ストアーでは二年以内に、和歌山県の海南《かいなん》、御坊《ごぼう》、有田《ありだ》、田辺《たなべ》、新宮《しんぐう》、そして和歌山の各市と、奈良県の五か所に中型店舗の出店を考えていたからである。

「さっそく明日にでも、和歌山へ行かせていただきます」

「そうしたまえ。島屋株の件は私に任せておけばいい」

田井が、真顔で頷いた。

池田は、大王ストアーが長野県農開連に食いこんだことを、まだ知らない。

また大王も、和歌山県漁協に南部が乗り込もうなど、予想もしていなかった。

皮肉にも、激突する両社は、相手の重要な大量仕入れルートに、キバをむき出して挑みかかったのである。

池田は、なまぬるくなった茶をすすると、ようやく全身の筋肉のこわ張りが解けていくような気がした。

4

大阪・キタにある国際《こくさい》グランドホテルの一室に泊まっていた村雨は、ベッドから出ると、朝食と新聞を持ってくるよう、サービス・フロントに電話で頼んだ。

昨日、一日中降り続いた霧雨は、今朝も降り続いていた。

村雨は、バスルームへ入った。

シャワーを浴びながら、彼は亡くなった天海のことを想い出していた。

いまでは、伊豆の観心寺を出た良海が、天海の遺志を継いで妙輪寺の住職となっている。

天海の死は、村雨によって闇の中で人知れず処理されていた。

医師から病死の証明書を手に入れることなど、村雨にとっては、造作《ぞうさ》もないことである。

妙輪寺には、火葬施設もあり、無残な死体を人に見られることなく、骨にすることが出来た。

『私はお前の父だ』と言った天海の言葉が、悲しい響きをともなって甦る。

黒い蝶に対する烈火の怒りは、村雨の肉体の奥で、日とともに激しさを増していた。

（あの時、私が自在剣を持っていたら……）

村雨は、そのことをくやんだ。

妙輪寺を訪ねるとき、村雨は出来る限り自在剣を持たぬようにしていた。

血を吸った剣を、おのれの神聖な〈生家〉へ持ち込みたくなかったのだ。

それが、兇刃《きょうじん》から天海を救えなかった原因であった。

庫裏《くり》の縁側を忍び歩く刺客を目撃したとき、自在剣があれば相手の喉元へ投げることが出来たはずであった。

村雨の腕をもってすれば、剣は見事に刺客の喉を貫いたことであろう。

村雨は、バスルームから出ると、窓際に立って霧雨にけむる大阪の街を眺めた。

二度と天海に会えないのだ、という現実が、彼をいっそう孤高の世界へ浸らせていた。

ドアーがノックされた。

村雨は、ドアーの向こう側の気配をうかがってから、ノブをまわした。

朝食と新聞が、ワゴンで運ばれてきた。

村雨は、まだ童顔の年若いボーイに、黙ってチップを握らせた。

ボーイが、まるでチップを貰《もら》ったことを恐れるかのように、一礼して足早に部屋から出ていく。

村雨は、ソファに座って、朝刊を開いた。

ワゴンの上のモーニング・ステーキが、鉄皿の熱で脂を弾《はじ》いていた。

こうばしい肉の匂いが、部屋の中に充《み》ちていく。

村雨の目が、朝刊の経済面でとまった。

かなりのスペースをさいて、南部ストアーの忠字屋支配に関する記事が載っていた。

吉尾の顔写真入りで「これからも優秀な企業との提携関係を拡大していく」という強気の談話が掲載されている。

記事を読む村雨の表情は、格別の驚きを見せていなかった。

市場の浮動株を、倉橋が地下に潜って買い占めていた事実を、彼は既に摑んでいる。

（ようやく大王に一矢《いっし》を報いたか）

村雨は新聞を閉じて、朝食に手をつけた。

南部に筆頭株主の座を奪われた忠字屋の混乱ぶりが、手にとるようにわかった。

村雨は、南部の第二弾第三弾が間もなく大王の上に降り注ぐだろう、と思っていた。

池田昭が接触した田井弥太郎が、どのような人物であるか、村雨は熟知している。

田井が池田に手を貸せば、恐らく確実に島屋株を手に入れることが出来るだろう、と村雨は読んでいた。

（それに、田井の係累には、和歌山県漁協を牛耳る大物がいるはず）

村雨は、大王が今に総力を挙げて南部を迎え撃つだろう、と思った。

（黒い蝶の動きが、いっそう激化するに違いない）

村雨は、亡くなった天海のためにも、黒い蝶を根こそぎ倒すつもりでいた。

ただ、『幻の剣鬼』がどのような人物なのか、彼にもわからなかった。

良海和尚に訊ねても、知らぬと言う。

村雨は、いずれ幻の剣鬼と一対一の対決をせねばなるまい、と思った。

朝食を終えたとき、電話が鳴った。

受話器を耳に当てると、交換台が出たあと、吉尾好次郎の声が村雨の鼓膜を打った。

国際グランドホテルに泊まっていることは、吉尾には伝えてある。

「今朝の新聞の記事をご覧になりましたか」

吉尾が、いくぶん調子《オクターブ》の高い声で訊ねた。

「見ました」

村雨は、短くこたえた。

「完全な吸収合併という訳にはいきませんが、事実上の支配は出来ました。目下、浮動株をどんどん買い占めています」

「用件はそれだけですか」

「あ、いえ……」

　村雨の冷ややかな気配を察知して、吉尾が慌てた気配を見せた。

「実は、暗いニュースがあります」

「暗いニュース？」

「尾崎源兵衛の娘が、昨夜遅く、軽井沢の山荘で自殺しました。哲也の子を宿しているというのに……」

「章子が……」

　村雨の目が、光った。

「遺書はありません。尾崎氏と白坂氏が今、表沙汰《おもてざた》にならぬよう手を打っているようですが」

「軽井沢の山荘には一人でいたのですか」

「いいえ。通いの女中がいます。白坂氏も週末に必ず東京から出かけているようでした」

「自殺の動機は？」

「遺書がないので、なんとも……」

「わかっているだけのことを、全部私に話してください」

「尾崎氏も週に一度は、軽井沢の山荘に顔を出していたそうです。白坂氏も尾崎氏も、章子は少しずつ立ち直りつつあった、と言っているようなんですが」

「うむ……」

「章子の女学校時代の友人は、かなり頻繁に山荘を訪ねて章子を励ましていたようです。その友達も、章子が哲也の子の誕生を楽しみにしていたと証言しているようで……」

「その話を、どこで聞いたのです？」

「事故を知って慌てて尾崎家へ駈けつけ、つい先程会社へ戻ってきたところです。今夜の通夜には出るつもりでいます」

「ほかに山荘を訪ねた者は？」

「山荘の女中の話では十日ほど前に、氏家文男が不意に訪ねてきて二日ほど泊まったとか言っとるようです」

「わかりました」

村雨は、電話を切った。

双眸《そうぼう》が、湿った暗い炎をあげている。

村雨は、女を抱くことはあっても、力で女の肉体を辱めたことはない。

母を知らぬ村雨にとって、女は神聖なる母であった。

老残の女であろうと、若く美しい女であろうと、村雨にとっては、犯し傷つけてはならぬ存在であった。

章子は、ましてや子を宿していた。パリで父親を殺された、宿命の子である。

その子と共に、章子は命を絶ったのだ。

（耐え難い苦痛が、章子の身に降りかかったに違いない）

村雨は、そう思った。

だが、子と共に命を絶った章子を、村雨は呪《のろ》った。

（どうして腹の子を産まなかった）

村雨は、それが母としての責任である、と思った。

『女は、いかなる理由があろうと、子を捨て、子を殺してはならない』というのが村雨の考えである。子は母の分身であると思っている。

それだけに、命を絶たなければならなかった章子の苦痛の大きさが、わかるような気もした。

（この自殺には、きっと氏家文男が絡んでいるはず）

村雨は、ワゴンの上のコーヒー・カップに手をのばした。

コーヒーは、すでに冷えていた。

村雨は、窓の向こうで降り続く霧雨を見つめながら、ゆっくりとコーヒーを呑んだ。

コーヒーの苦味が、食道を滑り落ちていく。

（氏家文男は、章子の肉体を奪い、章子を操ることで尾崎源兵衛や白坂正浩を牛耳ろうとしたのかもしれない）

村雨の勘は、鋭く働いた。

彼は、コーヒー・カップをワゴンの上へ戻すと、ベッドの中へ手を入れた。

毛布の下から、拳銃ホルスターのようなものを取り出して、肩から下げた。

ホルスターの中に忍ばせているのは、長さ二十センチほどに縮まった自在剣であった。

5

和歌山市有田屋町《ありだやまち》にある『漁協ビル』を出た池田の顔は、生き生きとしていた。

関西流通業協会が独占契約を交わしていた和歌山県漁協に、関東のスーパーとして初めて食い込むことに成功したのである。

しかも仕入条件は、関西流通業協会の契約条件と全く同じであった。

ということは、今後の交渉次第で、関西勢よりも良い条件で契約できる可能性があるのだ。

池田は今朝、吉尾に電話を入れて、今日に至る隠密行動の経緯を報告した。

だが、和歌山県漁協から得たこの大成果は、帰京してから報告するつもりであった。

池田は、海から吹いてくる潮風を、肺一杯に吸いこんだ。

大通りに出ると、路肩にタクシーをとめて車のボディを磨いていた初老の運転手が、

「いかがです」と声をかけた。

愛想の良い笑顔を見せている。

池田は頷いて、後部シートに乗った。

「和歌山駅までですね」

運転手が、心得顔で念を押した。

「いや、少しドライブしたい。このあたりに名所旧跡はありませんか」

「あり過ぎて、何処をお勧めしてよいか、迷うくらいです」

「どこでもいい、適当に走って下さい」

「ご機嫌ですね、お客さん」

「まあね……」

池田は、運転手に冷やかされて苦笑した。

彼は、自分では鷹揚《おうよう》に落ち着いて構えているつもりであった。

しかし、運転手の目から見ると、池田の表情には喜色が溢《あふ》れていたのだろう。

無理もなかった。

彼は、南部の店舗展開にとって不可欠な、鮮魚の強力な大量仕入れルートを確保したのだ。

しかも、大王の息が隅々までかかっている、関西という〈敵地〉での大成果である。

タクシーは、和歌山市街を出ると、南海電鉄《なんかいでんてつ》貴志川線《きしがわ》に沿って、山に向かって走った。

自然は美しかった。

山々の緑は濃く、空は青く澄みわたっている。

「貴志湖《きし》という、静かな湖があるんです。そこへご案内しますから」

運転手が、バックミラーを覗き込みながら言った。

貴志湖という名を、東京で生まれ東京で育った池田は知らなかった。

「正面に連なっている山は、高野山《こうやさん》に続いているんです」

運転手が、前から来た軽トラックを避けながら言った。

高野山の名は、池田もよく知っていた。

弘法大師《こうぼう》が開山した、標高約千メートルの山で、山上の台地には、真言宗《しんごんしゅう》総本山・金剛峰寺《こんごうぶじ》がある。

「貴志湖を見終わったあと、時間があれば道成寺《どうじょうじ》もご覧になったらいかがです。列車で四十分ほど南に下った御坊市の近くにありますから」

「道成寺か……安珍《あんちん》と清姫《きよひめ》の伝説がある寺ですね」

「道成寺から車で十分か二十分で、有名なアメリカ村や煙樹《えんじゅ》海岸も見られますよ」

「ありがとう。しかし、御坊まで行く時間はないなあ」

池田は、窓の外の景色を眺めた。

二、三十キロほど走ったところで、タクシーは止まった。
池田は、タクシーを降りた。
目の前に、小さな湖がひっそりと緑色の水をたたえていた。
静かであった。
人影はまったくない。
湖の畔《ほとり》に『大池《おおいけ》貴志川《きしがわ》県立自然公園』の看板が立っていた。
「ゆっくり散歩なさって下さい。私は運転席で休んでいますから」
運転手が、シートを倒しながら言った。
池田は頷いて、湖の畔を歩き出した。
日ざしは暑かったが、山から吹き降りてくる風に、心地良い冷たさがあった。
彼は、湖の畔の道を折れて、山の中へ入っていった。
小道は緩い傾斜で、蛇行しながら頂の方へ伸びていた。
二十分ほど登ったところで、池田は振りかえった。
眼下に、貴志湖が見える。
池田は、心身の疲労がとれるような気がした。
「いいところでしょう」
突然、背後で声がした。

景色の美しさに目を奪われていた彼は、ギョッとして振りかえった。

いつの間に来たのか、タクシーの運転手が、数メートル離れたところに立っていた。

右手に杖《つえ》のようなものを持っている。

池田の表情が、本能的にこわ張った。

運転手の顔つきが、ガラリと変わっているのだ。

池田を見る目が、血走っている。

彼は威圧されて、二、三歩あとずさった。

「南部ストアー取締役総務部長、池田昭。お前が関西へ来ていることを確認するのに、随分と手間がかかった。よほどうまく地下に潜っていたと見えるな」

「だ、だれだ、貴様は……」

「誰でもいい。お前に対するオレの用は一つしかない」

運転手の右手が、キラリと鋭く光った。

彼が右手に持っていたのは、仕込み杖であった。

無反《むぞ》りの長刀が、地を這うようにして池田に迫る。

「よせッ」

池田は叫ぶなり、相手に背を向けて走り出した。

運転手が、早い動きで池田に肉薄する。

池田が、崖《がけ》の縁に追いつめられて、振り向いた。

蒼白《そうはく》になった顔の筋肉が、恐怖で激しく痙攣《けいれん》している。

彼は、足元に落ちていた拳大の石を拾いあげると、刺客に向かって投げつけた。

白刃が一閃《いっせん》して、石が弾け飛んだ。

「助けてくれ！」

池田は、黄色い叫び声をあげると、左手の茅《かや》の繁みの中へ駈けこんだ。

茅は、人の背たけほどあった。

池田は全力で走った。

刺客が、長刀を振りかざして、凄《すさ》まじい形相《ぎょうそう》で追う。

「うわッ……」

池田が、のけぞるようにして急に立ちどまった。

目の前に、白いスーツを着たサングラスの男が、忽然《こつぜん》と姿を現わした。

それは、池田が京都で見かけた謎の男——暗黒街最強の殺し屋、村雨龍であった。

だが池田は、目の前の男が京都で見かけた男と同一人物であると判断する余裕を、持ち合わせていなかった。

彼は、両膝をがっくりと折ると、頭をかかえてうずくまった。

池田を追ってきた刺客が、村雨に気付いてたじろいだ。

村雨が、ゆっくりと上着を脱ぐ。
秀麗な村雨の顔は、凍《い》てついて無表情であった。
目を細めるようにして、相手を見ている。
「村雨龍……」
ようやく、相手が呟いた。
みるみる顔が蒼ざめていく。
村雨の自在剣が、鋭い金属音を発して伸びた。
池田は、ようやく状況の変化に気付いて、恐る恐る顔をあげた。
（あの人は……）
彼は、刀を下段に構えて立っている長身の男を見て、ようやく記憶を甦らせた。
「幻の剣鬼とは、黒い蝶のボスか」
村雨が、ドスのきいた声で訊ねた。
相手の表情が動いた。
「やはりそうだったか」
村雨の足が、地表を滑った。
敵が宙を飛んで、村雨に切りかかった。
剣と剣が、鈍い音を発してぶつかり合う。

火花が散った。
「死ねッ」
村雨の剣が、相手の剣をはねざま、左下から右斜め上に向かって走った。
池田が目を見張ったとき、村雨の剣は唸《うな》りを発して横V字形を描いていた。
敵の右腕と首が、鮮血をまき散らしながら、空高く舞いあがる。
その鮮血を避けるように、村雨の体が後方へ跳躍した。
池田の目の前に、音をたてて、首と右腕が落下した。
池田は見た。
サングラスをかけた長身の男の、凄まじい剣技を。
それはまさに、言語に絶する強さであった。
向かってくる相手の首と右腕が飛ぶまで、数秒とかかっていない。
池田は、足腰の力が抜けて立てなかった。失禁してしまったのか、下腹がつめたい。
「すぐに東京へ戻りなさい」
村雨は、ぽつりと呟くと、池田に背を向けて歩き出した。
池田は、草の上に正座したまま、茫然と謎の男を見送った。

第八章　血の戦い

1

尾崎邸に、悲しみが満ちていた。

広い庭内は、幾つもある水銀灯の明かりで、真昼のように明るい。

母屋《おもや》と回廊で結ばれた二十畳の離れ座敷に、章子の遺体がおさまった柩《ひつぎ》が安置されていた。

離れの周囲に、章子の好きな紫陽花《あじさい》が咲き乱れている。

柩が、わざわざ離れに安置されているのも、紫陽花が好きだった章子の霊を思ってのことであった。

源兵衛も、老妻サワも、柩の前に正座したまま身じろぎもしなかった。

もう幾時間も、そうしている。

源兵衛夫妻の背後に、錚々《そうそう》たる顔ぶれが肩を落として座っていた。

氏家京介、吉尾好次郎、瀬川文一郎、澤木友造、白坂正浩……どの顔も沈痛であった。

瀬川文一郎の顔が、ひときわ目立って青い。吉尾に筆頭株主の座を奪われた澤木の表情も、ひきつっている。

文男の姿は、どこにもなかった。

僧侶は、柩の脇で正座したまま、目を閉じて合掌していた。

誰も動かない。

無言の重苦しさが、二十畳の空間に漲《みなぎ》っていた。

縁側は、あけ放たれていた。

夜空に、満月が浮かんでいる。

不意に、源兵衛が立ちあがった。

握りしめた両の拳が、わなわなと震えている。

源兵衛は、よろめきながら氏家京介の前に立った。

老いた目から、はらはらと涙が伝い落ちる。

滅多に涙を見せたことのない、強靭《きょうじん》な精神力を持つ源兵衛であった。

だが今の彼は、肉体をズタズタに切り刻まれた屍《しかばね》と同じであった。

「文男さんは、なぜ顔を見せて下さらぬ」

源兵衛が、氏家に向かって、問い詰めるように訊《たず》ねた。

氏家は、頬を紅潮させて、源兵衛を見返した。

涙に濡れた源兵衛の目に、激しい怒りがあった。

その怒りを、氏家は痛いほど感じた。

「どうしても所用で……」

氏家は、たじろぎを見せて答えた。

「文男さんは、なんのために軽井沢へ立ち寄って、章子に会われたのか」

「元気づけるためでしょう。気にかけていましたから」

「それだけのために、わざわざ大阪から信州まで出かけたという訳ですかな」

「いや……」

氏家は、少し離れたところに座っている吉尾のほうへ視線を流した。

文男が信州へ行った真の目的は、吉尾がいるこの場では、話せなかった。

「市場視察で……文男は長野へ店舗を出したい考えを持っていましたから」

氏家は、苦しい返事をした。

吉尾の鋭い視線が、氏家に注がれた。

源兵衛の言葉は続いた。

「文男さんは、二日も軽井沢の山荘に泊まられた。そして、章子は死んだ」

「ちょっと待って下さい。文男が軽井沢へ立ち寄ったことと、章子さんの死が関係あると言われるのですか」

「章子は、哲也君の子の誕生を楽しみにして、気力を取り戻しつつあった。普通のことでは自殺などしない」

「尾崎さん……」

「文男さんが、軽井沢へ来たあと章子は死んだ。これは厳然たる事実です」

「妙な言い方はよして下さい。いくらなんでも……」

「瀬川頭取、母屋のほうへ来て下さらんか」

源兵衛が、瀬川を睨《にら》みつけて言った。

瀬川が、蒼白《そうはく》な顔で立ちあがった。足元がよろめいている。

瀬川を見つめる氏家の表情に、不安が走った。

吉尾が、氏家と瀬川の顔を見くらべた。

水銀灯の明かりの下で、紫陽花が風に吹かれて揺れた。

源兵衛は、瀬川を書斎へ連れこんだ。

瀬川の顔には、はっきりと怯《おび》えがあった。

二人は、応接テーブルをはさんで、向かい合った。

「なぜ、白坂哲也を章子に紹介なさったのか」

源兵衛が、いきなり切りこんだ。

語気に、灼熱《しゃくねつ》の怒りが漲っていた。

瀬川の唇は、紫色になって震えた。

「なぜって……ご両家発展の良縁と思えばこそ……」

瀬川は、そう言ったきり絶句した。

現実は、両家発展とは似ても似つかぬ、無残な結果を招いている。

その痛ましすぎる事実に、瀬川の精神状態は、ほとんど錯乱していた。

おのれが紹介した縁組みである。

その若夫婦が、あッという間もなく、他界してしまったのだ。

それは瀬川自身、考えもしていなかった悲劇であった。

「いずれにしろ……申し訳ないことをしたと」

瀬川は、応接テーブルに額が触れるほど、頭を下げた。

「いずれにしろ……だと」

源兵衛の、涙で光った目に、狂気が走った。

彼は、テーブルの上にあったクリスタルガラスの灰皿を摑《つか》むと、矢庭《やにわ》に瀬川の眉間《みけん》に振りおろした。

「あッ」

瀬川が、応接ソファから、弾き飛ばされるようにして床にころがった。
額が割れて、鮮血が吹き出している。
源兵衛は、持っていた灰皿を、倒れている瀬川に向かって投げつけた。
灰皿が、瀬川の顎《あご》に当たって、鈍い音をたてた。
瀬川が、悲鳴をあげてのけぞる。
顎と額から、おびただしい血が流れた。
瀬川は、顔を血だらけにして、窓際までさがった。
源兵衛が、凄《すさ》まじい形相《ぎようそう》で詰め寄る。
全身に、殺気があった。
「許してください。この通り……」
瀬川が、血だらけの顔を、床にすりつけた。
「章子と白坂哲也との縁組みの裏には、何かがある。違うのか」
源兵衛は、机の引き出しをあけた。
中から出てきたのは、旧陸軍で使われていた二十六年式拳銃であった。
銃口が、瀬川に向けられた。
「尾崎さん、話を聞いてほしい。頼みます」
瀬川が、頬の筋肉をひきつらせて言った。

「話次第では、引き金を引くのをよそう」

「私は本当に、哲也君と章子さんの幸福を願っていました。神に誓ってこの気持に嘘はない。信じてください」

「あんたとの付き合いは長い。あんたが悪人でないことは認めよう。だが、今回の縁談には、不自然なことが多すぎた」

「大都銀行は、極端な経営不振に陥っています。すべては、それが原因して……」

瀬川は、背広のポケットからハンカチを取り出して、顔を歪《ゆが》めながら、額と顎の血を拭った。

「大都銀行の経営不振については、私も薄々感付いていた。そのことで、頭取として窮地に追い込まれていたと言われるのか」

「大王ストアーのメイン・バンクである不二銀行が、大蔵省のバックアップで、大都銀行を吸収しようとしています。吸収後は、私は新不二《しんふじ》銀行の頭取として迎えられる条件を鼻先に突きつけられました」

「そのポストが、白坂家と尾崎家との謀略的な縁結びの代償という訳か」

「大王ストアーは、いや氏家氏は、不動産王である尾崎さんと、どうしても手を組みたがっていた。私は、不二銀行の吉岡頭取と、氏家氏の圧力から、どうしても逃がれられなかった……それで両家を……」

「氏家は、白坂家を間に置いて、私とがっちり手を組むハラだったんだな」

「私は、おのれの保身のために、この謀略に加担しました。だが、将来ある若い二人が、こういう無残な目に遭うなど、考えてもいなかった。私には、本当に何が何だかわからんのです。この言葉に嘘はありません」

「なんと愚かな……」

源兵衛の手から、拳銃が落ちた。

瀬川が、肩を震わせて嗚咽《おえつ》をもらした。

長い沈黙が、二人を包んだ。

僧侶が読経《どきょう》を始めたのか、陰《いん》にこもった声が、離れのほうから聞こえてきた。

「瀬川頭取……」

源兵衛が、呟《つぶや》くようにして、口を開いた。

瀬川が、涙に濡れた顔をあげた。

「あんたは、関東相互銀行も支配下に置いていたはず。そのほうは、どうなっている」

「実は……それも氏家氏の手に渡ることに」

「瀬川さん、私が金を出そう。いくらあれば不二銀行と氏家の圧力を蹴飛ばせるのかね」

「尾崎さん、あんた……」

「ただし条件がある。今後、尾崎家のためなら命を投げ出すことも惜しまぬと約束してくれればな」

「……………」

瀬川の口から、再び嗚咽が漏れた。

苦痛の嗚咽であった。

彼は、すべてに於いて完敗したおのれを、噛《か》みしめていた。

「あんたのために金を貸すんじゃない。章子の霊を、氏家の臭気から少しでも遠ざけるために貸すんだ。かわいい娘の、弔い合戦だよ。さ、いくらあればいい」

「二千、いや三千億……」

「よろしい、五千億をお出ししよう。それで大都銀行と関東相互銀行の基盤を強力にすることです。だが、私は監査役として、名目的にしろ経営陣に加えさせてもらいます」

「異存ありません。本当に有難い。感謝します」

瀬川は、尾崎に向かって両手を合わせた。

このとき、ドアーがノックされて細く開けられ、吉尾が顔を覗かせた。

尾崎は、床に落ちていた拳銃を素早く拾いあげると、体で隠すようにしながら机の引き出しにしまった。

吉尾は、床に両手をついてうなだれている瀬川に視線を注ぎつつ、室内に入ってきた。

「章子さんのことで、何か?」

吉尾が訊ねた。

「何もわからん。瀬川頭取を責めたところで、章子がかえってくる訳でもない」

「縁談の背後にもしや……」

「それは今、瀬川さんから訊《き》き出しました。だが章子の死と大王ストアーの策略が、直接関係あるのかどうかは闇の中ですよ。たった一つはっきりしていることは、これで尾崎家は、氏家とも白坂とも関係なくなったということだ」

源兵衛は、言い終えて目がしらをそっと押さえた。

「氏家文男が信州へ行ったことの見当はついています。恐らく長野県農開連に接触したに違いありません」

「吉尾さん。もしや章子は、氏家文男の暴力で……」

「尾崎さん、それを考えてはいけません。それを考えると、章子さんがあまりにも可哀そうすぎる」

「章子は、私の宝だった」

「大王に対しては、企業戦争の場で、私が総力をあげて決着をつけます。気やすめにならないでしょうが、どうか力を落とさないように」

「ありがとう、吉尾さん」

尾崎は幾度も頷くと、足元にひれ伏している瀬川頭取を、充血した目で睨みつけた。

2

大王の本社ビルを出た氏家京介と文男は、険しい顔つきで歩道を歩いた。

大勢の勤め人が、氏家父子とすれ違って行く。

二人の視線は、二百メートルほど離れた島屋デパートに向けられていた。

「一体何者でしょう」

文男が、小声で訊ねた。

氏家は、むすッとして答えなかった。

彼等は一時間ほど前、株買い占め機関である関西観光サービスの遠山清次から、「島屋株が誰かの手で、急速に買い占められている」という電話報告を受けたのである。

しかも、遠山の試算ではその買い占め数が、すでに二千万株に達している、というのだ。

氏家父子は、遠山のこの報告で、強い衝撃を受けていた。

二千万株と言えば、島屋デパートを牛耳る島屋一族の二千三百万株に迫る数字だ。

「動いているのは相当な買い占めプロに違いありません。どう調べても相手が摑めない」

名うての総会屋である遠山が、電話の向こうでそう言ったとき、氏家京介は蒼白な顔で電話を切っていた。

島屋デパートは、大王の目と鼻の先にあり、氏家が舌なめずりをして、乗っ取りを狙っていた会社である。

その標的が、何者かにさらわれようとしているのだ。

「遠山も頼りないですね」

文男が、舌打ちをして言った。

「少し黙っていろ」

氏家が、苛立《いらだ》ったように言った。

文男は、不快そうに顔を歪めた。

二人は、島屋デパートの中へ入っていった。

平日ではあっても、名門島屋の本店は、あいかわらず客で混んでいた。

一階と二階が吹き抜けになっており、天井から大シャンデリアが下がっている。

氏家父子は、エレベーターで六階へあがった。

二人は、社長の島屋真治に会ったことはなかったが、六階に役員室があることを知っていた。

二人は、外商部受付の脇にあるせまい廊下を、奥へ向かって見当をつけながら進んだ。

外商部員らしい幾人かが、怪訝《けげん》そうに二人を眺めて通りすぎた。

せまい廊下が右に折れて、明るい広い廊下に出た。

厚いグリーンの絨毯《じゅうたん》が敷きつめられている。

店内の喧噪《けんそう》は、ここまでは届かない。

廊下の両側に、固くドアーを閉ざした役員室が並んでいた。

氏家の鼻が、フンと鳴った。

「名門島屋の役員室にしては、質素だな」

氏家が、見下すように言ったとき、すぐ傍の部屋のドアーがあいて、若い女子社員が姿を見せた。

ドアーに、『秘書室』の表示があった。

「あのう、どちら様でいらっしゃいますか」

女子社員が、笑顔で訊ねた。

話しぶりも、物腰も、洗練されている。

「大王の氏家京介ですが……」

「大王？」

「大王をご存知ないのかな。スーパーの大王を」

氏家が、にがりきった顔で言った。

「あ、これは失礼いたしました」

女子社員が、ハッとしたように姿勢を正した。

「島屋社長に、緊急にお目にかかりたいんですよ。十分か二十分で結構」

「はい、少々お待ち下さい」

女子社員が、慌てて秘書室へひっこんだ。
二、三分たって、秘書課長の名札を胸につけた中年の男が出てきた。
「これはようこそ。氏家社長と副社長さんですね」

さすがに、二人の顔を知っていると見えて、秘書課長は丁重に一礼した。

「どうぞ……社長には内線電話で連絡をとってございますので」

秘書課長はそう言って、『社長室』と表示されたドアーの前まで二人を案内した。

氏家は、ドアーのノブに手をかけた。

秘書課長が、去っていく。

その後ろ姿を、文男が敵意のある目で見送った。

彼は、デパートがスーパーを何かにつけて見下している現実を、知っている。秘書課長の態度には、明らかに、その〝見下し〟があった。

社長室のドアーがあいて、氏家が静かに一歩踏みこんだ。

「これは氏家さん……」

部屋の中で、老人の声がした。

文男の位置からは、父親の背が邪魔になって、島屋社長の姿は見えない。

文男は、父親に続いて社長室に入った。

ドアーが、小さな音をたててしまる。

「これは、ご子息もご一緒でしたか。さ、どうぞ」

島屋真治が、二人に応接ソファを勧めた。

双方とも、初対面である。

島屋は、老齢に似ぬ黒々とした髪にちょっと掌を当てると、穏やかな笑顔を二人に向けた。

紳士である。着ているダーク・ブルーのスーツも、細身の老体に合っている。

だが、名門デパートを意のままに牛耳る、ワンマン社長であった。

『独裁』という点では、氏家京介にもひけはとらない。

氏家と大きく違うところは、〈野武士〉と〈公家《くげ》〉という点であった。

島屋真治には、公家の品位があった。

老いた左手の中指に、小さなダイヤの指輪をはめている。その小ささが、公家の品位だった。

そして、それが自然でよく似合っていた。

「ところで？……」

島屋が、小首をかしげて二人を見つめた。

表情は笑っているが、目にきつい光があった。

氏家が、いささか傲然《ごうぜん》たる態度で、島屋社長の視線を受けとめた。

「率直に申しあげたいのですが」

氏家は、そこで言葉を切った。

島屋が黙って頷いた。

顔から、スウッと笑みが消えていく。

氏家が身をのり出して、相手とのへだたりを縮めた。

「島屋さん、あなたの、いや島屋一族の筆頭株主の座が危ないですね」

「ほう、どういうことです？」

「泰然自若の構えを見せておられても、体に動揺を漂わせておられる。何者かに株を買い占められていらっしゃるでしょう」

「そんな事実はありません。それだけを確認なさるために、わざわざ此処《ここ》へ？」

「島屋さん、正直に言ってくれませんか。我々は信頼できる情報筋から、島屋株の異常な動きについて報告を受けとるんです」

「氏家さん、もし島屋株が買い占められていることが事実であったとしても、あなたにはなんの関係もない。そういう事実があれば、島屋デパートが自ら乗り出して解決しますよ」

「私は、島屋さんのお力になるつもりで、此処に来たんですぞ」

「はッはッは……名門デパートと言われる島屋が、スーパーから力を借りるというのですか」

「島屋さん」

氏家は、キッとした顔を見せた。

文男は、足元に視線を落としたまま、じっと父親の攻め方を観察していた。

彼は、こうして父親と一心同体になりながら、帝王学を学んできたのである。

「この氏家京介の面前で、スーパーを見下す発言をなさるとは、さすがにワンマン島屋と言われた、あなただけのことはある。だが、これだけは言っておきます。島屋株は間違いなく買い占められている。そして、今のあなたは、その対策に苦慮しておられる」

「一向に……」

「デパートなど、そのうちスーパーに太刀打ちできなくなりますよ。本格的な不況に見舞われたら、デパートなどひとたまりもない」

「株の話でこられたのではないのですか」

「島屋デパートの企業体力など、たかが知れている。あまりスーパーを馬鹿にしなさんな」

「お帰り下さい、氏家さん。もう用は済んだでしょう」

「あなたの力では、株を買い占められた苦境は切り抜けられない。このままだと島屋デパートは、今に誰かの手によって乗っ取られてしまいますよ」

「乗っ取り屋の氏家さんが、そのようなことを口にされるのは、滑稽《こっけい》ですな」

「買い占め株は、すでに二千万株に達していると見られます。島屋デパートに欠けているのは、外敵に対する我武者羅《がむしゃら》な戦闘力です。いつまでも殿様気分でおられると……」

「もう結構、あなたのご高説には興味ありません。あなたは町のスーパー屋。所詮《しょせん》我々とは住む世界が違う」

「町のスーパー屋ですと」

氏家の額に、青すじが走った。

文男は、そんな父親を見ながら（焦《あせ》っているな）と思った。

父親の焦りを見ることは、滅多にない。

いつも、力で押してきた流通王・氏家京介である。

氏家は、一介のスーパー屋であることを指摘されると、いつも烈火の如く怒る。

それは、氏家のコンプレックスの表われでもあった。

「さ、お帰り下さい」

島屋社長が、立ちあがった。

氏家も怒りの目で、相手を見据えながら腰をあげた。

「後悔なさるな。私は今に、島屋デパートを支配してみせる。その時になって土下座なさっても遅い。よろしいな」

「ようやく本性を見せましたか。日本一のスーパーを築かれたからと言って、図にのるのはおよしなさい」

「うぬ……」

氏家の顔が、紅潮した。

文男は、父親の腕を摑んで「出ましょう」と言った。

その手を、氏家は力まかせに振り払った。

「私は、今日から全力で島屋株を買い占める。たとえ大王グループの全財産を注ぎこんでも、この名門デパートから島屋一族を放逐してみせる」

氏家が、目を血走らせて、語気激しく言った。

その凄まじさに、さしもの島屋社長の顔も青くなった。

文男が、また父親の腕を摑んだ。

氏家は、体をよろめかせて、文男にひっぱられるまま、島屋社長から離れた。

島屋は、二人を部屋の外まで見送った。

「氏家さん、大王グループを築かれたあなたの功績は確かに大きい。ですが、ナポレオンもいつかは敗れる。大流通王のレッテルに溺《おぼ》れないことです」

「その言葉は、全部あなたにお返ししよう」

氏家は、文男を促して、島屋に背を向けた。

島屋が、社長室へ戻った。

氏家親子は、グリーンの絨毯が切れるところまで歩いて、振りかえった。

廊下は、シンと静まりかえっている。

「文男、よく見ておけ。この廊下を、そのうちお前が社長として歩くことになるんだ」

「お父さんは、私を大王から追い出す気ですか」

「馬鹿、大王のトップでありながら、島屋デパートのトップでもあれ、ということだ」

氏家が、低い声で言って、文男の肩に手を置いた。

「わかってますよ」

文男が、苦笑する。

「お前は、島屋株の買い占めの背景をどう見ている」

「私は、もしや吉尾好次郎が仕掛人ではないかと」

「私も同感だ。お前は今から柳生の里に行って、近藤玄馬に会え。そして吉尾の理不尽を、精一杯の憎悪をこめて吹聴《ふいちょう》してこい」

「それじゃあ、いよいよ吉尾を？」

「島屋にまで手を出されたとなると、黙って見逃がす訳にはいかん。吉尾に直接手出しすると村雨を刺激する恐れがあるが、やむを得ん」

「わかりました」

「このところ、手違いが多すぎる。章子の自殺で、全てが狂ってしまった感じだ。章子に対するお前の動きが、まずかったのだ。私は、章子といい仲になれとは言ったが、自殺に追い込むようなことをしろとは言わなかったぞ。おかげで、尾崎家、白坂家を牛耳ろうとする私の計算が、駄目になってしまった」

「すみません」

「それに……」

氏家は、そう言いかけて、口をつぐんだ。

秘書室のドアーがあいて、さきほどの女子社員が顔を覗かせたからである。

「行くか」

氏家は文男を促すと、足早にその場を離れた。

あとに、きついオーデコロンの匂《にお》いが残った。

3

氏家父子を帰したあと、島屋真治は応接ソファに体を投げ出して、深い溜息をついた。

事態は、憂慮すべきところまで来ていた。

だが、全力で買い占めの背景を追っているにもかかわらず、実体は闇に包まれたままであった。

（分散名義で買い占めているに違いない。早く手を打たないと）

島屋は、焦っていた。氏家が言った「二千万株は買い占められている」という推測を、島屋は否定する自信がなかった。

彼自身、そのぐらいは買い占められているだろう、と読んでいた。

彼が一つ安心したことは、買い占め犯が氏家ではなかったということである。

（では一体誰が……）

島屋は、過去に企業乗っ取りを企てた幾人かの実業家の名前を思い浮かべた。

だがどうしても、今回の買い占めの気配とは結びつかない。

（いま、島屋デパートの内情を知られる訳にはいかん）

彼の恐れが、そこにあった。

商法では、株主の権利を次のように規定している。

①発行済株式総数の百分の三以上で、株主総会招集権、取締役監査役解任請求権、会社整理を申し立てる権利、清算人解任請求権、特別清算の検査命令申立権を有する。

②発行済株式総数の十分の一以上で、帳簿閲覧請求権、検査役選任請求権、会社解散請

求権を有する。
③発行済株式総数の四分の一以上で、取締役を選任させる累積投票権を有する。
島屋は、口の中でそれらの条件を繰り返し復誦《ふくしょう》しながら、苦悶の表情を見せた。

もし二千万株が買い占められているとすれば、発行済株式総数の九パーセント強に当たる。

三千万株だと、十四パーセントだ。

島屋は、ソファから立ちあがると、デスクの上にある受話器を取りあげ、経理担当常務の内線番号をまわした。

指先が、小刻みに震えている。

「日高《ひだか》君、すぐ来てくれ」

島屋は、それだけ言うとまたソファに体を沈めて、頭を激しく振った。
一、二分たって、経理担当常務の日高雅義《まさよし》が社長室に入ってきた。
まだ四十半ばであろうか。

金ぶち眼鏡をかけた、神経質そうな男であった。

社内では、数字の天才と言われ〈カミソリ日高〉で通っている。

公認会計士の資格を有し、島屋の台所を一手に支えて、島屋社長の信頼をかちとっていた。

「さきほど、大王ストアーの氏家社長と副社長の息子が来たよ」

日高がソファに腰をおろすなり、島屋は言った。

「なんですって……それじゃあ買い占めは、やっぱり氏家が」

「いや、違う。彼は力になろう、と言いに来たんだ。氏家も、買い占めの背景が摑めず、ひどく苛立っていたようだ」

「ということは、氏家も我が社を狙っていたのですね」

「高級品指向で、しかも多数の固定客を摑んでいる島屋デパートは、スーパーから見れば垂涎《すいぜん》の的だよ。とくに我が社は、女性友の会に百数十万人の会員がいる。これのメリットは大きいからね」

「氏家でないとすると、プロの相場師か総会屋、あるいは……」

「それよりも日高君。買い占められたと考えられる株の数は、氏家も二千万株と言っとったよ。帳簿操作のほうは大丈夫なのか」

「急いでやっていますが、なにしろデータが膨大なもので」

「そんなことは言っておれん。残業手当は規定の三倍出しても四倍出してもいい。経理部員を総動員して一刻も早く、赤字店の全帳簿をカムフラージュさせたまえ。買い占め犯は、必ず一番最初に帳簿を見せろと言ってくるに違いない」

「氏家の常套《じょうとう》手段が、確かそうでしたね。ですが社長、買い占め犯が氏家でないとすると、少し様子が違ってくるような気がするのですが」

「相手が誰であれ、帳簿を完璧《かんぺき》に偽装しておくにこしたことはなかろう」

「それはそうです。全国にある十三店舗のうちの六店舗が大幅な赤字店だと知れると、名門デパートにとって致命的なイメージ・ダウンになりますから」

「一体誰が、何株を目標に置いて買い占めているのだろうか」

「これは大胆な推測になるかもしれませんが、流通東西戦争が引き金になっているのではありませんか」

「流通東西戦争？……」

「社長は、氏家がひどく苛立っていた、とおっしゃいましたね。それを聞いて、私はふと、南部ストアーの吉尾社長を思い出したんです。氏家にとって宿命のライバルである吉尾氏が、ひょっとして買い占めの仕掛人ではないかと」

「島屋デパートを制圧する目的よりも、流通東西戦争に勝つ一つの手段として、吉尾氏が島屋を狙ったというのか」

「そうです。わが社は大王ストアーの本部と目と鼻の先にあり、吉尾氏から見れば、氏家を打倒するための恰好《かっこう》の攻略拠点であるはずです」

「うむ……スーパー戦争に、名門島屋がまき込まれた、という訳か」

「南部グループは、大王ストアーとはひと味違った流通企業集団です。旧財閥規模ほどではないにしろ、コンツェルンの形態を見せ、数多くの花形企業を支配下に置いています」

「それにスーパーの形態も、大王とは少し違うな。ディスカウント・ストアーとしての一面と、高級品指向の一面をうまく取り入れ、センスのある新時代のデパートのイメージが強い」

「吉尾好次郎と氏家京介の経営感覚の違いが出ているんですよ。私は、吉尾氏がもし、氏家攻略の一手段として島屋株を買い占めているのであれば、事態を表沙汰《おもてざた》にせず、穏便に片付けられるような気がするんです」

「例えば？……」

「南部との共同出資で、新宿あたりにヨーロッパ・スタイルの百貨店をつくってはどうですか。つまり、両社のノウハウを持ち寄っての業務提携ということで……南部は、わが社が百数十万の女性会員を持っていることを当然知っているでしょうから、飛びついてきますよ」

「そのかわり、買い占めた株を時価で極秘に返してもらう訳か」

「わが社は、フランス、イギリス、イタリアなどの一流ファッションを、独占契約で押さえています。高級ファッションのノウハウと、百数十万会員の名簿をチラつかせるだけで、吉尾氏は無条件で飛びついてきますよ」

「しかし、スーパーとの提携には、いくら企業防衛のためとは言え、抵抗がある。私はいやだね」

「社長、南部グループは、単なるスーパー屋ではなく、新興財閥と言ってよい企業集団です。業務提携の持っていき方次第で、わが社のイメージ・ダウンはまぬがれるはずです。それに吉尾氏は、氏家氏ほど非紳士的ではないはず」

「君がなんと言おうと、南部グループは、南部ストアーを基幹企業とする流通集団だ。名門島屋が、スーパー屋の軍門に下る訳にはいかん」

「お言葉ですが、島屋デパートの社歴と、南部グループの歴史は、そう変わりません。両社の原点にまでさかのぼれば、社歴は殆《ほとん》ど同じ年数のはずです。今日に至る過程で、島屋一族がデパートの形態をとり、吉尾一族がスーパーの方向へ走ったという違いだけではありませんか。その意味では、南部も名門と言うべきです」

「なるほど、君の言うことにも一理ある。それにしてもどうしてそんなに南部との業務提携を望むのかね」

「ですから、先程も申しましたように、吉尾氏となら、わが社のイメージ・ダウンにならぬよう、株買い占めの決着をつけられると考えられるからです。打つ手が遅れて、吉尾氏が力による干渉を加えてきてからでは遅いのですよ」

「力による干渉……か」

島屋社長の顔が、歪んだ。

島屋デパートは、前期から今期にかけて、数店舗の売り上げが急速に落ち込んで、大幅な赤字を計上していた。

高級品は、比較的順調であったが、価格の安い大衆商品が、のきなみスーパーに食われてしまっているのだ。

大衆商品の仕入れでは、俄然《がぜん》スーパーのほうが強い。そのうえ大型スーパーは、デパートに劣らぬほど、建物や内装が豪華になってきている。

『高級品はデパート、大衆品はスーパー』

この消費者意識は、かなりの根強さを持っていた。たとえば、スーパーで高級ファッションを展示しても売れない。一流デパートで買ったのとスーパーで買ったのとでは、同じ高級品でもイメージや感覚に大きな開きがあるからだ。せっかく買った高級品も、スーパで買うと「安物に見られてしまう」恐れがある。

消費者は、それを恐れているのだ。

スーパーのコンプレックスが、そこにあった。逆に言えば、デパートの傲《おご》りがそこにあるということになる。

名門意識が強く、殿様商売的な姿勢から脱しきれない、島屋デパートの予期せぬ不振の原因は、その傲りにあると言えた。

「決断して下さい、社長。こちらから、吉尾氏にさぐりを入れたほうがいいのではありませんか」

日高常務が、急《せ》き込んで言った。

「吉尾氏が、買い占め犯と決まった訳ではないのに一方的に動くのはおかしいじゃないか。不自然すぎる」

「賭《か》けですよ。さりげない賭けを打ったと思えばいいのではありませんか。私は、吉尾氏が仕掛人に違いないと見ています。それに、南部と組めば、大王の乗っ取りを防ぐことが出来ます。氏家がわが社を狙っていたことは、以前から見え見えだったんですから」

「うむ……」

島屋は、腕組みをして目を閉じた。

(確かに、氏家と手を組むよりは、吉尾と手を組んだほうが、対外的イメージは崩れない。しかし……)

島屋は、迷った。

どうしても、スーパーごときと業務提携を交わしたくないのだ。

だがこのまま放置しておくと、氏家と吉尾を敵にまわす恐れがあった。

企業力が低下した今の島屋が、氏家と吉尾という二人の怪物を相手に出来ないことは、島屋社長もわかっている。

それだけに、くやしいのだ。

「わかった……すぐにでも東京へ飛んで、吉尾氏と接触してみよう」

やや経って、島屋がとじていた目を見開いて、言った。

老いた目が、赤くなってうるんでいる。

日高の胸は、熱くなった。

彼には、島屋の無念が、手にとるようにわかった。

「私も、おともさせて下さい」

日高が言うと、島屋は黙って頷いた。

「いつ行かれますか」

「今夜だ」

「今夜……」

「早いほうがいいのだろう。帝国ホテルを予約しておいてくれ」

「わかりました」

日高は、立ちあがって一礼すると、ドアーに向かった。

その背に、島屋が声をかけた。

「手ぶらでは、おかしいだろう、日高君。吉尾氏とは初対面だしね」

「それじゃ、レミー・マルタンのルイ十三世でも」

日高が、振りかえって言った。

「うん、それがいい」

島屋は頷くと、指先で目尻《めじり》を拭った。

日高は、社長室を出た。

彼が、ワンマン島屋の涙を見たのは、それが初めてであった。

「くやしいのだろうな」

日高は、呟いた。

レミー・マルタンのルイ十三世は、小売価格が二十一万円もする高級コニャックである。

日頃は、一万円の接待費を使うことすら嫌がる島屋であった。

ケチなのではない。

接待費を使って頭を下げることは、彼のプライドが許さないのだ。

いつの場合も、〈自分が最高〉と胸を張ってきた、ワンマンである。

その島屋社長が、二十一万円の高級コニャックを、初対面の吉尾に持っていくというのだ。

日高は、企業戦争の冷酷さを噛みしめながら、巨大スーパーの底知れぬ力に、改めて戦《せん》慄《りつ》するものを覚えた。

島屋の気位がどれほど高かろうと、『スーパー』という新しい力は、容赦なくデパートのエリアを食い散らす。

日高は、デパートの時代は、間もなく終焉《しゅうえん》するのではないか、と思った。

（それを切り抜けるためには、スーパーとの共存共栄を推進していくしかない。もはや正面衝突は無理だ。とても勝てない）

日高は、無性に淋しさを覚えた。

目を赤くしていた島屋社長の顔が、目の前に浮かぶ。

それを振り払うようにして、日高は常務室へ入った。

4

氏家の機嫌は、すこぶる悪かった。

今朝、出社するやいなや、情報調査部の部長から「島屋社長が上京したらしい」という報告を受けたのである。

氏家は、島屋真治の上京を、ただごとではないと睨んでいた。

島屋デパートは、横浜をはじめとして首都圏に三店舗まわりと、三店舗を持っている。

したがって考えようによっては、定期的な店舗まわりと、とれないこともない。

だが、島屋株買い占めの仕掛人を吉尾好次郎と読んでいる氏家は、内心穏やかではなかった。

〈島屋社長は、もしや吉尾と接触しようとしているのではないか〉

氏家の不安が、そこにあった。

南部が、島屋デパートと手を組めば、強大な力となる。

両社が手を組めば、名門島屋が、関西、中国、九州に持っている安定的な商品供給源が、南部の西日本進出に利用される恐れもあるのだ。

〈島屋社長は、株の買い占めの背後に、吉尾がいると睨んだに違いない。何らかの条件を出して、買い占め株を取り戻す気だ〉

氏家は、そう思って苛立った。

〈何らかの条件〉が、業務提携であることは、はっきりしている。

氏家は、社長室の壁に沿って、往ったり来たりした。

突然、机の上の電話が、けたたましく鳴った。

氏家は、受話器を取りあげた。

「私です」

文男の声が、氏家の鼓膜を打った。

文男は、昨夜遅く、柳生の里へ近藤玄馬に会いに行っている。

「全ての段取りを終えました。明後日に、近藤さんは東京へ向かいます」

「お前は今、どこにいる」

「飛火野の別邸に戻ってきたところです。近藤さんが東京へ発《た》つまで、奈良にいようと思っているのですが」

「いいだろう。出発までの間、充分に近藤さんを接待しておいてくれ」

「心得ています」

「それと、近藤さんへの頼みが、もう一つ増えた」

「増えた？……」

「今朝、島屋社長が東京へ向かったらしい。恐らく、吉尾社長と接触するはずだ」

「なんですって」

「驚いているひまはない。近藤さんに、思い切った手段を打ってもらってくれ」

「それじゃあ、二人一緒に？……」

「私に妙なことを、はっきり言わせるな。自分で考えることだ」

「すみません。でも大丈夫でしょうか。騒ぎが大きくなりすぎると、これからの計画に支障が生じますよ」

「とにかく、自分の考えを近藤さんに頼め。自分の考えをだ」

氏家が、怒鳴りつけるようにして言った。

その剣幕で、文男は口をつぐんだ。

「ほかに何か言うことはないか」

氏家は、受話器を耳に当てたまま、執務デスクの前で足ぶみをした。

鼻の頭に、脂汗を浮かべている。

こめかみに、青すじが走っていた。

「実は、近藤さんから、妙なことを聞きました」

「言ってみろ」

「和歌山へ出向いた配下の者が、幾日たっても帰ってこない、と言うんです」

「和歌山？」

「近藤さん自身、その配下の者から、詳しい直接報告を受けていないのですよ。これからある男を追って和歌山へ行く、という電話が近藤さんの留守中に、黒い蝶の本部へ入ったらしいんです」

「その配下の者というのは、どんな任務についていたんだ」

「南部ストアーを監視していた、黒い蝶メンバーの一人なんですが」

「なにッ。南部ストアーの監視……」

氏家の顔色が、変わった。

「それじゃあ、その配下の者が和歌山まで追っていったという男は、南部の人間だな」

「いえ、はっきりとわかっている訳ではありません」

「馬鹿者ッ」

氏家は、激昂《げっこう》して、目を血走らせた。

「お前は、そんなことの判断もつかないのか。配下の者が追っていった男は、南部の人間に間違いない。和歌山には、大王が独占契約をしている和歌山県漁協がある」

「あッ」

「いまごろ驚いても遅い。南部の何者かが和歌山県漁協へ行ったんだ。お前は、近藤さんを東京へ送り出したあと、すぐに和歌山県漁協へ飛べ」

「近藤さんの配下が帰ってこないというのは、どうしてでしょうか」

「そんなことまで、私が知るか」

氏家は、文男を怒鳴りつけてから、背すじにゾッとするものを覚えた。

村雨龍の名が、不意に目の前にチラついたのだ。

氏家は、村雨が関西に姿を現わしていたことを、まだ知らない。

「近藤さんに念押ししておいてくれ。何もかもよろしく、とな。何もかもだぞ」

氏家は、そう言って叩きつけるように電話を切った。

彼は、南部の大攻勢をひしひしと感じた。

これまで、破竹の進撃を続けてきた大王である。

その大王に、初めて翳《かげ》りの見え始めたことを、氏家は予感した。

不吉な思いが、脳裏をよぎる。

（島屋が吉尾にとられたら、手痛い）

氏家は窓際に立って、曇り気味の空を仰いだ。南部と島屋の連合勢力が出来あがったことを想像するだけで、鳥肌立った。

しかも、南部の者と考えられる男が、和歌山まで出向いている。

だが、これしきのことで、自信を喪失する氏家ではなかった。

総会屋・遠山清次を筆頭に置く株買い占めシンジケートは、氏家の計画通り順調に動いている。

彼は、大王コンツェルンは、着々と構築されつつある、と思った。

社長室のドアーがノックされた。

店舗開発の担当専務、深津弁三郎《ふかつべんざぶろう》がドアーをあけて入ってきた。

厳しい顔つきをしている。

「どうした」

氏家は、深津の表情に、一瞬ドキンとしながら訊ねた。

深津専務の主要任務は、二つあった。

一つは、店舗建設用地の確保、二つ目は、店舗を建設する地元商工会との折衝である。

大型スーパーを建設できるかどうかは、地元の商工会の動き如何《いかん》にかかっている。

商工会が総力を結集して反対運動を展開し、市や通産省へ圧力をかけるようになると、力ずくで店舗を建設する訳にはいかなくなるのだ。

　商工会の力といえども、決してあなどれないのである。

　深津は、憂鬱《ゆううつ》そうな表情で、一通の白い封書を氏家に差し出した。

「私宛《あて》に、尾崎源兵衛氏からです。お読み下さい」

「読まなくともわかっとるよ。土地提供の断わりと、相互銀行非常勤役員の辞退だろう」

　氏家はそう言うなり、荒々しい手つきで封書をひき裂いた。

　深津専務が、眉間に縦皺《じわ》を寄せて氏家を見つめた。

「尾崎氏のこの豹変《ひょうへん》は、何が原因しているのですか」

　文男が、章子の死に関係していることを知らぬ深津は、困り果てた口ぶりで訊ねた。

「私にもわからん。もう尾崎源兵衛など相手にするな」

「ですが、それでは東日本への店舗展開が大幅に遅れます」

「私が都合で尾崎を切ったのだ。店舗用地は君の独力で確保しろ」

　氏家が、激しい口調で言った。

　その凄まじさに、深津はたじたじとなった。

「もう一つよくない報告があります」

「よくない報告？」

「江釣子《えづりこ》ショッピングセンターの建設計画に、大きな障害がでました」

「なんだって」

「地元の小売業者が、通産大臣を相手どって、建設取り消しの行政訴訟をおこしたんです」

「行政訴訟……」

氏家は、顔面蒼白となって呻《うめ》いた。よほど大きな衝撃を受けたのだろう。

岩手県和賀《わが》郡にある江釣子村は、東北《とうほく》自動車道のインターチェンジが出来たことで、一躍脚光をあびていた。

大王ストアーは、ここに大規模ショッピングセンターの建設を進めつつあったのだ。

この建設用地は、尾崎源兵衛から手に入れたものではなく、大王が独自に確保したものである。

売り場面積二万五千平方メートルという、この大ショッピングセンターは、大王が東北地方制圧の拠点として、『大王ストアー東北本部』級扱いとする店舗でもあった。従って、人材もえりすぐりの者を派遣し、コンピューター、その他の設備にも巨費を投じる計画であった。

「訴訟団の規模は、どの程度なんだ」

「北上《きたかみ》市の小売商近代化協議会のメンバー百八十人が中心となっている模様です」

「訴訟内容は？」

「建設計画を一時中止して審議をやり直し、ショッピングセンターに地元小売商の売り場スペースを設けろ、というものです」

「どれくらいのスペースを要求しているんだ」

「約二万平方メートルです」

「馬鹿な。それでは大王ストアーの売り場面積は五千平方メートルしかないじゃないか。そんな要求は呑めん」

「金をバラまいて、訴訟団の幹部を買収してみようとも考えているんですが」

「よせッ、恐らく効果はない。地元の連中が欲しがっているのは、売り場スペースだ。それにしてもおかしい。今になって、どうして急に訴訟の話が出てきたんだ」

「わかりません。はっきりしていることは、昭和四十九年に大規模小売店舗法が制定されて以来、最初の行政訴訟だということです」

「くそッ……」

氏家は、歯ぎしりをした。

東北地方制圧の大ピンチが到来したのだ。

すでに建設用地の造成を終え、資材を購入するなど、かなりの巨費を投じてしまっている。

「どう考えてもおかしい。背後に南部か尾崎源兵衛が動いているのではないか」

「それは今、調べさせています。和賀郡一帯には、尾崎氏の所有地がかなりあることはありますが」

「その土地が、もし吉尾に売却済みであったら、訴訟の煽動《せんどう》は、吉尾がやったと考えて間違いない。そのへんのことを、すぐに確認してみろ。君自身がすぐに現地へ飛べ」

「わかりました」

深津は頷くと、逃げるように社長室を出ていった。

(吉尾のやつ……)

氏家の双眸が、黒い怒りを見せて燃えあがる。

彼は、訴訟団の背後に吉尾がいると確信していた。

氏家は、自分の足元が、音をたてて揺れているのを感じた。

『東北地方制圧』の六文字が、バラバラになって飛び散っていくような気分であった。

彼は今、思っていたよりも遥かに強大な吉尾の力に触れていた。

5

奈良・柳生の里は、乳色をした朝靄《あさもや》の中に沈んでいた。

朝日は、東方の山々の向こうに姿を見せかけていたが、光は靄にさえぎられ、村を照らすことはなかった。

朝餉《あさげ》の煙が、農家の藁葺《わらぶき》屋根から立ちのぼって、靄に溶け込む。

どこかで、牛が鳴いた。

水車が、ゆっくりと回転している。

この緑濃いのどかな里で、天下無敵の柳生剣が誕生したのであった。

柳生但馬守宗矩《たじまのかみむねのり》――大和《やまと》柳生藩主であった彼は、新陰流剣法の達人であった柳生宗厳《むねよし》の五男として生まれ、柳生流剣法をあみ出した。

関ケ原《せきがはら》の合戦では徳川につき、戦後柳生の所領二千石を得、のち加増されて一万二千石の領主となった。

徳川家光《いえみつ》の剣術師範として剣聖とうたわれ、その権力には、強大なものがあり、将軍家への影響力も大きかった。

その宗矩を生んだ柳生の里が、いま眠りから目醒《めざ》めて、一日の動きを開始しようとしていた。

朝靄の中で、ヒバリが啼《な》いている。

村を縫うようにして蛇行している村道には、まだ村人たちの姿はなかった。

と、靄が揺れて、水車の傍に紺のスーツを着た長身の男が立った。

まるで、地の底から出てきたかの如く、身じろぎもしない。

視線が、水車の下を流れるせせらぎの畔《ほとり》に注がれている。

村雨龍であった。

やや経って彼は、せせらぎの畔に腰をかがめた。

野生のサルビアが、真紅の絨毯を敷きつめたように、一面に咲いている。

村雨は、天海を想い出した。

サルビアの花が好きな、天海であった。

「剣聖、剣を残して死す……」

村雨は、呟いた。

ヒバリが、うるさい。

彼は、立ちあがって歩き出した。

恐るべき暗殺集団〈黒い蝶〉の本拠へ来たという緊張感は、微塵《みじん》もなかった。

彼は、間もなく全ての戦いが終わるであろうことを、予感していた。

自分が殺《や》られても、相手が死んでも、流通東西戦争は一応の休止を見せるだろう、と思った。

彼は、サルビアの群落に沿って歩いた。

朝靄が、村雨の背後で小さな渦を巻く。

せせらぎに、石の橋が掛かっていた。

村雨は、その橋をわたった。
道は、ゆるい登り坂になっていた。
靄の向こうに、長く白い土塀が見える。
それまで頭上で啼いていたヒバリが、急に静かになった。
村雨の足がとまる。
彼は、長いことそのままの姿勢で動かなかった。
再び、ヒバリが啼き出した。
村雨は、また歩き出した。
このとき彼の五感は、迫りくる何者かの気配をぼんやりと捉《とら》えていた。
その気配がフッと消えた。
(私が来たことを、早くもかぎつけたか)
村雨は、恐らく黒い蝶の一味が、様子を探りに近付いてきたのであろう、と思った。
彼は、雑魚《ざこ》に用はなかった。
村雨の狙いはただ一人、幻の剣鬼である。
彼は、白い土塀に沿って歩いた。
右手の林の中から、汚れた一匹の野良犬が姿を見せて、村雨に尾を振った。
「こい……」

村雨は、野良犬を手招いた。
犬が警戒しながら、恐る恐る村雨に近付く。
鶏でも襲って食べたのか、犬の口のへりに血がべっとりと付いていた。
村雨は、犬の血糊《ちのり》をハンカチで拭《ふ》き取り、頭を撫《な》でてやった。
妙輪寺で飼っていたゴローに、どこか似ている。
老いて衰えた体に鞭打《むちう》って、刺客に襲いかかったゴローであった。
「行け……」
村雨が、野良犬の背を軽く叩くと、犬はまた林の中へ入っていった。
村雨は、白い土塀の角を、左へ折れた。
道は、靄の中をまっすぐに続いているようだった。
一陣の風が吹いて、靄が流された。
道の彼方《かなた》の突き当たりに、豪壮な武家屋敷があった。
屋敷の後ろは、小高い。
背後で、下駄《げた》の音がした。
振りかえると、野良着姿の若い女であった。
女は、急ぎ足で村雨の傍を通り過ぎると、道の途中を右に折れて姿を消した。
女を見送る村雨の口元に、ひっそりとした微笑が浮かんだ。

彼は、武家屋敷の前に立って、紺の上着を脱いだ。

脇の下に、自在剣を吊っている。

屋敷の表札は『近藤』となっていた。

彼は、潜《く》り戸を押してみた。

鍵は掛かっていない。

村雨は、屋敷の中へ踏み込んだ。

表情が、険しさを増した。朝靄で庭の木立が、かすんでいる。

村雨は、靄の向こうに、明らかな人の気配を感じた。

自分が柳生の里へ来たことを、敵がすぐに気付くであろうことは、最初から覚悟していた。

村雨は、手に持っていた上着を、傍にあった桜の木の枝にひっかけた。

庭内は、相当広いようであった。

靄のため母屋は、はっきりとは見えない。

（いる……一人……二人）

村雨の闘争本能が、静かに火をともした。

彼は、門を入ったところで両手をだらりと垂れてまっすぐに立ち、相手を待った。

（三人……五人……）

凄まじい殺気が、靄の中に広がり始めた。
それは明らかに〈待ち構え〉ていた殺気であった。
（七人……八人……きた！）
村雨の体が、大地を蹴って跳躍した。
黒い影が、村雨をはさむようにして襲いかかる。
村雨の右腕が、ホルスターから自在剣を引き抜いた。
白刃が円を描いて、一閃する。
靄の中に、血しぶきが散って、黒い影が大地に落下した。
ドサッという音。
村雨が、音もなく着地する。
凄絶《せいぜつ》な、一瞬の勝負であった。
村雨は、息ひとつ乱していない。
自在剣を下段に構え、地を這うようにして靄の中を進んでいく。
刀の切っ先から、血がしたたり落ちていた。
村雨の足が池の畔でとまった。
自在剣が、下段から中段へ、ゆらりと動いていく。
白刃の背が、村雨の額に軽く触れるようにして、垂直に立った。

伊豆山中で、刺客を一撃のもとに倒した必殺剣〈拝み切り〉の構えだ。
殺気の輪が、絞めつけるように迫ってくる。
だが、相手の姿はよく見えない。
村雨は、直立不動であった。
池で、鯉《こい》が跳《は》ねた。
靄が割れて、人影が弾丸のように村雨に向かった。
剣と剣が、二合、三合と打ち合う。
影が、村雨の頭上に舞いあがった。
別の影が、村雨の背後に迫った。
自在剣が、右斜め上に走ったあと、かえす刀で背後の敵を襲った。
頭上の敵の両脚が池の中に落ち、背後の敵が首をはねられ、枯れ木のように倒れた。
強さが、まるで違う！
村雨の足が、地表を滑った。
靄の中に、母屋が見える。
敵の攻撃を受けていた村雨の体が、反撃に移った。
村雨の体が、飛燕《ひえん》の如く宙に躍って、巨木の枝を切り落とす。
枝と共に、人影が大地に叩きつけられた。

赤い血が、バラのように広がっていく。

「強いな、さすがに村雨だ。段違いに強い」

靄の奥の方で、嗄《しやが》れた声がした。

強い風が吹いて、その靄が流された。

白い和服を着た、四十前後の男が立っていた。顔の色が、気味悪いほど浅黒い。

それに右目、右耳がなく左の頬に、真一文字に走る刀傷があった。恐らく、黒い蝶の大幹部なのだろう。

男は、正眼に構えた。

村雨は、軽く腰を落として、自在剣の先を地面に触れさせた。

男が、にじり寄る。

双方の距離が縮まった。

それでも村雨は動かない。

長い沈黙が、二人を包んだ。

屋敷裏の小山から風が吹き降りて、靄が次第に薄くなっていく。

突然、石つぶてが村雨の額を襲った。

それでも村雨は動かない。

額から、鮮血が噴き出している。

石つぶての第二撃が、村雨の頬に当たるかに見えた。
村雨の体が、それを避けてスッと沈む。
一気に距離を詰めた相手の剣が、村雨の頭上に振りおろされた。
村雨の剣が、それを弾き返す。
額から垂れた鮮血が、村雨の右目に垂れた。
相手は、それを察したのか、素早く右へまわって踏みこんだ。
「くらえッ」
はじめて、村雨の口から、声がもれた。
烈々《れつれつ》たる怒りを漲らせた声であった。
刀を持った敵の右腕が、肩から離れてドサリと地面に落ちた。
自在剣が、相手の頭上で反転して、一直線に振り降ろされる。
今度は、左腕が体から離れて、数メートル先へ飛んだ。
声もなく、相手は倒れた。
靄は、ほとんど消えかけていた。
広い庭内に、六つの屍体《したい》がころがっている。
村雨は、土足のまま縁側へあがった。
縁側に沿って、幾つもの和室が並んでいる。

和室と和室の間は襖《ふすま》で仕切られ、大広間として兼用できるようになっていた。
村雨は、一部屋ずつ仕切り襖をあけていった。
最後の襖のところまできて、村雨の動きがとまった。
襖の向こうに、人の気配があった。
(三人……)
村雨の刀が、横に走った。
四枚ある襖のうちの真ん中の二枚が、向こう側へ倒れた。
床の間を背にして、二人の男と黒い和服姿の若い女が立っている。
女は、村雨が屋敷へくる途中で見かけた、野良着姿の女であった。
黒い蝶に幾人かの女性刺客が含まれていることを、村雨は知っていた。
「近藤さん……」
背の低い男が、震え声で言って、部屋の隅へ逃げた。
氏家文男である。
文男を見る村雨の目は、烈しい殺気を見せた。
「章子に一体何をした」
村雨の視線は、文男から離れなかった。
「知らん。なんのことだ」

「お前は、パリで白坂哲也を殺し、軽井沢では章子を犯した」

「何を言う。近藤さん、こいつを切ってくれ」

文男が、近藤玄馬の背後にかくれた。

「氏家文男、貴様だけは、たとえ神仏に助命を頼まれても切る！」

村雨は、ゆらりと敷居をまたいだ。

近藤玄馬が、無反りの長刀を顔の前で水平に構えた。

「お前か。幻の剣鬼とか言うのは」

「村雨龍、黒い蝶の組織拡大のために、いずれはお前を切る日がくると思っていた」

「お前には、私は切れない」

「切る、必ず……」

近藤は、そう言いざま、左手に持っていた手裏剣《しゅりけん》を投げた。

自在剣がそれを払い落としたとき、近藤の長刀が村雨の顔に切りつけた。

後ろへ飛んだ村雨の眉間から頬にかけて、斜めに刀傷が走った。

糸のような細い血が垂れ、相手がニヤリとした。

村雨は、さらに後退した。

近藤が、追いうちをかけるように、村雨に切りかかる。

打ち合う剣から、激しく火花が散った。

ムチのように唸る近藤の剣は、自在剣の先手先手を打っていた。

村雨が、縁側から庭へ降りた。

それまで二人の対決を見守っていた女が、村雨の背後へまわった。

村雨の表情が、わずかに動いた。

「手出しするな、由里《ゆり》。村雨は私一人でやる」

近藤が、叱《しか》るように言った。

女が、素直に村雨から離れた。恐らく、玄馬の娘なのであろう。

近藤が下段、村雨が左斜め下段で対決した。

縁側で、文男が震えながら立っている。

「大王は南部に勝てない。そして黒い蝶は今日で終わる」

村雨は、口元に冷笑を浮かべた。

幻の剣鬼に、眉間から頬にかけて傷つけられたというのに、冷ややかに落ち着き払っている。

近藤は、第一撃で村雨を圧倒したものの、庭へ降りてからは、身動き出来ないでいた。

村雨の全身から放たれる、おどろおどろしい殺気に気押《けお》されているのだ。

それでいて、村雨の表情そのものは淡々としている。

白い秀麗なマスクに垂れる血が、かえって不気味であった。

自在剣が、左斜め下段から右斜め上段へと移った。
近藤が、大上段に振りかぶって、踏み込もうとした。
「切る！」
裂帛《れっぱく》の気合《きあい》が、村雨の口からほとばしった。
自在剣が、光を吸って、キラッと光る。
「ぐあッ」
近藤が、断末魔の悲鳴をあげた。
豪快な天地夢想剣が、宙を切る。
近藤の右腕が飛び、首が落ちた。
それでも村雨の最後の一撃が、地から天へ走った。
近藤の右脚が吹き飛び、もんどり打って横転する。
「お父さん……」
女が叫んで、村雨に切りかかった。
村雨が、女の剣をくぐって、一直線に氏家文男に向かった。
文男が、声にならぬ悲鳴をあげて逃げ出した。
村雨が、豹《ひょう》のように襲いかかる。
文男の首が、くわッと目を剝いたまま、血しぶきをあげて舞いあがった。

女が、村雨の背後から切りかかった。
村雨は、振りかえりざま自在剣を捨て、女の剣を拝むようにして受けた。
あざやかな、真剣白刃取りである。
村雨が、腕をひねった。
女の体が一回転して、地面に叩きつけられる。
村雨は、女の刀を遠くへ投げ捨てると、苦しそうに呻いている女の傍に片膝《かたひざ》ついた。
「私に女を切らせるな」
村雨は言った。優しい響きのある、言い方であった。
女は、不思議なものでも見るような目で、村雨を見つめた。
村雨の目に、かすかではあったが笑みが漂っていた。
女は、這うようにして、近藤玄馬の傍へ行った。
村雨は、自在剣をホルスターにしまって、その場から離れた。
「鬼！」
女が、背後で悲し気に叫んだ。
村雨が、何事もなかったかのように振りかえる。
頭上で、ヒバリが啼いた。

（この作品は１９９９年１月光文社文庫より刊行されました）

徳間文庫

暗《あん》殺《さつ》者《しや》 村《むら》雨《さめ》龍《りゆう》

〈魔龍戦鬼編〉

2002年5月15日 初刷

著者 門《かど》田《た》泰《やす》明《あき》

発行者 松《まつ》下《した》武《たけ》義《よし》

東京都港区芝大門二—二—二 〒105—8055

発行所 株式会社 徳間書店

電話 編集部〇三(五四〇三)四三五〇 販売部〇三(五四〇三)四三二三

振替 〇〇一四〇—〇—四四三九二

印刷 大日本印刷株式会社
製本

〈編集担当 吉川和利〉

ISBN4-19-891701-9 (乱丁、落丁本はお取りかえいたします)